TANIA
AGO/17

SAGA DARK HUNTER

AMANTE DA FANTASIA

JULIAN DA MACEDÔNIA

SHERRILYN KENYON

SAGA DARK HUNTER

AMANTE DA FANTASIA
JULIAN DA MACEDÔNIA

novo século®

SÃO PAULO 2012

Produção editorial	Equipe Novo Século
Diagramação	Claudio Tito Braghini Junior
Capa	Carlos Eduardo Gomes
Tradução	Paula Rotta
Preparação	Catia Almeida
Revisão	Larissa Wostog Ono
	Mateus Duque Erthal

Texto de acordo com as normas do Novo Acordo Ortográfico da Língua Portuguesa (Decreto Legislativo nº 54, de 1995)

Dados Internacionais de Catalogação na Publicação (CIP)
(Câmara Brasileira do Livro, SP, Brasil)

Kenyon, Sherrilyn
Amante da Fantasia - Julian da Macedônia / Sherrilyn Kenyon; Barueri, SP: Novo Século Editora, 2012. [tradução Paula Rotta]. --

Título original: Fantasy lover

1. Ficção norte-americana I. Título. II. Série

11-05243 CDD-813

Índices para catálogo sistemático:

1. Ficção: Literatura norte-americana 813

2012
IMPRESSO NO BRASIL
PRINTED IN BRAZIL
DIREITOS CEDIDOS PARA ESTA EDIÇÃO À
NOVO SÉCULO EDITORA
Alameda Araguaia, 2190 - 11º andar
CEP 06455-000 - Barueri -SP
Tel. (11) 3699-7107 – Fax (11) 3699-7323
www.novoseculo.com.br
atendimento@novoseculo.com.br

Como sempre, dedico este livro à minha maravilhosa família, que me apoia incondicionalmente.

A Nancy Yost, que acreditou em uma ideia completamente diferente, por toda fé e encorajamento.

A Jennifer Enderlin e Kim Cardascia, por compartilharem minha visão e permitirem que eu explorasse os limites da minha imaginação.

Aos meus amigos, que sempre estão ao meu lado para dividir tanto os risos quanto as angústias: Rickey Mallory, Celeste Bradley, Cheryl Lewellyn, Valerie Walton, Diana Hillock, Rebecca Baum e Kim Jones (obrigada pelas dicas de psicologia). E a Lisa Rich, a Senhora da Lua original.

E especialmente a você, leitor, por se dispor a enveredar comigo por esse território, em que, com alguma fé, imaginação e amor, tudo é possível.

Abraços a todos!

Uma antiga lenda grega

Dotado de suprema força e coragem inigualável, ele era abençoado pelos deuses, temido pelos mortais e desejado por todas as mulheres que o viam. Era um homem que não conhecia leis, que não demonstrava clemência.

Sua habilidade em batalha e seu elevado intelecto se igualavam aos dotes de Aquiles, Odisseu e Héracles. E estava escrito que nem mesmo o poderoso Ares seria capaz de derrotá-lo nas armas.

Como se a dádiva do potente deus da guerra não fosse suficiente, era dito também que, em seu nascimento, a deusa Afrodite beijou-o no rosto, assegurando para sempre seu lugar na memória dos mortais.

Abençoado pelo toque divino de Afrodite, ele se transformou em um homem a quem nenhuma mulher podia recusar o corpo, pois, no que se referia à arte do amor, ninguém se igualava a ele – seu vigor superava em muito o de qualquer simples mortal. Seus desejos eram ardentes e selvagens, e ele nunca poderia ser domado.

Ou rejeitado.

Com pele e cabelos dourados e olhos flamejantes de um guerreiro, era dito que, muitas vezes, apenas sua presença bastava para satisfazer as mulheres. Uma vez tocadas por sua mão, elas ficariam cegas de prazer.

Ninguém resistia aos seus encantos.

E então da inveja veio a maldição, que nunca poderá ser quebrada. Como o pobre Tântalo, é sua sina buscar eternamente por satisfação, e nunca encontrá-la. Ansiar pelo toque de quem o evocar, para proporcionar-lhe prazer absoluto e saciedade.

De lua cheia a lua cheia, ele se deitará com ela, fará amor com ela, até que, mais uma vez, seja expulso deste mundo.

Mas deve-se ter cuidado porque, uma vez que seu toque é sentido, fica marcado na memória da amante. Nenhum outro homem a satisfará novamente, pois nenhum mero mortal pode se comparar a um ser de tamanha beleza, ardor e intrépida sensualidade.

O amaldiçoado.

Julian da Macedônia.

Abrace-o junto ao peito e chame-o três vezes, à meia-noite, sob a luz da lua cheia. Dessa forma, ele irá até você, e o corpo dele estará sob seu comando até o próximo ciclo da lua cheia.

O único objetivo dele será satisfazê-la, servi-la.

Saboreá-la.

Nos braços dele, você conhecerá o verdadeiro paraíso.

Capítulo 1

– Querida, você precisa transar.

Grace Alexander sobressaltou-se ao ouvir a voz excessivamente alta de Selena, na pequena cafeteria em Nova Orleans na qual se encontravam, enquanto terminavam o almoço composto por arroz e feijão-vermelho. Infelizmente, para ela, a voz de Selena possuía um encantador tom agudo que seria claro até mesmo em meio a um furacão.

O comentário foi seguido por um súbito silêncio no espaço repleto de gente.

Olhando de relance para as mesas próximas, Grace notou que os homens tinham parado de falar e haviam se virado para encará-las com um interesse muito maior do que ela apreciaria.

Ah, Deus! Será que Selena algum dia *aprenderá a falar baixo?*

Pior ainda, o que ela vai fazer em seguida, tirar as roupas e dançar sobre a mesa?

De novo.

Pela milionésima vez desde que haviam se conhecido, Grace desejou que Selena conseguisse ficar embaraçada. Mas sua exagerada e, com frequência, extravagante amiga não conhecia o significado dessa palavra.

Ela cobriu o rosto com as mãos, tentando ao máximo ignorar os curiosos espectadores. Um ímpeto de se enfiar sob a mesa e um impulso ainda maior de chutar sua companheira a consumiram.

– Por que você não fala um pouco mais alto, Lanie? – ela sussurrou. – Acho que as pessoas no Canadá não escutaram.

– Ah, eu não sei, não – disse o bonito garçom de cabelos castanhos, ao parar ao lado da mesa. – Provavelmente estão vindo para o sul neste exato momento.

Grace ruborizou-se quando o rapaz, obviamente com idade para frequentar a universidade, sorriu com malícia.

– Há algo mais que eu possa trazer para as senhoritas? – ele perguntou, e então encarou Grace. – Ou melhor, há algo que *eu* possa fazer pela *senhorita*?

Que tal trazer um saco para que eu cubra a cabeça, ou um bastão com o qual eu possa bater em Lanie?

– Não, obrigada – respondeu Grace, com o rosto ainda mais quente. Ela *definitivamente* mataria Selena. – Precisamos apenas da conta.

– Está bem. – Ele pegou a conta e rabiscou algo na parte de superior do papel, antes de colocá-lo diante de Grace. – É só me ligar, se eu puder ajudar em algo.

Apenas depois que ele se afastou, Grace viu seu nome e telefone escritos na conta.

Selena olhou e riu alto.

– Você me paga – Grace falou, suprimindo um sorriso enquanto calculava sua parte da conta no Palm Pilot. – Eu *vou* me vingar por isso.

Selena ignorou a ameaça enquanto procurava dinheiro na bolsa enfeitada de contas.

– Está bem, pode falar... mas, se eu fosse você, guardaria esse número. Ele é uma coisinha linda.

– Uma coisinha *jovem* – Grace corrigiu. – E acho que vou deixar passar. A última coisa de que preciso é ser presa por corrupção de menores.

Selena deu uma olhada para o garçom, que apoiava o quadril no balcão do bar.

– Sim, mas o Sr. Sósia do Brad Pitt ali parece valer a pena. Será que ele tem um irmão mais velho?

– Eu imagino o quanto Bill pagaria para saber que a esposa dele passou a hora do almoço cobiçando um garoto.

Selena bufou, colocando o dinheiro na mesa.

– Não estou cobiçando o rapaz para mim, mas para você. Estávamos falando, afinal, da sua vida sexual.

– Bem, minha vida sexual é satisfatória, e não é da conta das pessoas neste restaurante. – Jogando o dinheiro na mesa, Grace pegou o último pedaço de queijo e caminhou para a porta.

– Não fique brava – disse Selena, seguindo-a para fora, onde havia uma multidão de turistas e de habitantes locais espremendo-se na Jackson Square.

As notas de um saxofone solitário tocando *jazz* se sobressaíam à cacofonia de vozes, cavalos e motores de carros, conforme uma onda de calor da Louisiana a atingia.

Tentando ignorar o ar tão denso que mal podia ser inalado, Grace abriu caminho por entre a multidão e as barracas dos vendedores, que estavam alinhadas junto à cerca de ferro trabalhado que circundava a Jackson Square.

– Você sabe que é verdade – prosseguiu Selena, alcançando-a. – Meu Deus, Grace, faz quanto tempo? Dois anos?

– Quatro – respondeu ela, distraidamente. – Mas quem está contando?

– Quatro anos sem sexo? – Selena repetiu em voz alta, incrédula.

Várias pessoas pararam para olhar com curiosidade para as duas. Alheia como sempre à atenção que chamavam, Selena continuou:

– Não me diga que *você* se esqueceu de que esta é a Era da Eletrônica. Quero dizer, de fato, algum dos seus pacientes sabe há quanto tempo você está sem sexo?

Grace engoliu o queijo e encarou a amiga com um olhar desagradável. Selena pretendia gritar isso para que todos os seres humanos e todos os cavalos na Vieux Carré ouvissem?

– Fale baixo – ela pediu, e então acrescentou com secura: – Não acho que seja da conta dos meus pacientes se eu sou ou não uma pessoa casta. E, quanto à Era da Eletrônica, eu *realmente* não quero me envolver com algo que venha com rótulo e pilhas.

Selena bufou de novo.

– Sim, bem, para você a maioria dos homens *deveria* vir com um rótulo. – Ela ergueu as mãos, desenhando no ar uma moldura enquanto prosseguia: – "Atenção, por favor, alerta de psicopata. Eu, homem viril, estou predisposto a suportar horríveis oscilações de humor e amuos prolongados, e possuo a habilidade de dizer a uma mulher a verdade sobre seu peso sem aviso."

Grace riu. Ela repetira esse discurso a respeito da necessidade de os homens virem com rótulos incontáveis vezes.

– Ah, eu entendo, Dra. Sexo – Selena continuou, imitando o sotaque da famosa terapeuta sexual de origem alemã, Dra. Ruth. – Você apenas fica lá sentada, escutando-os despejar todos os detalhes íntimos de seus encontros sexuais enquanto vive como um membro vitalício do Clube das Calcinhas de Teflon. – Abandonando o sotaque, ela acrescentou: – Não acredito que nada do que você escutou nas sessões tenha agitado seus hormônios.

Grace lançou-lhe um olhar divertido.

– Bem, *sou* uma terapeuta sexual. Não faria bem aos meus pacientes que eu tivesse um orgasmo enquanto estão desabafando seus problemas. Isso é verdade, Lanie, eu perderia meu registro profissional.

– Eu não vejo como pode aconselhá-los, uma vez que você não chega perto de um homem.

Fazendo uma careta, Grace atravessou a praça, indo até o lado oposto ao do Centro de Informações Turísticas, onde a tenda de Selena para leitura de mãos e de tarô estava montada. Ao chegar à pequena mesa coberta com um tecido púrpura, ela suspirou.

– Sabe, eu sairia com um homem, se encontrasse alguém por quem valesse a pena depilar as pernas. Mas a maioria é uma perda de tempo, e eu prefiro ficar em casa e assistir a reprises de seriados antigos.

Selena deu um sorriso irritado.

– O que havia de errado com Gerry?

– Mau hálito.

– Jamie?

– Sua predileção por ficar com o dedo no nariz, especialmente durante o jantar.

– Tony?

Sem dizer nada, Grace fitou-a. Selena ergueu as mãos.

– Certo, talvez ele tivesse um pequeno problema com jogos de azar. Mas todos precisam de um *hobby*.

Grace continuou encarando-a.

– Ei, Madame Selena, já voltou do almoço? – Sunshine perguntou da barraca ao lado, onde vendia seus desenhos e cerâmicas.

Alguns anos mais jovem do que elas, Sunshine tinha cabelos negros e longos, e seus trajes faziam Grace se lembrar de uma princesa de contos de fadas. Ela usava uma fina saia branca, que seria obscena se não fosse o *collant* cor-de-rosa sob ela e a bonita blusa tipo cigana.

– Sim, estou de volta – Selena respondeu, ajoelhando-se para destrancar as portas de seu carrinho de metal, que ela amarrava todas as manhãs ao portão de ferro com uma corrente de bicicleta. – Alguém se interessou por mim enquanto estive fora?

– Dois rapazes pegaram seu cartão e disseram que voltariam depois de comer.

– Obrigada.

Após colocar a bolsa dentro do carrinho, Selena pegou a caixa de charutos azul-escura que usava para guardar o dinheiro, as cartas de tarô que mantinha embrulhadas em um lenço de seda negro e um livro com capa de couro marrom bem grande, mas fino, que Grace nunca vira. Então, pôs o chapéu de palha de abas largas e se levantou.

– Você marcou o preço em todas as peças? – perguntou para Sunshine.

– Sim – Sunshine retrucou, pegando a bolsa. – Ainda acho que dá azar. Mas, pelo menos, se alguém quiser saber o preço de alguma coisa enquanto eu estiver fora, estará lá.

Um motociclista de aparência rude parou perto da calçada.

– Ei, Sunshine! – ele gritou. – Traga seu traseiro até aqui. Estou com fome.

Ela fez um gesto, desconsiderando o jeito grosseiro do motociclista.

– Trate de se comportar, Harry, ou vai comer sozinho – Sunshine o alertou enquanto caminhava lentamente na direção dele. Por fim, subiu na garupa da moto.

Grace meneou a cabeça, pensando que Sunshine precisava de mais ajuda com homens do que ela. Observou-os passar pelo Cafe du Monde.

– Ah, seria ótimo comer um *beignet*[1] como sobremesa.

– Comida não substitui sexo – afirmou Selena, colocando as cartas e o livro sobre a mesa. – Não é o que você vive dizendo...

– Certo, você tem razão. Mas, sinceramente, Lanie, por que, de repente, você está tão interessada na *minha* vida sexual? Ou, mais importante, na falta dela?

Selena entregou-lhe o livro.

– Porque eu tenho uma ideia.

Ali estava algo que a fazia gelar até os ossos, mesmo naquele calor miserável. E Grace não se assustava com facilidade. Bem, a menos que envolvesse Selena e uma de suas ideias despropositadas.

– Outra sessão espírita?

– Não, isso é melhor.

Grace encolheu-se por dentro, imaginando o que estaria fazendo neste momento se tivesse dividido o quarto com uma companheira normal em seu primeiro ano em Tulane, em vez da excêntrica, com pretensões a cigana, Selena. Uma coisa era certa. Não discutiria sua vida sexual em uma rua lotada.

Nesse instante, ficou sensivelmente consciente das diferenças entre ambas. Ela enfrentava aquele calor úmido usando um vestido de seda creme da Ralph Lauren, fino e sem mangas, e tinha o cabelo escuro preso em um coque sofisticado. Selena, por sua vez, usava uma longa e flutuante saia negra com uma blusinha púrpura justa, que mal cobria seu amplo peito. Os cabelos castanhos e crespos estavam envolvidos por um lenço de seda preta, e das orelhas pendiam enormes brincos prateados em forma de lua e que chegavam aos ombros. Sem mencionar a mina de prata que ela colocara nos pulsos, na forma de aproximadamente 150 pulseiras que retiniam cada vez que ela se movia.

As pessoas sempre haviam reparado nas diferenças físicas, mas Grace sabia que Selena escondia sua mente astuta e sua insegurança atrás do vestuário "exótico". Por dentro, as duas eram mais parecidas do que se imaginaria.

Exceto pela crença bizarra de Selena no oculto.

---

1 *Beignet*: massa de farinha frita e polvilhada com açúcar (N.T.).

E pelo insaciável apetite sexual.

Movendo-se até ficar ao lado de Grace, Selena enfiou o livro nas mãos relutantes dela e o folheou. Grace tentou não derrubá-lo.

Nem revirar os olhos.

– Encontrei isto outro dia naquela velha livraria perto do Museu de Cera. Estava coberto por uma montanha de pó, e eu estava tentando encontrar um livro sobre psicometria, quando o achei e... *voilà*! – Selena apontou triunfantemente para uma página.

Grace olhou a imagem e ficou boquiaberta.

Nunca vira algo assim.

O homem retratado era muito atraente, e a imagem, chocante nos detalhes. Se não fossem as profundas marcas do desenho na página, ela juraria que se tratava de uma fotografia de alguma estátua grega antiga.

Não, ela corrigiu a si mesma... de um deus grego. Com certeza, nenhum homem mortal poderia ser tão bonito.

Em pé, em gloriosa e *completa* nudez, ele emanava poder, autoridade e sexualidade animal. Mesmo em uma postura casual, ele parecia um esplendoroso predador, pronto para se pôr repentinamente em movimento.

As veias se destacavam no belo corpo, que atingia a perfeição com a promessa de um vigor másculo inteiramente idealizado para o prazer feminino.

Com a boca seca, Grace percorreu com os olhos os músculos que se salientavam em proporção ideal ao peso e à altura. Acompanhou a musculatura delgada e sólida do sulco que dividia os peitorais e o abdômen definido que parecia implorar um toque feminino.

Até o umbigo.

E então até o...

Bem, ninguém se preocupara em pôr uma folha de figueira *ali*. E por que alguém faria isso? Quem, em juízo perfeito, desejaria cobrir atributos masculinos tão *agradáveis*?

E, aliás, quem precisaria de algo com baterias por perto com *aquilo* em casa?

Lambendo os lábios, Grace olhou de novo para o rosto dele.

Observando as belas feições pronunciadas que guardavam a alusão de um sorriso malicioso, ela visualizou a brisa brincando com as mechas douradas que se encaracolavam ao redor de um pescoço feito para ser apreciado com os lábios. Com duros olhos azuis penetrantes em sua intensidade, ele erguia uma lança de ferro sobre sua cabeça e gritava.

O ar denso e quente ao redor dela agitou-se de súbito, parecendo, de alguma forma, acariciar-lhe a pele exposta.

Ela podia quase escutar o timbre grave daquela voz, sentir braços fortes envolvendo-a e puxando-a de encontro a um peito sólido como rocha, enquanto o hálito quente fazia cócegas em seu ouvido. Mãos firmes e hábeis deslizavam por seu corpo, deleitando-a ao procurarem seus recantos mais íntimos.

Um arrepio percorreu sua espinha, e seu corpo pulsou em lugares onde nunca soubera que um corpo poderia pulsar. Era uma sensação intensa e exigente, que jamais tinha experimentado.

Piscando, olhou para Selena, a fim de verificar se a amiga fora afetada da mesma forma. Porém, se fosse esse o caso, ela nada demonstrava.

Devia estar alucinando. Era isso! O condimento dos feijões-vermelhos tinha se infiltrado em seu cérebro, transformando-o em mingau.

– O que você acha dele? – Selena indagou, finalmente encontrando seu olhar.

Grace deu de ombros, esforçando-se para subjugar o calor em seu corpo. Ainda assim, seus olhos insistiram em se voltar para a aparência perfeita daquele homem.

– Ele parece um paciente novo que atendi ontem.

Bem, aquilo não era exatamente verdade... O sujeito que ela atendera era razoavelmente atraente, mas nem se aproximava do homem no desenho.

Nunca vira nada como *ele* na vida!

– É mesmo? – Os olhos de Selena se escureceram, indicando que estava prestes a iniciar uma longa preleção sobre destino e encontros fortuitos.

– Sim – disse Grace, interrompendo-a antes que ela pudesse começar. – Ele me falou que era uma lésbica presa em um corpo de homem.

Com uma expressão desapontada, Selena puxou o livro das mãos de Grace, fechou-o com força e encarou-a.

– Você conhece as pessoas mais esquisitas!

Grace apenas ergueu a sobrancelha.

– Não diga nada. – Selena sentou-se no lugar que costumava ocupar atrás da mesa e colocou o livro ao lado. – Estou lhe dizendo que *isto* – bateu com o dedo duas vezes no centro do livro – é a solução para você.

Grace fitou a amiga, pensando em como ela parecia mesmo Madame Selena, autoproclamada Senhora da Lua, acomodada atrás das cartas de tarô e da mesa púrpura, com o misterioso livro sob a mão. No momento, quase podia crer que Selena *fosse* uma cigana mística.

Se acreditasse em tais coisas.

– Certo – concordou Grace, cedendo. – Pare de enrolar e me diga o que esse livro e essa imagem têm a ver com a minha vida sexual.

A expressão de Selena tornou-se solene.

– O sujeito que mostrei a você... Julian... é um escravo sexual completamente controlado por quem quer que o evoque, e também é devotado a essa pessoa.

Grace deu uma gargalhada. Sabia que estava sendo indelicada, mas não conseguiu evitar. Como uma bolsista da Fundação Rhodes, com doutorado em história antiga e em física pela Universidade de Oxford, mesmo alguém com as idiossincrasias de Selena, podia acreditar em algo tão ridículo?

– Não ria. Estou falando sério.

– Sei que está. Por isso é tão engraçado. – Pigarreando, Grace controlou-se. – Certo. O que eu preciso fazer? Tirar as roupas e dançar diante do lago Pontchartrain à meia-noite? – Os cantos de sua boca se ergueram ao mesmo tempo em que os olhos de Selena se escureceram em forma de advertência. – Tem razão. Eu conseguiria sexo, mas não acho que seria com um lindo escravo sexual grego.

O livro caiu da mesa.

Selena pulou, dando um gritinho, antes de se levantar e afastar a cadeira para trás.

Grace ofegou.

– Você empurrou isso com o cotovelo, não?

Com os olhos redondos como pires, Selena meneou a cabeça lentamente.

– Admita, Lanie.

– Eu não fiz isso – ela respondeu, com uma expressão muito séria. – Acho que você o ofendeu.

Sacudindo a cabeça diante de tamanho absurdo, Grace pegou os óculos de sol e as chaves na bolsa. Sim, certo, está sendo como naquela vez na faculdade, quando Lanie a convencera a participar da brincadeira do copo, fazendo-o revelar que ela se casaria com um deus grego aos 30 anos e que teria seis filhos com ele.

Selena nunca tinha admitido que empurrara o copo.

E, no momento, o sol de agosto estava quente demais para que Grace se dispusesse a discutir.

– Preciso voltar ao consultório. Tenho uma consulta às duas horas e não quero ficar presa no trânsito. – Ela pôs os óculos Ray-Ban. – Você vai à minha casa hoje à noite?

– Eu não deixaria de ir por nada no mundo. Vou levar o vinho.

– Está bem. Vejo você às oito. – Grace se deteve apenas o suficiente para falar: – Diga a Bill que eu mandei um "oi" e um "obrigada" por ele deixá-la ir até em casa para o meu aniversário.

Observando a amiga afastar-se, Selena sorriu.

– Espere até você ver seu presente de aniversário – ela sussurrou, pegando o livro do chão e passando a mão pela capa de couro macio para limpar a poeira.

Abrindo-o de novo, Selena fitou a bela imagem, fixando-se nos olhos que, embora estivessem desenhados em negro, davam a impressão serem de um azul profundo.

Tinha certeza de que, daquela vez, seu feitiço funcionaria.

– Você vai gostar dela, Julian – murmurou, traçando com os dedos o corpo perfeito. – Mas eu preciso avisá-lo de que ela consegue esgotar a paciência de um santo. E transpor as defesas dela será tão árduo quanto derrubar os muros de Troia. Ainda assim, acho que, se alguém pode ajudá-la a se encontrar, esse alguém é você.

Ao sentir o livro aquecer-se sob a mão, ela instintivamente soube que era a maneira de Julian concordar com o que dissera.

Grace a considerava louca por suas crenças. Porém, como a sétima filha de uma sétima filha e com o sangue cigano correndo em suas veias, Selena sabia que havia certas coisas na vida que desprezavam explicações. Certas energias enigmáticas que fluíam e refluíam de forma incontrolada, apenas esperando que alguém as canalizasse.

E naquela noite haveria lua cheia.

Pôs o livro de volta em seu carrinho, trancando-o, com a certeza de que o destino o colocara em suas mãos. Sentira-o chamando por ela assim que se aproximara da prateleira em que se encontrava na livraria.

Como estava casada havia dois anos, e muito feliz, sabia que o livro não se destinava a ela. Estava apenas usando-a para chegar aonde precisava.

Até Grace.

Seu sorriso ampliou-se. Imaginou como seria ter um escravo sexual grego incrivelmente bonito à disposição durante um mês inteiro...

Sim, este era definitivamente um aniversário do qual Grace se lembraria pelo resto da vida.

Capítulo 2

Horas depois, Grace suspirou ao abrir a porta de sua casa de dois andares e entrar no vestíbulo lustroso. Deixou a correspondência sobre a antiga mesinha de canto perto da escada, antes de trancar a porta. Depois, colocou as chaves ao lado das cartas.

Assim que tirou os sapatos pretos de salto alto, sentiu o silêncio que a envolvia, e seu peito se apertou. Toda noite ela seguia a mesma rotina inócua. Chegava a uma casa vazia, deixava a correspondência sobre a mesa, arrastava-se para o andar de cima a fim de trocar de roupa, fazia uma refeição leve, separava a correspondência, lia um livro, ligava para Selena, checava seu serviço de recados e ia para a cama.

Selena tinha razão. Sua vida era um breve e entediante estudo sobre a monotonia.

E, aos vinte e nove, estava cansada disso.

Droga! Até mesmo Jamie, aquele que costumava enfiar o dedo no nariz, começava a parecer bom.

Bem, talvez não Jamie e o nariz dele, mas com certeza em algum lugar havia alguém que não era um cretino.

Não havia?

Subindo as escadas, ela decidiu que viver sozinha não era assim tão horrível. Pelo menos tinha tempo suficiente para se dedicar aos seus *hobbies*.

Ou para encontrar alguns hobbies, pensou, enquanto caminhava pelo corredor na direção do quarto. Algum dia, ela realmente precisaria de um.

Atravessou o aposento, deixou os sapatos ao lado da cama e trocou de roupa depressa.

Acabara de prender o cabelo em um rabo de cavalo, quando a campainha tocou.

Descendo de novo, abriu a porta para Selena.

Assim que ela abriu a porta, a amiga bufou.

– Você não vai usar *isso* esta noite, vai?

Grace olhou para o *jeans* esburacado e para a camiseta larga.

– Desde quando você começou a se importar com a *minha* aparência?

Então ela viu *aquilo* na imensa bolsa de vime que Selena usava para carregar compras.

– Ah, não! Esse livro de novo, não.

Parecendo um pouco aborrecida, Selena indagou:

– Sabe qual é o seu problema, Gracie?

Grace olhou para o teto, em busca de ajuda divina. Infelizmente, não havia nenhuma em vista.

– Qual? O fato de eu não ficar enlouquecida sob o efeito da lua e atirar minha pessoa gorda e sardenta em cima de todo sujeito que encontro?

– O fato de você não ter ideia do quanto é adorável.

Enquanto Grace ficava parada, aturdida com o comentário atípico, Selena levou o livro até a sala de estar e colocou-o sobre a mesinha de centro. Em seguida, pegou o vinho na sacola e dirigiu-se à cozinha.

Grace não a seguiu. Tinha pedido pizza antes de sair do trabalho, e sabia que Selena fora apenas buscar as taças.

Como se puxada por uma mão invisível, Grace sentiu-se ser arrastada até a mesa de centro, sobre a qual estava o livro.

Involuntariamente, esticou o braço para tocá-lo. Ao alcançar o couro macio, quase podia jurar que algo roçou seu rosto.

Aquilo era ridículo.

Você não acredita nessas coisas.

Ela passou a mão sobre o couro perfeito, notando que não havia título ou qualquer tipo de inscrição à vista. Abriu a capa.

Era o livro mais estranho que já vira. As páginas pareciam ter sido originalmente algum tipo de pergaminho, ou algo que apenas mais tarde fora encadernado.

O pergaminho alvejado enrugou-se sob seus dedos quando ela virou a primeira página e viu um intrincado emblema de arabescos pintados, composto por três triângulos entrelaçados e uma interessante imagem de três mulheres unidas por espadas.

Franzindo o cenho, Grace recordou-se vagamente da imagem como sendo algum tipo de antigo símbolo grego.

Ainda mais intrigada do que antes, ela folheou o livro e descobriu que estava completamente vazio, exceto por aquelas três páginas...

Que estranho!

Devia ter sido uma espécie de caderno de esboços de um pintor ou escultor – concluiu. Seria a única explicação para as páginas em branco. Alguma coisa devia ter acontecido antes de o artista ter a oportunidade de adicionar algo mais ao livro.

Porém, na verdade, aquilo não explicava por que as páginas pareciam tão mais velhas do que a encadernação...

Voltando ao desenho do homem, ela examinou a escrita na página oposta à que ele se encontrava, mas não conseguiu decifrar nada. Ao contrário de Selena, evitara as aulas de idiomas na faculdade como se fossem veneno e, se não fosse pela amiga, nunca teria sido aprovada naquela parte de seu currículo principal.

– Definitivamente, é grego para mim – ela murmurou antes de voltar a atenção para o homem.

Ele era maravilhoso. Tão perfeito e atraente.

Tão incrivelmente sensual.

Completamente fascinada por ele, imaginou quanto tempo seria necessário para que um desenho se tornasse tão primoroso. Alguém com certeza dedicara anos a isso, porque o sujeito parecia literalmente pronto para sair da página e entrar em sua casa.

Selena deteve-se à porta, observando a amiga olhar fixamente para Julian. Em todos os anos em que a conhecia, nunca a vira tão encantada.

Ótimo.

Talvez Julian pudesse ajudá-la.

Quatro anos realmente era tempo demais.

No entanto, Paul havia sido um porco egoísta e descuidado. A insensibilidade quanto aos sentimentos de Grace a tinha feito chorar na noite em que ele lhe tomara a virgindade.

E nenhuma mulher merecia chorar, especialmente estando com alguém que dissera importar-se com ela.

Julian definitivamente seria bom para Grace. Um mês com ele a faria se esquecer do crápula. E, assim que ela experimentasse sexo mútuo e verdadeiro, poderia se libertar para sempre da crueldade de Paul.

Mas, antes, precisava conseguir que a amiga teimosa se tornasse um pouco mais dócil.

– Você pediu a pizza? – Selena indagou, entregando-lhe uma taça de vinho.

Grace pegou-a das mãos dela sem prestar atenção. Por algum motivo, não conseguia desviar os olhos da imagem.

– Gracie?

Piscando, ela se obrigou a fitá-la.

– Hum?

– Peguei você olhando – Selena provocou.

Grace pigarreou.

– Ora, por favor! É apenas um pequeno desenho em preto e branco.

– Querida, não há nada *pequeno* nesse desenho.

– Você é perversa, Selena.

– É verdade. Quer mais vinho?

Nesse instante, a campainha tocou.

– Eu atendo – disse Selena, colocando a taça sobre a mesa antes de dirigir-se ao vestíbulo.

Alguns minutos depois, ela retornou à sala. Grace permitiu que o maravilhoso aroma da enorme pizza de *pepperoni* afastasse seus pensamentos do livro. E do homem que parecia ter marcado a imagem dele em seu subconsciente.

Mas não era fácil.

Na verdade, parecia ficar mais difícil a cada minuto.

O que diabos havia de errado com ela? Era a rainha do gelo. Nem mesmo Brad Pitt ou Brendan Fraser a excitavam. E eles estavam bem vivos.

O que havia a respeito daquele desenho?

A respeito *dele*?

Grace deu uma mordidinha na pizza e, de forma desafiante, foi sentar-se em uma poltrona do outro lado da sala. Pronto! Mostraria para aquele livro e para Selena que *ela* estava no controle.

Quatro pedaços de pizza, dois *cupcakes*, quatro taças de vinho e um filme inteiro depois, ela e Selena estavam deitadas no chão, cercadas por várias confortáveis almofadas do sofá enquanto riam do filme *Gatinhas e Gatões*.

– *You say it's your birthday* – Selena começou a cantar a música mencionada no filme e a batucar no chão. – *It's my birthday, too.*

Grace golpeou-a com uma almofada e riu ao sentir a cabeça zunir por causa do vinho.

– Gracie – Selena chamou-a, com a voz alegre –, você está embriagada?

Ela riu de novo.

– Talvez apenas agradavelmente relaxada.

Selena riu, puxando o elástico que prendia o cabelo de Grace.

– Então está disposta a tentar um pequeno experimento?

– Não! – Grace respondeu enfaticamente, pondo os cabelos soltos atrás das orelhas. – Não quero fazer a brincadeira do copo, nem aquela coisa com o pêndulo, e juro que, se eu vir uma carta de tarô ou as runas, vou vomitar *cupcake* em cima de você.

Mordendo o lábio inferior, Selena pegou o livro da mesa e o abriu.

Cinco minutos para a meia-noite.

Estendendo a imagem para que Grace pudesse examiná-la, apontou para o corpo incrível.

– O que me diz dele?

Grace olhou o retrato e sorriu.

– Ele *é* maravilhoso, não é?

Bem, aquilo com certeza era um progresso. Selena não se lembrava da última vez em que Grace elogiara a aparência de um homem. Agitou o livro de forma provocadora diante do rosto da amiga.

– Vamos lá, Gracie. Admita. Você quer esse sujeito lindo.

– Se eu dissesse que não o expulsaria da minha cama por comer bolachas, você me deixaria em paz?

– Talvez. E por que mais você não o expulsaria da cama?

Ela revirou os olhos e apoiou a cabeça na almofada.

– Por comer vísceras gordurosas de marmota?

– Agora acho que *eu* vou vomitar.

– Assista ao filme.

– Só se você tentar este pequeno cântico.

Grace ergueu a cabeça e suspirou. Sabia que seria melhor não discutir com Selena. A amiga tinha *aquele* olhar, e nada menos do que a colisão de um meteorito com a casa a deteria antes de conseguir o que queria.

Além disso, que mal poderia haver? Aprendera anos atrás que nada advinha dos cânticos e feitiços tolos de Selena.

– Certo. Se isso vai amenizar seu sofrimento, eu farei.

– Sim! – Selena agarrou-a pelo braço e puxou-a para que ficasse em pé. – Precisamos ir até o deque lá fora.

– Está bem, mas eu não vou arrancar a cabeça de uma galinha para fazer vodu, nem beber alguma coisa nojenta.

Sentindo-se como uma garota que perdera um jogo da verdade em uma festa do pijama, Grace permitiu que Selena a levasse para fora, passando pela porta de correr. O ar úmido encheu seus pulmões enquanto os grilos cantavam e milhares de estrelas brilhavam. Ela supôs que era uma linda noite para evocar um escravo sexual, e riu em silêncio ante o pensamento.

– O que você quer que eu faça? – perguntou. – Um desejo a um planeta?

Meneando a cabeça, Selena moveu-a para que ficasse no círculo projetado pelo luar, no local em que a luz incidia sobre o beiral de seu telhado, e entregou-lhe o livro aberto.

– Segure isto junto ao peito.

– Oh, meu bem... – Grace zombou, fingindo desejo, ao abraçar o livro junto ao peito como se fosse um amante. – Você me deixa tão excitada e desejosa. Eu mal posso esperar para afundar meus dentes nesse seu corpo maravilhoso.

Selena riu.

– Pare! Isto é sério!

– Sério? Por favor! Estou em pé aqui fora no meu vigésimo nono aniversário, descalça e usando um *jeans* que minha mãe queimaria, segurando um livro estúpido junto ao peito em um esforço para evocar um escravo sexual grego do outro mundo. – Olhou para Selena. – Conheço apenas uma forma de tornar isso ainda mais ridículo... – Segurando o livro em uma das mãos, ela abriu os braços, inclinou a cabeça para trás e implorou para o céu escuro: – Oh, me arrebata, formidável e deslumbrante escravo sexual e seja pecaminoso comigo. Ordeno que se *erga* – ela disse, agitando as sobrancelhas.

Selena bufou.

– Não é assim que se faz. Precisa dizer o nome dele três vezes.

Grace endireitou-se.

– Escravo sexual, escravo sexual, escravo sexual.

Com as mãos nos quadris, a amiga encarou-a.

– Julian da Macedônia.

– Ah, me desculpe – Grace apertou o livro junto ao peito e fechou os olhos. – Venha e alivie minha virilha dessa dor, grande Julian da Macedônia, Julian da Macedônia, Julian da Macedônia. – Depois, fitou Selena. – É difícil dizer isso depressa três vezes.

Porém, Selena não prestava a mínima atenção nela. Estava ocupada olhando ao redor, esperando o surgimento de um belo estranho grego.

Grace revirou os olhos quando um vento sutil soprou no jardim e um leve aroma de sândalo as envolveu. Ela apreciou o aroma agradável por um instante, antes que ele evaporasse e a brisa desvanecesse, dando lugar novamente ao ar quente e denso tão comum em uma noite de agosto.

De repente, escutou um som débil. Era um suave farfalhar de folhas que vinha dos arbustos.

Erguendo a sobrancelha, Grace olhou na direção dos arbustos que oscilavam.

Nesse momento, o diabinho de dentro dela manifestou-se.

– Ah, meu Deus! – ela murmurou, apontando para um arbusto. – Selena, olhe para lá!

Selena virou-se rapidamente ante o gesto excitado. Um arbusto alto se agitou, como se houvesse alguém atrás dele.

– Julian? – Selena chamou, dando um passo para a frente.

A árvore se inclinou. De repente, um silvo e um miado soaram um pouco antes de dois gatos dispararem pelo jardim.

– Veja, Lanie, o gatinho veio me salvar do celibato. – Acomodando o livro sob um dos braços, Grace levou o dorso da mão à testa, simulando um desmaio. – Oh, me ajude, Senhora da Lua! O que eu vou fazer com os galanteios desse pretendente indesejável? Ajude-me logo, antes que ele me mate de alergia!

– Dê esse livro para mim – Selena vociferou, agarrando-o. Dirigiu-se à casa enquanto o folheava. – Droga! O que eu fiz de errado?

Grace abriu a porta para que a amiga pudesse retornar ao ambiente mais fresco.

– Você não fez nada errado, querida. É uma farsa. Quantas vezes eu preciso dizer que um velhinho fica sentado no quarto dos fundos de algum lugar inventando tudo isso? Aposto que ele está se matando de rir agora por sermos estúpidas o suficiente...

– Talvez devêssemos ter feito algo mais. Aposto que há alguma coisa nos poucos parágrafos que eu não consigo ler. Só *pode* ser isso.

Grace trancou a porta de correr e suplicou por paciência. *E Selena* me *chama de teimosa.*

O telefone tocou. Ao atender, Grace ouviu a voz de Bill perguntando por Selena.

– É para você – ela disse, dando o telefone para a amiga.

Selena pegou-o.

– Sim? – Ela ficou em silêncio por vários minutos, e Grace percebeu que Bill falava agitadamente. Pela súbita palidez de Selena, sabia que algo acontecera. – Certo, certo. Logo estarei em casa. Tem certeza de que está bem? Certo. Amo você. Estou a caminho. Não tente fazer nada até eu chegar.

Uma horrível pontada de medo fez o estômago de Grace se apertar. Repetidas vezes, ela via o policial à porta de seu alojamento estudantil e ouvia a voz impassível: *Sinto informá-la...*

– O que aconteceu? – Grace perguntou.

– Bill caiu durante o jogo de basquete e quebrou o braço.

Ela soltou a respiração, aliviada. Graças a Deus, não era um acidente de carro!

– Ele está bem?

– Disse que sim. Os amigos o levaram ao pronto-socorro, onde tirou uma radiografia, depois o deixaram em casa. Ele me disse para não me preocupar, mas acho melhor ir embora.

– Quer que eu leve você?

Selena meneou a cabeça.

– Não. Ao contrário de mim, você bebeu muito vinho. Além disso, tenho certeza de que não é nada sério. Você sabe como eu sou preocupada. Fique aqui e aprecie o resto do filme. Ligo para você amanhã de manhã.

– Está bem. Quero saber como ele está.

Selena pegou a bolsa e retirou dela as chaves. Caminhou em direção à saída, mas se deteve e entregou o livro para Grace.

– Que diabos! Fique com isso. Pelo menos poderá rir nos próximos dias ao se lembrar da idiota que eu sou.

– Você não é uma idiota. É apenas excêntrica.

– Era isso o que diziam a respeito de Mary Todd Lincoln. Até que a internaram.

Rindo, Grace pegou o livro e observou a amiga andar até o carro.

– Tome cuidado – ela gritou. – E obrigada pelo presente, e por vir até aqui.

Selena acenou antes de entrar em seu jipe vermelho e partir.

Com um suspiro cansado, Grace fechou e trancou a porta antes de lançar o livro ao sofá.

– Não vá a lugar algum, *escravo sexual.*

Ela riu daquela tolice. Será que Selena *algum dia* deixaria tamanho absurdo para trás?

Desligou a TV e levou a louça suja para a pia da cozinha. Enquanto lavava os copos, avistou um brilhante lampejo de luz.

Por um instante, achou que fosse um relâmpago.

Até dar-se conta de que vinha de *dentro* da casa.

– Que diab...

Pôs as taças de vinho de lado e andou na direção da sala de estar. A princípio, não viu nada. Mas, ao chegar à porta, *sentiu* uma estranha presença que fez os pelos em seus braços e nuca se arrepiarem.

Com cuidado, entrou no aposento e viu um vulto alto parado diante do sofá.

Era um homem.

Um homem bonito.

Um homem *nu*!

Capítulo 3

Grace fez o que quase qualquer mulher faria ao se defrontar com um homem em sua sala de estar. Ela gritou.

E então correu até a porta da frente.

Porém, esqueceu-se das almofadas que ainda estavam no chão, onde Selena e ela as tinham empilhado. Tropeçando em duas delas, estatelou-se no chão.

Não!, ela gritou mentalmente ao cair de forma dolorosa. Precisava fazer algo para proteger-se.

Aterrorizada e tremendo, ela se mexeu em meio às almofadas, procurando uma arma. Sentindo algo, ergueu a mão e viu que segurava uma pantufa cor-de-rosa de coelhinho.

Diabos! Com o canto do olho, viu a garrafa de vinho. Rolou na direção do objeto e agarrou-o, antes de se virar para encarar o intruso.

Mais rápido do que ela poderia reagir, ele envolveu seu pulso com a mão cálida, imobilizando-a com delicadeza.

– Está ferida? – indagou ele.

Deus! A grave voz masculina era melodiosa, com um forte e ritmado sotaque que podia apenas ser descrito como musical. Erótico. E delicioso.

Com a razão entorpecida, Grace olhou para cima e...

Bem...

Honestamente, ela viu apenas uma coisa, e *aquilo* deixou sua face mais quente do que ensopado *cajun*[2]. Afinal, era impossível não ver *aquilo*, uma vez que estava tão perto. E era um *aquilo* grande.

No instante seguinte, ele se ajoelhou ao seu lado e afastou os cabelos de seus olhos com gentileza. Passou a mão por sua cabeça, como se estivesse procurando um ferimento.

O olhar dela deleitou-se com o peito dele. Incapaz de se mexer ou de olhar para qualquer outro lugar que não fosse aquela pele fantástica, Grace lutou contra o ímpeto de gemer ante a sensação intensa e pecaminosa provocada pelos dedos masculinos em seus cabelos. Seu corpo inteiro parecia arder.

– Você bateu a cabeça? – perguntou ele.

De novo, o estranho e glorioso sotaque reverberava pelo corpo de Grace como uma carícia quente e suave.

Ela olhou fixamente para aquela abundância de pele dourada, que parecia atrair sua mão para um toque.

Ele praticamente brilhava!

Sentiu-se compelida a ver o rosto dele, a verificar por si mesma se tudo nele era tão maravilhoso quanto o corpo.

Ao olhar para cima, para além dos músculos esculpidos dos ombros, ficou boquiaberta. A garrafa de vinho escorregou de seus dedos dormentes.

Era *ele*!

Não! Não podia ser possível.

Isso não podia estar acontecendo com ela, e ele não podia estar nu em sua sala de estar com as mãos em seus cabelos. Coisas assim não acontecem na vida real. Especialmente com pessoas comuns como ela.

E ainda assim...

– Julian? – ela sussurrou.

Ele tinha a compleição vigorosa e forte de um ginasta. Os músculos eram firmes, delgados, lindos e bem definidos em lugares que ela nem

---

2 *Cajun*: descendentes de franceses, bem como tudo relacionado a esse povo, que viviam o Canadá e que, após serem expulsos de suas terras, se fixaram na Louisiana, no sul dos Estados Unidos da América (N.P.).

mesmo sabia que um homem podia ter músculos. Nos ombros, bíceps e antebraços. No peito e nas costas. Do pescoço às pernas.

Ele emanava puro vigor masculino por todos os poros.

Até mesmo *aquilo* começou a inchar.

Os cabelos dourados caíam livremente em ondas ao redor de uma face com a barba bem feita, que parecia ter sido esculpida em pedra. Extraordinariamente atraente e fascinante, o rosto não tinha um tipo de beleza delicada, mas era definitivamente de tirar o fôlego.

Lábios carnudos e sensuais se curvavam em um sorriso indiferente, revelando covinhas que talhavam profundas luas nas faces bronzeadas.

E os olhos...

Encantadores!

Eram de um límpido azul celestial, com as extremidades das íris destacadas por uma minúscula risca azul-escura. Chamuscantes em intensidade, os olhos revelavam uma inteligência apurada. Ela tinha a sensação de que aquele olhar realmente *podia* matar.

Ou, no mínimo, devastar.

E ela, com certeza, estava devastada no momento. Cativada por um homem perfeito demais para ser real.

De forma hesitante, ela estendeu a mão e colocou-a no braço dele. Ficou pasma quando o braço não evaporou, provando que tudo aquilo era apenas uma alucinação provocada pela bebida.

Não, aquele braço era real. Real e sólido e quente. A pele sob sua palma flexionou-se em um músculo poderoso, que fez seu coração se acelerar.

Atordoada, ela não conseguiu fazer outra coisa senão encará-lo.

Julian arqueou a sobrancelha, confuso. Nunca uma mulher fugira dele antes. Nem o rejeitara após recitar o cântico de evocação.

Todas as outras tinham aguardado, com expectativa, sua encarnação, e depois haviam caído instantaneamente em seus braços, exigindo que ele as satisfizesse.

Mas não aquela...

Ela era diferente.

Sentiu vontade de sorrir ao percorrê-la com o olhar.

Os cabelos espessos e escuros alcançavam o meio das costas, e os olhos cinza-claros lembravam o mar antes de uma tempestade. Olhos cinza, salpicados de minúsculos pontinhos prateados e verdes que brilhavam com inteligência e calor.

A pele pálida e macia era revestida por pequenas sardas. Ela era tão adorável quanto sua voz suave, marcada pelo sotaque.

Não que isso importasse.

Independentemente da aparência, ele existia apenas para servi-la sexualmente. Para dedicar-se a provar o corpo dela com o seu; e era isso o que pretendia fazer.

– Venha – disse ele, pegando-a pelos ombros. – Deixe-me ajudá-la.

– Você está nu – sussurrou Grace, olhando-o dos pés à cabeça, com perplexidade enquanto se levantava. – Você está *completamente* nu.

Ele ajeitou as pontas dos cabelos escuros atrás das orelhas dela.

– Eu sei.

– *Você está nu!*

– Já constatamos isso.

– Você está *feliz* e nu.

Confuso, Julian franziu o cenho.

– O quê?

Ela olhou para baixo, indicando que ele estava excitado.

– Você está *feliz* – ela repetiu, com um olhar eloquente. – E nu.

Então, era assim chamavam aquilo neste século. Ele precisaria se lembrar disso.

– E isso a deixa desconfortável? – indagou, espantado com o fato de uma mulher se importar com sua nudez, já que isso nunca acontecera.

– Bingo!

– Bem, eu conheço um remédio – disse Julian, e sua voz caiu uma oitava enquanto ele fitava os mamilos se enrijecendo sob o fino tecido branco. Mamilos que ele mal podia esperar para ver.

Para saborear.

Moveu-se para tocá-la.

Grace deu um passo para trás, sentindo o coração bater com força. Isso não era real. Não podia ser real. Ela estava apenas bêbada, e era tudo uma ilusão. Ou talvez tivesse batido a cabeça na mesinha de centro e estivesse inconsciente e sangrando até a morte.

Sim, era isso! Isso fazia sentido.

Pelo menos, fazia muito mais sentido do que o profundo pulsar que percorria seu corpo. Um pulsar que implorava para ela se atirar naqueles braços fortes.

Quando você tem uma fantasia, garota, você vai fundo mesmo. Deve estar trabalhando demais nos últimos tempos. Está começando a trazer para casa os sonhos dos seus pacientes.

Ele tomou o rosto dela entre as mãos. Grace não conseguia se mexer. Tudo o que pôde fazer foi permitir que ele inclinasse sua cabeça até que ela fitasse aqueles olhos penetrantes, que, com certeza, eram capazes de ler sua alma. Eles a hipnotizavam, como os de um predador mortal acalmando a presa.

Estremeceu naquele abraço.

Então, lábios calorosos e exigentes cobriram os seus. Grace reagiu com um gemido. Durante toda a sua vida ouvira falar de beijos que enfraqueciam os joelhos das mulheres, mas era a primeira vez que experimentava um.

Oh, era bom senti-lo. Ele cheirava bem e tinha um sabor ainda melhor.

Por iniciativa própria, seus braços enlaçaram os ombros largos e firmes dele. O calor do peito forte infiltrou-se nela, atraindo-a com a promessa erótica e sensual do que estava por vir. E, o tempo todo, ele arrebatava sua boca com habilidade, como um saqueador *viking* tencionando a devastação total.

Cada centímetro do corpo magnífico estava intimamente pressionado ao seu, roçando-a de forma a intensificar a consciência feminina que tinha dele. E, oh, céus, ela estava consciente dele como nunca estivera de outro homem. Deslizou a mão pelos músculos esculpidos das costas desnudas e suspirou ao senti-los enrijecer sob sua mão.

Naquele instante, Grace decidiu que, se aquilo era um sonho, ela não queria que o despertador soasse.

Ou que o telefone tocasse.

Ou...

As mãos dele desceram por suas costas, e então envolveram suas nádegas pressionando seus quadris contra os dele, enquanto a língua se entrelaçava à sua. O aroma de sândalo preencheu seus sentidos.

Derretendo-se, Grace explorou os músculos tesos das costas nuas com as palmas, sentindo os longos cabelos oscilarem de leve ao encontrarem o dorso de suas mãos, em uma carícia erótica.

A cabeça de Julian girava ante o toque quente e a sensação prazerosa provocada pelos braços que o envolviam com força, enquanto explorava a pele macia e sardenta de Grace.

Adorava os sons que ela emitia ao lhe corresponder de forma tão provocante. Mal podia esperar para ouvi-la gritar ao atingir o êxtase, para vê-la inclinar a cabeça para trás ao ser percorrida por espasmos de prazer.

Fazia tanto tempo desde a última vez que sentira um toque feminino... Tanto tempo desde que tivera qualquer contato humano.

Seu corpo estava inflamado de desejo e, se aquela não fosse a primeira vez com Grace, ele a devoraria como a um pedaço saboroso de chocolate. Ele a deitaria e a arrebataria, como um homem faminto em um banquete.

Mas isso teria de esperar até que ela se acostumasse com ele.

Aprendera, séculos atrás, que as mulheres sempre desfaleciam após a primeira união. E ele definitivamente não desejava que aquela desmaiasse.

Ainda não, de qualquer forma.

Mesmo assim, não podia esperar outro minuto para possuí-la.

Erguendo-a nos braços em um movimento rápido, dirigiu-se à escada.

A princípio, Grace não conseguiu se libertar da fantástica sensação de ser envolvida por braços fortes e calorosos, de ser carregada, de fato, por um homem que não gemia com o esforço. Porém, conforme eles passaram pela grande base de madeira do corrimão, ela despertou, sobressaltada.

– Pode parar, grandalhão! – vociferou, agarrando-se ao corrimão de mogno entalhado, como se fosse um colete salva-vidas. – Aonde você pensa que está me levando?

Ele parou e a fitou com curiosidade. Naquele instante, Grace deu-se conta de que, grande e forte como era, ele podia fazer o que quisesse com ela, pois seria impotente para detê-lo.

Um tremor de medo a percorreu.

Contudo, apesar de todo o perigo, parte de si não estava temerosa. Algo em seu íntimo lhe dizia que aquele homem não a feriria intencionalmente.

– Vou levá-la para o seu quarto, onde poderemos terminar o que começamos – ele respondeu, como se estivessem falando sobre o tempo.

– Acho que não.

Ele encolheu aqueles ombros maravilhosamente largos.

– Você prefere as escadas, então? Ou talvez o sofá? – Ele olhou ao redor, como se estivesse avaliando as opções. – Na verdade, não é má ideia. Faz muito tempo desde que eu possuí uma mulher no...

– Não, não e não! O único lugar no qual vai me *possuir* é nos seus sonhos! Agora me ponha no chão, antes que eu fique realmente brava.

Para seu choque, ele obedeceu.

Sentindo-se um pouco melhor quando seus pés tocaram o chão com segurança, ela subiu dois degraus.

Com os olhos de ambos no mesmo nível, ficaram em condições mais iguais... Caso fosse possível que alguém, em algum momento, se igualasse a um homem com tanto poder e autoridade inatos.

De repente, o impacto da presença dele a atingiu com força.

Ele era real!

Santo Deus, ela e Selena o tinham invocado à vida de verdade!

Com os olhos cravados nela e o rosto estoico e completamente desprovido de divertimento, ele disse:

– Não compreendo por que estou aqui. Se não me deseja dentro de você, por que me chamou?

Ela quase gemeu ao ouvir essas palavras. E o pior foi que a imagem daquele corpo dourado, delgado e forte sobre o seu passou por sua mente.

Como seria ter um homem tão incrivelmente delicioso fazendo amor com ela a noite inteira?

E não havia dúvida de que ele seria delicioso na cama. Com a destreza e os movimentos que ele demonstrara até o momento, não havia como determinar o quão bom seria...

Grace ficou tensa com esse pensamento. O que havia com aquele homem?

Nunca, durante toda a sua vida, ela experimentara um apetite sexual como esse. Nunca! Ela poderia literalmente deitá-lo no chão e devorá-lo.

Não fazia sentido.

Ao longo dos anos, acostumara-se às descrições detalhadas do sexo. Alguns de seus pacientes tentavam, inclusive, chocá-la ou excitá-la.

Porém, nunca alguém conseguira provocar uma reação tão ardente.

No entanto, no que dizia respeito àquele homem, ela só conseguia pensar em tomá-lo em seus braços e deitar-se sobre ele no chão.

O pensamento totalmente incomum chamou-a de volta à razão.

Grace abriu a boca para responder à pergunta, mas se deteve. O que faria com aquele sujeito?

Além *daquilo*.

Meneou a cabeça, incrédula.

– O que eu devo fazer com você?

A luxúria escureceu-lhe os olhos, conforme ele estendia as mãos na direção dela.

Oh, sim, seu corpo implorava, *por favor, me toque.*

– Pare com isso! – falou de forma ríspida para si mesma e para ele, recusando-se a perder o controle. A racionalidade iria imperar ali, e não os seus hormônios. Ela já cometera *esse* erro antes e não o repetiria.

Subiu mais um degrau e encarou-o. Deus, ele era deslumbrante! Os cabelos loiros e ondulados caíam a meio caminho das costas, onde estavam presos por um cordão de couro marrom-escuro, com exceção de três finas tranças, que tinham contas atadas às pontas, que se agitavam conforme ele se movia.

Sobrancelhas castanho-escuras encimavam olhos que eram sedutores e assustadores ao mesmo tempo. Olhos que a observavam com calor demais.

Naquele momento, definitivamente ela desejava matar Selena.

Mas não tanto quanto desejava atirar-se na cama com aquele homem e afundar os dentes naquela pele bronzeada.

Pare com isso!

– Não entendo o que está acontecendo – disse, por fim. Ela tinha que refletir sobre aquilo, imaginar o que fazer. – Eu preciso me sentar por alguns instantes, e você... – Percorreu com os olhos aquele corpo perfeito. – Você precisa se cobrir.

Os cantos da boca de Julian se contraíram. Em toda a sua vida, ela era a primeira pessoa a dizer-lhe aquilo.

Na verdade, todas as mulheres que conhecera antes da maldição não tinham feito nada além de tentar tirar-lhe as roupas o mais depressa possível. E, desde a maldição, aquelas que o evocavam haviam passado dias observando sua nudez, correndo as mãos por seu corpo, apreciando vê-lo.

– Fique aqui um minuto – disse ela, antes de correr para cima.

Ele observou o movimento dos quadris femininos, e seu corpo instantaneamente se aqueceu e enrijeceu. Cerrando os dentes em um esforço para ignorar o ardor na virilha, obrigou-se a olhar ao redor. Tinha que distrair-se, pelo menos até que ela cedesse. O que não demoraria. Nenhuma mulher conseguia resistir a ele por muito tempo.

Sorrindo amargamente ante o pensamento, olhou à sua volta. Onde e em que época estava?

Não sabia por quanto tempo estivera preso. Tudo o que podia recordar eram os sons de vozes, a sutil alteração de sotaques e dialetos conforme os anos passavam.

Olhando para a luz sobre sua cabeça, franziu o cenho. Não havia fogo ardendo. O que era aquela coisa? Seus olhos lacrimejaram, em protesto, e ele desviou o olhar.

Aquilo devia ser uma lâmpada, concluiu.

Ei, eu preciso trocar a lâmpada. Faça-me um favor e mexa no interruptor perto da porta, certo?

Lembrando-se das palavras da lojista, ele olhou na direção da porta e avistou o que presumiu ser o interruptor. Julian desceu os poucos degraus da escada e apertou a minúscula alavanca. De imediato, as luzes se apagaram. Em seguida, ele voltou a acendê-las.

Apesar de tudo, conseguiu sorrir de novo. Que outras maravilhas aquela época oferecia?

– Aqui está.

Julian olhou para Grace, que se encontrava no degrau mais baixo da escada. Ela lhe lançou um retângulo comprido de tecido verde-escuro. Ao segurá-lo contra o peito, ele foi consumido por uma onda de descrença.

A mulher estava falando sério quando mencionou cobri-lo?

Que estranho! Franzindo ainda mais a sobrancelha, envolveu o tecido ao redor dos quadris.

Grace esperou até que ele se afastasse da porta para fitá-lo de novo. Graças a Deus, ele finalmente estava coberto! Não era de surpreender que os vitorianos insistissem em folhas de figueira. Pena ela não ter algumas no jardim. A única coisa lá fora eram azevinhos, e Grace duvidava que ele as apreciasse.

Ela foi até a sala de estar e sentou-se no sofá.

– Ajude-me, Lanie – ela sussurrou. – Você vai me pagar por isso.

E, então, ali estava ele, sentado ao seu lado, acelerando todos os hormônios em seu corpo com aquela simples presença.

Deslocando-se para o extremo oposto do sofá, Grace fitou-o com cautela.

– Quanto tempo vai ficar aqui?

Ah, excelente pergunta, Grace. Por que não pergunta sobre o tempo ou o signo dele? Caramba!

– Até a próxima lua cheia.

Os olhos glaciais dele se derreteram um pouco. E, ao percorrer o corpo dela inteiro, o olhar transformou-se de gelo em fogo no espaço de dois batimentos cardíacos.

Ele se inclinou em sua direção, estendendo a mão para tocá-la na face. Grace levantou-se de repente e foi até o outro lado da mesinha de centro.

– Está me dizendo que estou presa a você pelo próximo mês?

– Sim.

Atordoada, ela esfregou os olhos. Não podia entretê-lo por um mês. Um mês inteiro! Tinha responsabilidades, obrigações.

Precisava encontrar um novo *hobby*.

– Veja bem – ela disse –, acredite você ou não, eu tenho uma vida. Uma vida que não inclui você.

Grace soube, pela expressão no belo rosto, que ele não apreciou suas palavras. Nem um pouco.

– Se acha que eu estou animado por estar aqui com você, está tristemente enganada. Asseguro-lhe que não estou aqui por opção.

As palavras a feriram.

– Bem, não é você *por inteiro* que se sente assim. – Ela dirigiu o olhar para a parte dele que ainda estava ereta.

Olhando para a protuberância sob a toalha, ele suspirou.

– Infelizmente, eu não tenho controle sobre *isto* da mesma forma que não tenho sobre o fato de estar aqui.

– Ali está a porta – ela falou, apontando na direção da saída. – Não deixe que ela bata em seu traseiro quando sair.

– Acredite em mim, se eu pudesse ir embora, eu iria.

Grace hesitou diante daquelas palavras e de seu significado.

– Está me dizendo que eu não posso desejar que você vá embora? Ou fazer com que volte para o livro?

– Acho que a palavra que você usou foi *bingo*.

Ela ficou em silêncio.

Levantando-se devagar, Julian encarou-a. Durante todos os séculos em que estivera amaldiçoado, era a primeira vez que algo desse tipo acontecia. Todas as outras mulheres que o haviam evocado sabiam o que ele era e estavam mais do que desejosas de passar o mês em seus braços, usando alegremente o corpo dele para o prazer.

Nunca em sua vida, nesta ou na mortal, encontrara uma mulher que não o desejasse fisicamente.

Era...

Estranho.

Humilhante.

Quase embaraçoso.

A maldição poderia estar enfraquecendo? Talvez, por fim, ele pudesse ser livre?

Assim que a ideia cruzou sua mente, ele soube que não poderia ser possível. Quando os deuses gregos decidiam punir, eles o faziam com estilo e com um ímpeto que nem mesmo dois milênios abrandariam.

Houvera uma vez, muito tempo atrás, em que ele tinha lutado contra a maldição. Uma época em que acreditara que podia ser livre. Contudo, mais de dois mil anos de confinamento e impiedosa tortura lhe haviam ensinado uma coisa... resignação.

Ele merecera seu inferno e, como o soldado que fora uma vez, aceitara sua punição.

Engolindo a bile presa na garganta, Julian abriu os braços, oferecendo a ela o seu corpo.

– Pode fazer o que quiser comigo. Apenas me diga como agradá-la.

– Então, eu desejo que vá embora.

Ele abaixou os braços.

– Exceto isso.

Frustrada, Grace começou a andar de um lado para o outro. Com os hormônios finalmente sob controle e a cabeça mais livre, ela buscava uma solução. Porém, por mais que se esforçasse, não parecia haver saída.

Uma dor terrível começou a pulsar em suas têmporas.

O que iria fazer um mês *inteiro* com ele?

De novo, foi torturada por uma imagem de Julian sobre seu corpo, e dos cabelos dourados e macios dele envolvendo ambos, enquanto ele a penetrava profundamente.

– Preciso de algo... – A voz dele sumiu.

Ela se virou para encará-lo, ainda desejando-o.

Seria tão fácil ceder... Mas seria errado. Recusava-se a usá-lo daquela forma. Como...

Não, ela não pensaria *naquilo*. Ela se *recusava* a pensar naquilo.

– De quê? – ela indagou.

– De comida – disse Julian. – Se não vai me usar agora, você se importaria se eu comesse? – O olhar encabulado e um pouco raivoso no rosto dele revelava que não gostava de pedir nada.

Então, por mais estranho e difícil que aquilo tudo fosse para ela, Grace imaginou como ele se sentia. Ser arrastado de onde vive para ser atirado em sua vida devia ser terrível.

– Claro que não. – Ela gesticulou para que ele a seguisse. – A cozinha fica aqui. – Conduziu-o pelo corredor curto até o fundo da casa. Abrindo a geladeira, afastou-se para que ele a examinasse. – Do que você gostaria?

Contudo, em vez de enfiar o rosto na geladeira, ele se manteve a cerca de um metro de distância.

– Sobrou alguma pizza?

– Pizza? – ela repetiu, chocada. Como ele conhecia pizza?

Ele deu de ombros.

– É algo que você pareceu gostar bastante de comer.

Grace corou ao lembrar-se da brincadeira que ela e Selena tinham feito. A amiga comentara alguma coisa a respeito da substituição de sexo por comida, e ela imitara um orgasmo enquanto saboreava seu último pedaço.

– Você nos escutou?

Com o rosto impassível, ele disse tranquilamente:

– O *escravo sexual* escuta tudo que é dito perto do livro.

Se suas bochechas ficassem um pouco mais quentes, explodiriam.

– Eu não tenho pizza – ela falou depressa, querendo enterrar a cabeça na geladeira para refrescá-la. – Tenho sobras de frango e macarrão.

– E vinho?

Ela assentiu.

– Está bom.

O tom autoritário a enraiveceu. Daqueles tons de Tarzan, que queriam dizer: "Sou o homem, meu bem, traga-me comida". E isso fazia seu sangue ferver.

– Escute aqui, grandalhão, não sou sua cozinheira. Me provoque e eu vou alimentá-lo com Alpo.

Ele arqueou a sobrancelha.

– Alpo?

– Não importa.

Ainda irritada, ela retirou o frango da geladeira e preparou-o para ser aquecido no micro-ondas.

Ele se sentou à mesa, transbordando aquela aura de arrogância masculina que testava sua tolerância. Desejando que tivesse uma lata de ração para cães, Grace forçou-se a colocar uma grande porção de macarrão em uma tigela.

– Bem, há quanto tempo você está naquele livro? Desde a Idade das Trevas? – Pelo menos, era assim que ele agia.

Ele se manteve imóvel como uma estátua. Sem emoções, nada. Se ela não conhecesse a situação, juraria que ele era um androide.

– Fui evocado pela última vez em 1895.

– Deixe disso! – Grace lançou-lhe um olhar embasbacado enquanto punha a tigela no micro-ondas. – 1895? Está falando sério?

Ele assentiu.

– Em que ano você foi preso pela *primeira* vez?

A raiva que cruzou o rosto dele foi tão intensa que a assustou.

– 149 a.C., de acordo com o seu calendário.

Os olhos dela se arregalaram.

– 149 a.C.? Cento e quarenta e nove anos antes de Cristo? Céus! Quando eu falei Julian da Macedônia, significa que você realmente *é* da Macedônia. *Daquela* Macedônia.

Ele acenou brevemente com a cabeça.

Grace tinha os pensamentos como um turbilhão enquanto fechava o micro-ondas e o ligava. Isso era impossível. Tinha que ser impossível!

– Como você ficou preso no livro? Quero dizer, os gregos antigos não tinham livros, não é?

– Originalmente, eu fui sepultado em um pergaminho que, mais tarde, foi encadernado, a fim de ser protegido – ele afirmou sombriamente, com o rosto ainda impassível. – Em relação a como eu acabei sendo amaldiçoado, eu tomei Alexandria.

Grace franziu o cenho. Aquilo não fazia o menor sentido; não que o restante fizesse algum sentido para ela.

– Por que tomar uma cidade iria...

– Alexandria não era uma cidade. Ela era uma virgem priápica.

Ela ficou tensa ante as palavras, pensando em que sentido "tomar" uma mulher poderia levar um homem a ser preso pela eternidade.

– Você estuprou uma virgem?

– Eu não a estuprei – ele respondeu, encarando-a com um olhar duro. – Foi com consentimento mútuo, eu lhe asseguro.

Certo, aquela era uma questão sensível. Grace via isso claramente na frieza dele. O homem não gostava de falar sobre o passado. Ela precisaria ser um pouco mais sutil em seu questionamento.

Julian escutou o estranho sino badalar, antes que Grace pressionasse uma barra e abrisse a caixa preta onde colocara sua refeição.

Ela pôs a tigela de comida que emitia vapor diante dele, junto com um garfo e uma faca de prata, guardanapo de papel e um cálice de vinho. O aroma quente atingiu-lhe o cérebro, fazendo o estômago dele doer de fome.

Supôs que ele deveria chocar-se com o modo e a velocidade com que ela cozinhara, mas, após ouvir falar de coisas chamadas trem, câmera, automóvel, toca-discos, foguete e computador, ela duvidava que algo mais pudesse surpreendê-lo.

Na verdade, não havia nada mais para sentir, uma vez que, por necessidade, ele banira suas emoções há muito tempo.

Sua existência nada mais era do que fragmentos de dias encadeados ao longo de séculos. Seu único propósito era servir às necessidades sexuais de quem o evocava.

E algo que tinha aprendido nos últimos dois milênios era aproveitar os poucos prazeres aos quais tinha acesso durante cada encarnação.

Pensando nisso, levou um bocado de comida à boca e saboreou a deliciosa sensação do macarrão quente e cremoso em sua língua. Era puro êxtase.

Permitiu que o aroma do frango e dos condimentos o invadisse totalmente. Fazia uma eternidade desde que comera pela última vez. Uma eternidade de fome constante.

Fechando os olhos, ele engoliu.

Mais acostumado à fome do que à alimentação, seu estômago contraiu-se dolorosamente em reação ao primeiro pedaço de comida. Julian apertou a faca e o garfo, enquanto lutava contra a dor brutal.

Porém, não parou de comer. Não pararia enquanto tivesse comida.

Aguardara tanto tempo para finalmente saciar a fome, e ele não se deteria agora.

Após mais algumas mordidas, as cólicas diminuíram, permitindo que ele apreciasse a refeição.

E, ao sentir as dores se esvaírem, precisou de toda a força de vontade para comer como um ser humano, impedindo-se de enfiar a comida na boca com as mãos, em uma necessidade desesperada de debelar a corrosiva fome em seu ventre.

Em momentos como este, era difícil lembrar-se de que ainda era um homem, e não um animal selvagem e inquieto recentemente solto da jaula.

Ele perdera a maior parte de sua humanidade séculos atrás, mas pretendia manter o pouco que restara.

Grace inclinou-se sobre o balcão, observando-o alimentar-se devagar, quase mecanicamente. Não sabia dizer se ele estava apreciando a comida; porém, ele continuava comendo. O que a surpreendia eram os modos perfeitos à mesa. Nunca conseguira comer daquela maneira, e imaginou quando ele aprendera a usar a faca para equilibrar o macarrão no dorso do garfo antes de levá-lo à boca.

– Eles tinham garfos na antiga Macedônia? – ela indagou.

Ele parou.

– Como?

– Eu estava apenas imaginando quando o garfo foi inventado. Eles já os tinham em...

Você está divagando!, sua mente gritou. *Bem, quem não faria isso? Olhe para o sujeito. Quantas vezes você acha que alguém agiu como uma idiota e fez uma estátua grega ganhar vida? Especialmente uma estátua com aquela aparência!*

Não com frequência.

– Acho que o garfo foi inventado em algum momento do século XV.

– É mesmo? – perguntou Grace. – Você estava lá?

Inexpressivo, ele ergueu o olhar e indagou:

– Na invenção do garfo ou no século XV?

– No século XV, é claro. – Então, pensando melhor, ela acrescentou: – Você não estava lá quando o garfo foi inventado, estava?

– Não. – Ele pigarreou e limpou a boca com o guardanapo. – Fui evocado quatro vezes durante aquele século. Duas na Itália, uma na Inglaterra e uma na França.

– É mesmo? – Ela tentou imaginar como as coisas teriam sido naquela época. – Aposto que você viu muitas coisas ao longo dos séculos.

– Na verdade, não.

– Ah, vamos lá, em dois mil anos...

– Eu vi principalmente quartos, camas e *closets*.

O tom monótono a fez parar para pensar enquanto ele voltava a comer. A imagem de Paul feriu seu coração. Ela conhecera apenas um cretino egoísta e insensível. Aparentemente, Julian conhecera muito mais pessoas desse tipo.

– Então, me diga, você fica lá no livro até que alguém o chame?

Ele assentiu.

– O que você faz no livro para passar o tempo?

Julian deu de ombros, e ela reparou que ele não possuía uma gama muito ampla de expressões.

Ou de palavras.

Grace moveu-se para a frente e sentou-se à mesa diante dele.

– Sabe... se, como você disse, vamos passar um mês juntos, por que não o tornar mais agradável e conversar?

Julian fitou-a, surpreso. Não se lembrava da última vez em que alguém, de fato, conversara com ele, exceto para pronunciar palavras estimulantes ou fazer sugestões que ajudassem a intensificar o prazer que ele proporcionava.

Ou para chamá-lo de volta para a cama.

Aprendera muito cedo na vida que as mulheres queriam apenas uma coisa dele... certa parte do seu corpo enterrada profundamente entre suas pernas.

Com isso em mente, correu seu olhar lentamente pelo corpo de Grace, detendo-se nos seios, que se enrijeceram sob o olhar prolongado.

Indignada, ela cruzou os braços sobre os seios e esperou até que ele a encarasse.

Julian quase riu. Quase.

– Sabe... – disse ele, imitando-a – há coisas muito mais agradáveis para se fazer com a língua do que falar... como deslizá-la por seus seios nus e pela base de seu pescoço. – Ele baixou o olhar para o ventre dela. – Sem mencionar outros lugares...

Por um instante, Grace ficou muda. Depois, divertida.

Por fim, *muito* excitada.

Como terapeuta, ela escutara coisas muito mais chocantes do que aquela, lembrou-se.

Sim, mas não de uma língua que *ela* desejava que fizesse outras coisas com ela além de falar.

– Está certo, há outras coisas a se fazer com uma língua, como arrancá-la – ela falou, experimentando certa satisfação com a surpresa que lampejou nos olhos de Julian. – Mas eu sou uma mulher que gosta de falar, e você está aqui para *me* agradar, não é?

Houve apenas uma sutil tensão no corpo dele, como se resistisse ao papel que precisava desempenhar.

– Sim.

– Então, me diga o que você faz enquanto está no livro.

Ele a fitou com uma intensidade raivosa que ela achou enervante, intrigante e um pouco assustadora.

– É como estar preso em um sarcófago – por fim, respondeu calmamente. – Escuto vozes, mas não posso ver a luz ou qualquer outra coisa. Só fico ali, incapaz de me mexer. Esperando. Escutando.

Ela se encolheu ante a ideia. Lembrou-se de uma vez, muito tempo atrás, quando se trancara por acidente no quartinho de ferramentas de seu pai. Não havia luz, nem saída. Aterrorizada, ela sentira dificuldade para respirar e ficara tonta com o pânico. Gritara e batera na porta até machucar toda a mão.

Por fim, sua mãe a ouvira e a libertara.

Grace ainda era ligeiramente claustrofóbica por causa da experiência. Nem conseguia imaginar como seria passar séculos em um local como esse.

– Que horrível – ela sussurrou.

– Você se acostuma. Com o tempo.

– É mesmo? – ela não sabia o porquê, mas duvidava disso.

Quando sua mãe a soltara do quartinho de ferramentas, ela descobrira que havia passado apenas meia hora ali, mas para ela parecera uma eternidade. Como seria passar realmente a eternidade daquela forma?

– Você já tentou fugir?

O olhar que ele lhe lançou foi bastante expressivo.

– O que aconteceu? – perguntou.

– Obviamente, eu fracassei.

Grace sentiu-se péssima por ele. Mais de dois mil anos passados em uma cripta escura. Era um milagre que ele ainda estivesse são. Que fosse capaz de sentar-se ali com ela e falar.

Não era de surpreender que ele quisesse comida. Aquele tipo de privação sensorial era uma tortura impiedosa.

Naquele instante, soube que iria ajudá-lo. Não imaginava como, mas devia haver algum modo de acabar com aquilo.

– E se conseguíssemos achar um jeito de libertá-lo?

– Eu lhe garanto que não existe nenhum.

– Fatalista, não é?

Ele lhe lançou um olhar jocoso.

– Ficar preso por mais de dois mil anos faz isso com uma pessoa.

Grace continuou observando-o comer, enquanto sua cabeça funcionava rapidamente. A otimista que havia nela recusava-se a levar a sério aquele pessimismo, assim como sua parte terapeuta negava-se a deixar de ajudá-lo. Fizera um juramento de aliviar o sofrimento quando pudesse, e levava muito a sério seus juramentos.

Quando se decidia, sempre havia um jeito.

Chovesse ou fizesse sol, ela encontraria um jeito de libertá-lo!

Enquanto isso, faria por ele algo que duvidava que alguém tivesse feito. Providenciaria para que ele desfrutasse da liberdade temporária em

Nova Orleans. As outras mulheres podiam tê-lo mantido confinado em seus quartos ou *closets*, mas ela não acorrentaria ninguém.

– Bem, então vamos dizer que esta encarnação é para você, companheiro.

Ele desviou os olhos da comida e fitou-a com um súbito interesse.

– Eu vou servir a você – Grace prosseguiu. – Faremos o que você quiser fazer, veremos o que você quiser ver.

Um canto da boca de Julian ergueu-se, revelando uma estranha diversão, enquanto ele tomava um gole de vinho.

– Tire a blusa.

– O quê? – ela indagou.

Ele pôs o cálice de vinho de lado e encarou-a com um olhar sensual.

– Você disse que eu posso ver o que eu quiser ver e fazer o que eu quiser fazer. Bem, eu quero ver os seus seios e depois quero passar minha língua...

– Ei, grandalhão, pode esfriar – Grace o interrompeu, com as bochechas ardendo e o corpo quente. – Acho que devemos estabelecer algumas regras básicas enquanto você está aqui. Número um: não haverá *nada daquilo*.

– E por que não?

Sim, seu corpo exigiu em uma voz interior e, ao mesmo tempo, implorativa e zangada, *por que não?*

– Porque eu não sou uma gata vira-lata com a cauda erguida, esperando que o macho mais próximo monte, se satisfaça e vá embora.

Capítulo 4

Julian ergueu a sobrancelha ante aquela analogia crua e totalmente inesperada. Porém, ainda mais surpreendente do que as palavras foi a amargura que sentiu na voz de Grace. Ela devia ter sido perversamente usada no passado. Não era de espantar que ele a deixasse nervosa.

Uma imagem de Penélope passou por sua mente, e ele sentiu uma pontada de dor tão violenta no peito que somente seu firme treinamento militar impediu que estremecesse.

Ele tinha muito a expiar. Pecados tão grandes que nem mesmo dois mil anos podiam compensar.

Não era um bastardo apenas de nascimento; por causa de uma vida brutal de desespero e traição, ele verdadeiramente se tornara um.

Fechando os olhos, obrigou-se a afastar esses pensamentos. Aquilo era literalmente história antiga, e este era o presente. Grace era o presente.

E ele estava ali por ela.

Compreendia, agora, o que Selena quisera dizer quando lhe falara a respeito da amiga. Era por isso que estava ali. Precisava mostrar a Grace que sexo era agradável.

Nunca tinha se deparado com uma situação semelhante.

Ao fitá-la, um sorriso lento curvou seus lábios. Esta seria a primeira vez na vida que precisaria perseguir uma mulher para que fosse sua amante. Nenhuma delas jamais recusara seu corpo.

Com a inteligência e a teimosia de Grace, sabia que levá-la para a cama seria tão desafiador quanto superar o exército romano.

Sim, ele iria saborear isso.

Assim como a saborearia. Cada pedacinho doce e sardento dela.

Grace engoliu em seco diante do primeiro sorriso verdadeiro que via naquele belo rosto. Um sorriso que suavizava as feições duras, tornando-o ainda mais devastador.

No que ele estaria pensando?

Pela milésima vez, ela sentiu o rosto se aquecer ao se lembrar das palavras duras que dissera. Não pretendera deixar aquilo escapar. Não costumava revelar seus pensamentos para ninguém, especialmente para um estranho.

Mas havia algo tão atrativo nesse homem... Algo que a tocava de uma forma perturbadora. Talvez fosse a dor mal disfarçada que brilhava nos celestiais olhos azuis, quando o pegava distraído. Ou talvez fossem apenas seus anos de treinamento em psicologia que a impediam de suportar o pensamento de ter uma alma tão inquieta em sua casa e não ajudá-la.

Não sabia.

O relógio de pêndulo que ficava no corredor do andar de cima soou uma hora.

– Meu Deus! – ela exclamou, chocada por já ser tão tarde. – Preciso me levantar para o trabalho às seis.

– Você vai para a cama? Para dormir?

Se o humor dele não estivesse tão sombrio, seu olhar atordoado a teria feito rir.

– Eu preciso fazer isso.

As sobrancelhas dele se uniram em...

Sofrimento?

– Algo errado? – ela quis saber.

Ele meneou a cabeça.

– Bem, então eu vou mostrar onde pode dormir e...

– Não estou com sono.

Grace espantou-se.

– O quê?

Julian olhou para ela, incapaz de encontrar as palavras que pudessem exprimir o que sentia. Estivera preso no livro por tanto tempo que tudo o que desejava fazer era correr ou pular. Queria fazer *qualquer coisa* para celebrar sua repentina liberdade de movimento.

Não queria ir para a cama. O pensamento de se deitar na escuridão por mais um minuto...

Esforçou-se para respirar.

– Eu estou descansando desde 1895 – ele explicou. – Não tenho certeza de quanto tempo faz, mas, pela aparência das coisas, faz bastante tempo.

– Estamos em 2002 – Grace informou-o. – Você está "dormindo" há cento e sete anos. – Não, ela se corrigiu. Ele não estivera adormecido.

Julian havia lhe contado que podia escutar tudo o que era dito perto do livro, o que significava que ele estivera acordado e trancado todo aquele tempo. Isolado. Sozinho.

Ela era a primeira pessoa em mais de cem anos com quem ele podia falar ou estar.

Seu estômago se contraiu em solidariedade. Ainda que a prisão representada por sua timidez não fosse tangível, ela sabia como era estar em algum lugar escutando as pessoas e não fazer parte do grupo. Permanecer do lado de fora, olhando para dentro.

– Eu gostaria de ficar acordada – disse, suprimindo um bocejo. – De verdade. Porém, se eu não durmo o suficiente, meu cérebro vira gelatina e eu não consigo pensar direito.

– Entendo.

Notando o desapontamento dele, Grace sugeriu:

– Você poderia assistir TV.

– TV?

Ela pegou a tigela vazia e lavou-a antes de conduzi-lo de volta à sala de estar. Ligando o aparelho, mostrou-lhe como mudar de canal com o controle remoto.

– Incrível – ele sussurrou, zapeando pela primeira vez.

– É legal mesmo.

Aquilo deveria mantê-lo ocupado. Afinal, homens precisavam de apenas três coisas para serem felizes: comida, sexo e um controle remoto. Duas dessas três coisas iriam satisfazê-lo por algum tempo.

– Bem – ela falou, dirigindo-se à escada –, boa-noite.

Quando passou por ele, sentiu que ele a tocava no braço. Mesmo sendo um toque leve, provocou um arrepio em seu corpo.

Ele manteve a expressão impassível, mas emoções intensas chamejavam nos olhos azuis. Grace viu o suplício, o anseio e, acima de tudo, a solidão.

Ele não queria que ela fosse embora.

Lambendo o lábio subitamente ressecado, ela disse algo inacreditável:

– Tenho outra TV no meu quarto. Por que você não assiste lá enquanto eu durmo?

Ele lhe deu um sorriso encabulado.

Julian seguiu-a escada acima, pasmo com o fato de ela tê-lo compreendido sem palavras. De ela ter considerado sua necessidade de não estar sozinho, mesmo tendo as próprias preocupações.

Isso o fazia sentir-se estranho em relação a ela. Provocava uma sensação esquisita em seu íntimo.

Seria ternura?

Não sabia ao certo.

Grace levou-o até um enorme dormitório, com uma grande cama com quatro colunas disposta no centro de uma das paredes. Uma cômoda de tamanho médio ficava diante da cama e, sobre o móvel, havia, como ela chamara, uma TV?

Grace observou-o andar pelo quarto, olhando as fotos nas paredes, e, sobre a penteadeira, fotos de seus pais e avós, dela e de Selena na faculdade e do cão que tivera quando criança.

– Você vive sozinha? – ele indagou.

– Sim – respondeu, aproximando-se da cadeira de balanço ao lado da cama, em cujo encosto sua camisola estava pendurada. Pegando-a, ela o fitou. Julian ainda tinha a toalha verde enrolada nos quadris delgados. Não podia deixá-lo juntar-se a ela na cama daquele jeito.

Claro que pode.

Não, eu não posso.

Por favor?

Quieta, Grace, deixe-me pensar.

Ela ainda guardava o pijama do pai no quarto de seus pais, onde conservava tudo o que lhes pertencera. Dada a largura dos ombros de Julian, a parte de cima nunca serviria, mas as calças tinham cordões e, mesmo que não servissem no comprimento, ao menos o cobririam.

– Espere aqui – falou. – Volto logo.

Após vê-la sair, Julian andou até as grandes janelas e afastou as cortinas de renda branca. Observou as estranhas coisas que pareciam caixas, que deveriam ser automóveis movendo-se diante da casa, e faziam esquisitos ruídos que iam e vinham como a maré. Luzes iluminavam as ruas e outros edifícios por toda a parte, como as tochas haviam feito no passado em sua pátria.

Como este mundo era esquisito... Tão estranhamente similar ao seu e, ainda assim, tão diferente.

Tentou associar o que via com todas as palavras que escutara ao longo de décadas, palavras que não compreendera antes, como *TV* e *lâmpada*.

E, pela primeira vez desde a infância, sentiu medo. Não gostava das mudanças que via, da velocidade com a qual haviam se estabelecido neste mundo.

Como seria da próxima vez que fosse chamado?

Quão diferentes as coisas ainda podiam se tornar?

Ou, ainda mais apavorante, e se ele nunca mais fosse evocado?

Engoliu em seco ao pensar nisso. Como seria ficar preso pela eternidade? Sozinho e alerta. Sentir a escuridão opressiva ao seu redor, esmagando-o, arrancando o ar de seus pulmões e dilacerando seu corpo de dor.

Nunca mais andar como um homem? Nunca mais falar ou tocar?

Aquelas pessoas agora tinham coisas chamadas computadores. Ele escutara a lojista falar a respeito deles com uma porção de clientes. E um deles dissera que um dia, provavelmente logo, eles substituiriam completamente os livros.

Então, o que aconteceria com ele?

Vestida com a larga e comprida camiseta cor-de-rosa que usava para dormir, Grace parou no quarto de seus pais ao lado da penteadeira, sobre a qual havia uma floreira de cristal onde ela colocara as alianças de casamento, no dia seguinte ao funeral. Ela podia ver o cintilar do diamante navete de meio quilate.

Com a garganta constringida pela dor, lutou contra as lágrimas que se formaram em seus olhos.

Na época com 24 anos, ela fora arrogante o suficiente para pensar que era adulta e capaz de enfrentar qualquer coisa que a vida pusesse em seu caminho. Achava-se invencível. E, em um segundo, sua vida desintegrara-se.

As mortes dos pais fez com que perdesse tudo o que tinha. Segurança, fé, senso de justiça, e, acima de tudo, ela perdera o amor devotado e o apoio emocional oferecido por eles.

A despeito de sua vaidade juvenil, não estava preparada para ficar à deriva, desorientada e sem família.

E, mesmo já tendo se passado cinco anos, ela ainda chorava por eles. Profundamente. O velho ditado de que era melhor ter conhecido o amor e tê-lo perdido era uma enorme tolice. Não havia nada pior do que ser amado e protegido para, então, perder as pessoas queridas em um acidente completamente desnecessário.

Incapaz de enfrentar as mortes de ambos, ela fechara o quarto no dia seguinte ao enterro e deixara tudo exatamente como era.

Abrindo a gaveta onde ficavam os pijamas do pai, Grace engoliu em seco. Ninguém os tocara desde a tarde em que sua mãe os havia dobrado, antes que, juntas, elas levassem as roupas para cima e as guardassem.

Ela ainda se lembrava do riso da mãe. Da forma como ela brincara a respeito do gosto conservador de seu pai em relação aos pijamas de flanela.

Pior, lembrava-se do amor de um pelo outro.

Ah, o que ela não daria para encontrar um companheiro perfeito, como acontecera com seus pais. Eles haviam sido casados por vinte e cinco anos antes de morrerem, e eram tão apaixonados quanto no dia em que se tinham conhecido.

Ela não se recordava de um momento na vida em que sua mãe não estivesse sorrindo enquanto seu pai gentilmente a provocava. Todos os lugares aonde iam, ficavam de mãos dadas, como adolescentes, e roubavam beijos rápidos quando achavam que ninguém estava olhando.

Mas ela via.

Ela se lembrava.

Desejara aquele tipo de amor. Porém, por algum motivo, nunca encontrara um homem que a deixasse sem fôlego. Ou que fizesse seu coração bater mais forte e perturbasse sua razão.

Um homem sem o qual não pudesse viver.

– Ah, mamãe... – ela sussurrou, desejando que seus pais não tivessem morrido naquela noite.

Desejando...

Não sabia. Queria apenas algo em sua vida que a fizesse ansiar pelo futuro. Algo que a fizesse feliz, como seu pai sempre fizera sua mãe imensamente feliz.

Mordendo o lábio, ela apertou a calça do pijama xadrez azul-escuro e branco e correu para fora do quarto.

– Aqui está – disse ela, atirando a calça para Julian e apressando-se até o banheiro no corredor. Não queria que ele visse suas lágrimas. Nunca mais demonstraria sua vulnerabilidade para outro homem.

Julian trocou o tecido ao redor dos quadris pela calça, antes de ir atrás de Grace. Ela passara rapidamente pela próxima porta do corredor e a batera com força.

– Grace – ele chamou, empurrando a porta com delicadeza.

Ficou imóvel ao vê-la chorando. Ela estava em um tipo de lavatório, com duas pias embutidas e um balcão diante dela, enquanto segurava um tecido sobre a boca, em um esforço para abafar os soluços sentidos.

Apesar de sua austera criação e da eternidade de controle, uma onda de compaixão assolou-o. Ela chorava como se tivesse o coração partido.

Aquilo o deixou desconfortável. Inseguro.

Cerrando os dentes, ele afastou os estranhos sentimentos. Algo que aprendera muito cedo em sua infância era que não fazia bem conhecer as pessoas. Importar-se com elas. Toda vez em que ele cometera esse erro, pagara caro.

Além disso, seu tempo neste lugar era curto demais...

Quanto menos se envolvesse com as emoções e a vida de Grace, mais fácil seria suportar seu próximo confinamento.

Nesse instante, as palavras que ela dissera o atingiram diretamente no peito. Ela o classificara com perfeição. Ele nada mais era do que um gato que se satisfazia e ia embora.

Julian apertou a maçaneta fria ao pensar nisso. Não era um animal. Também tinha sentimentos.

Pelo menos costumava ter.

Antes que pudesse reconsiderar seus atos, ele entrou no aposento e a abraçou. Ela o enlaçou pela cintura, agarrando-se a ele como se fosse um salva-vidas, enquanto enterrava o rosto em seu peito e chorava. O corpo inteiro dela sacudia de encontro ao dele.

Algo estranho se formou em seu íntimo. Um desejo profundo por algo que não sabia nomear.

Nunca em sua vida confortara uma mulher em pranto. Fizera sexo mais vezes do que conseguia contar, mas nunca abraçara alguém daquela forma. Nem após o sexo. Assim que esgotava sua parceira, ele se levantava, limpava-se e ia encontrar algo com o que se ocupar até que fosse novamente chamado.

Mesmo antes da maldição, nunca demonstrara ternura a ninguém. Nem mesmo à sua esposa.

Como soldado, ele fora treinado, desde sua primeira lembrança, a ser selvagem, frio. Cruel.

Volte aqui com seu escudo ou sobre ele. Fora isso o que sua madrasta tinha lhe dito ao agarrá-lo pelos cabelos e atirá-lo para fora de casa, a fim de que começasse o treinamento para a guerra, aos 7 anos.

Seu pai havia sido ainda pior. Um lendário comandante espartano, não tolerava fraqueza. Nem emoção. O homem tinha levado a infância de Julian na ponta de um chicote de couro trançado, ensinando-o a esconder a dor. A não permitir que ninguém o visse sofrer.

Julian ainda sentia o impacto do chicote nas costas desnudas, escutava o som que fazia ao cortar o ar na direção de sua pele. Via a expressão de escárnio no rosto do pai.

– Sinto muito – Grace sussurrou contra seu ombro, fazendo seus pensamentos retornarem ao presente.

Ela inclinou a cabeça para fitá-lo. Os olhos cinza brilhantes começaram a derreter as extremidades de um coração congelado séculos atrás, pela necessidade e pelas circunstâncias.

Desconfortável, ele se afastou.

– Está se sentindo melhor?

Grace enxugou as lágrimas e limpou a garganta. Não sabia o que levara Julian a ir atrás dela, mas fazia muito tempo desde que alguém a confortara enquanto ela chorava.

– Sim – sussurrou. – Obrigada.

Ele não disse nada.

No lugar do homem terno que a abraçara instantes atrás, estava novamente o Sr. Estátua, com o corpo inteiro rígido e frio.

Inspirando profundamente, Grace passou por ele.

– Eu não teria agido assim se não estivesse tão cansada e ainda um pouco embriagada. Eu realmente preciso dormir.

Sabendo que ele a seguiria, rumou obedientemente para o quarto e subiu na cama alta, acomodando-se sob o cobertor.

Logo depois, o colchão afundou com o peso dele.

Seu coração acelerou ao sentir o súbito calor do corpo próximo ao seu. Ele instantaneamente aconchegou-se a ela, passando um braço grande e musculoso por sua cintura.

– Julian! – disse ela, com um tom de advertência na voz ao sentir *aquilo* ereto próximo a seu quadril. – Acho que seria melhor você ficar do seu lado da cama, e eu ficar do meu.

Ele não escutou. Em vez disso, inclinou a cabeça e mordiscou a nuca dela.

– Achei que você quisesse que eu aliviasse sua virilha da dor – ele sussurrou em seu ouvido.

Com o corpo em chamas por causa da proximidade dele e do aroma de sândalo que a inebriava, Grace corou ao se lembrar das palavras que dissera a Selena.

– Minha virilha está ótima, e feliz assim.

– Juro que poderia fazê-la muito, muito mais feliz.

Ela não duvidava nem um pouco daquilo.

– Se você não se comportar, vou fazê-lo sair do quarto.

Ao virar-se para fitá-lo, viu a descrença nos belos olhos.

– Não entendo por que você me mandaria embora – disse ele.

– Porque não vou usá-lo como um brinquedinho anônimo que não tem outro propósito exceto servir a mim. Certo? Não quero ser íntima de um homem que eu não conheço.

Com os olhos atormentados, Julian por fim afastou-se e acomodou-se ao lado dela.

Grace respirou fundo, tentando acalmar o coração acelerado e domar o fogo em seu sangue. Deus, ele era um homem difícil de recusar!

Acha mesmo que vai conseguir dormir com esse sujeito deitado ao seu lado? Você tem pedras no lugar do cérebro?

Fechando os olhos, ela recitou sua aborrecida ladainha. Ela *precisava* dormir. Não havia espaço para desculpas ou dúvidas. E nem mesmo para lindos como Julian.

Colocando as almofadas nas costas, ele olhou para Grace. Seria a primeira vez em sua excepcionalmente longa vida que passava a noite com uma mulher sem fazer amor com ela.

Era inconcebível. Nenhuma delas o rejeitara antes.

Ela se virou com outro controle, parecido com o que lhe mostrara no andar de baixo. Apertou um botão e ligou a TV, depois abaixou o som das pessoas falando.

– Este é para as luzes – ela explicou, pressionando outro botão. De imediato, as luzes se apagaram, deixando apenas a TV iluminando a parede e formando sombras atrás dele. – Durmo profundamente, então não acho que você vai me acordar. – Ela entregou-lhe o controle remoto. – Boa-noite, Julian da Macedônia.

– Boa-noite, Grace – ele sussurrou, vendo como os cabelos macios se espalhavam sobre o travesseiro enquanto ela se aconchegava para dormir.

Ele pôs o controle remoto de lado e a observou por um longo tempo enquanto a luz da TV bruxuleava sobre o rosto relaxado.

Soube o instante exato em que ela adormeceu, pela regularidade da respiração. Apenas então ousou tocá-la, traçando o delicado contorno da face com a ponta do dedo indicador.

Seu corpo reagiu com tamanha intensidade que ele mordeu o lábio para reprimir uma imprecação. Fogo corria por seu sangue.

Conhecera apetites dolorosos durante toda a sua vida; primeiro, a necessidade de comida em seu ventre; então, uma sede de amor e respeito; por fim, o exigente anseio de sua virilha pela maciez úmida de um corpo feminino. Mas nunca experimentara algo semelhante.

Era um desejo tão forte e brutal que chegava a ameaçar sua sanidade.

Só conseguia pensar em afastar as coxas sedosas e alvas dela e afundar-se no corpo suave. Em mover-se repetidas vezes até que ambos gritassem ao atingir, juntos, o clímax.

No entanto, isso nunca aconteceria.

Julian afastou-se, mantendo-se a uma distância segura na cama, de onde não conseguia sentir o doce aroma feminino, nem o calor do corpo sob as cobertas.

Ele podia proporcionar a ela prazer ininterrupto durante dias, mas, para ele, nunca haveria paz.

– Maldito seja, Príapo! – ele rosnou, mencionando o nome do deus que o condenara àquele destino. – Espero que Hades esteja lhe dando o que merece.

Com a raiva atenuada, ele suspirou, percebendo que isso era o que ele certamente estava recebendo das Parcas e Fúrias.

Grace despertou com uma sensação incomum de calor e segurança, algo que não experimentava havia anos.

De repente, sentiu um beijo delicado nas pálpebras, como se alguém estivesse roçando os lábios em seus cílios. Mãos quentes e fortes acariciavam seus cabelos.

Julian!

Ergueu-se tão rapidamente que bateu sua cabeça na dele, e o escutou emitir um ruído de dor. Esfregando a testa, ela abriu os olhos e o viu fazendo uma carranca.

– Desculpe – disse Grace, sentando-se. – Você me assustou.

Ele abriu a boca e pôs a ponta do polegar no dente da frente, para verificar se ela o derrubara com o golpe.

Grace não deixou de notar o movimento da língua quando ele checou o dente. A visão dos dentes incrivelmente brancos e perfeitos que ela amaria que a mordiscassem...

– O que você quer para o café da manhã? – ela indagou, distraindo-se dos próprios pensamentos.

Ele olhou para o profundo decote de sua camiseta de dormir. Acompanhando o olhar dele, ela percebeu que, pela forma como estava sentada, ele podia ver tudo, inclusive sua embaraçosa roupa de baixo cor-de-rosa com estampa do Mickey Mouse.

Antes que pudesse se mexer, ele a puxou para o seu colo e tomou-lhe os lábios.

Grace gemeu de prazer de encontro à boca macia e quente enquanto a língua de Julian fazia as coisas mais pecaminosas com a dela. Ficou zonza com o beijo intenso, com o hálito morno mesclando-se ao seu.

E, quem diria, ela nunca gostara de beijar.

Devia ter estado louca!

Ele a apertou entre seus braços. Milhares de chamas percorriam seu corpo, queimando-a, estimulando-a e concentrando-se entre suas coxas, onde ansiava por ele.

Julian afastou os lábios e percorreu sua pele com a língua, traçando um caminho ardente ao longo do pescoço, chegando ao lóbulo da orelha...

O homem parecia conhecer cada zona erógena do corpo de uma mulher!

E, melhor ainda, sabia como usar a língua e as mãos para massagear todos, extraindo o máximo de prazer.

Ele respirou de leve em seu ouvido, enviando arrepios por todo o corpo dela, fazendo-a tremer enquanto ele acariciava a parte interna de sua orelha com a língua.

Seus seios formigaram e incharam e enrijeceram, implorando por um beijo.

– Julian – ela murmurou, incapaz de reconhecer a própria voz. Sua mente queria que o mandasse parar, mas as palavras ficaram presas na garganta.

Havia tanto poder naquele toque. Tanta mágica. Ela desejava mais.

Ele a deitou de costas. Mesmo através da calça do pijama, Grace sentiu a ereção, quente e rígida, contra os quadris, quando ele pegou suas nádegas com as mãos e ofegou em seu ouvido.

– Você precisa parar – ela conseguiu dizer, por fim, a voz soando fraca.

– Parar com o quê? – ele perguntou. – Com isto? – Julian brincou com a língua ao redor de sua orelha.

Ela emitiu um ruído de prazer. Arrepios a percorriam, e eram como brasas queimando cada centímetro de seu corpo. Os seios enrijeceram ainda mais de encontro ao peito forte.

– Ou isto? – ele inseriu uma das mãos sob sua calcinha, tocando-a no ponto onde ela mais ansiava por ele.

Grace retesou o corpo, excitada, em resposta à mão entre suas pernas, e arqueou as costas. Oh, ele era maravilhoso!

Ele massageou a pele macia e pulsante com um dedo, fazendo-a arder por inteiro, antes de finalmente penetrá-la com dois dedos.

Enquanto fazia movimentos circulares, provocando, acariciando, Julian massageava a protuberância sensível com o polegar.

– Oohh... – ela gemeu, inclinando a cabeça para trás diante de tamanho prazer.

Agarrou-se a ele, conforme os dedos e a língua prosseguiam a implacável investida. Sem controle, esfregou-se ousadamente nele, buscando ainda mais o calor e o toque masculinos.

Julian fechou os olhos, deliciando-se com o aroma de Grace, com a sensação dos braços que o envolviam.

Ela lhe pertencia. Sentia-a estremecendo e vibrando ao redor de sua mão, enquanto o corpo macio se contraía com suas carícias.

A qualquer momento, ela atingiria o clímax.

Pensando nisso, ergueu a camiseta dela e abaixou a cabeça até um mamilo teso, sugando gentilmente a aréola e desfrutando a sensação da carne enrijecida provocando sua língua.

Não se lembrava de uma mulher ter um gosto tão bom. Era um sabor que ficaria marcado em sua mente, um sabor do qual nunca se esqueceria.

E ela estava pronta para ele. Quente, úmida, apertada... do jeito que apreciava um corpo feminino.

Rasgou o fino tecido da calcinha, que impedia seu acesso à parte dela que ansiava explorar completamente.

E por um bom tempo.

Grace escutou o tecido sendo rasgado, mas não conseguiu detê-lo. Sua vontade já não lhe pertencia mais. Fora consumida pelas sensações, tão intensas que tudo o que ela desejava era a satisfação.

Precisava atingir o clímax!

Enterrou as mãos nos cabelos loiros, não querendo que ele se afastasse nem por um segundo.

Julian livrou-se das calças e afastou suas pernas.

Tomada pelo calor que fazia seu corpo arder, Grace prendeu o fôlego enquanto ele acomodava o corpo grande e forte entre suas coxas.

Sentindo a masculinidade pressioná-la, arqueou os quadris e agarrou os ombros largos, desejando-o dentro de si com um desespero inacreditável.

De repente, o telefone tocou.

Grace sobressaltou-se com o som, recuperando o controle.

– Que barulho é esse? – ele resmungou.

Grata pela interrupção, ela saiu de baixo dele, trêmula, com o corpo ardendo.

– É um telefone – ela explicou, antes de se inclinar sobre o criado--mudo e pegar o aparelho.

Suas mãos tremiam ao levar o fone ao ouvido.

Julian praguejou, rolando para o lado.

– Selena, graças a Deus é você! – ela exclamou assim que ouviu a voz da amiga.

Oh, como estava grata pela habilidade de Selena saber o momento *exato* de telefonar!

– O que foi? – perguntou Selena.

– Pare com isso – Grace repreendeu Julian ao sentir que ele lambia suas costas na direção das nádegas. Empurrou-o para trás e afastou-se um pouco.

– Não estou fazendo nada – disse Selena.

– Não é você, Lanie.

Do outro lado da linha, houve um silêncio tumular.

– Escute – Grace falou, com a voz severa –, preciso que pegue algumas roupas do Bill e traga para cá. Agora.

– Funcionou! – o grito agudo quase estourou o tímpano de Grace. – Oh, meu Deus, funcionou! Aleluia! Não consigo acreditar! Estou indo!

Grace desligou o telefone, enquanto a língua de Julian traçava um caminho de suas nádegas para sua...

– Pare com isso!

Ele se afastou e fitou-a, chocado.

– Você não gosta quando eu faço isso?

– Não foi isso que eu disse – ela respondeu, antes que pudesse conter-se.

Ele se aproximou de novo...

Grace saiu às pressas da cama.

– *Preciso* me aprontar para o trabalho.

Ele se apoiou em um dos braços e a observou recolher a calça do pijama e atirá-la em sua direção. Pegou-a com a outra mão, deslizando lentamente o olhar pelo corpo de Grace.

– Por que você não liga e avisa que está doente?

– Ligar e avisar que estou doente? – ela repetiu. – Como você sabe o que é isso?

Ele deu de ombros.

– Eu já lhe disse. Posso escutar durante o meu confinamento. É isso que me permite aprender idiomas e compreender as alterações na sintaxe.

Como uma graciosa pantera erguendo-se, ele empurrou o cobertor e saiu da cama. Sem a calça. Com o corpo ainda totalmente ereto.

Fascinada, ela não conseguiu se mover.

– Nós não terminamos – disse ele, em uma voz baixa e profunda, alcançando-a.

– Ah, nós terminamos, sim!

Ela correu para a segurança do banheiro e trancou a porta.

Frustrado, Julian cerrou os dentes e teve um impulso súbito de bater a cabeça na parede. Por que ela estava sendo tão teimosa?

Olhou para o corpo excitado e praguejou:

– E por que *você* não se comporta por cinco minutos?!

Grace tomou um longo banho frio. O que havia em Julian que fazia seu sangue literalmente ferver? Ela ainda podia sentir o calor daquele corpo másculo junto ao seu.

Os lábios dele em sua...

– Pare com isso, pare com isso, pare com isso!

Ela não era uma ninfomaníaca incapaz de controlar-se. Era uma doutora, com um cérebro... e sem hormônios.

Ainda assim, seria tão fácil apenas se esquecer de tudo e passar o mês inteiro na cama com Julian.

– Certo – disse a si mesma. – Vamos dizer que você se enfie com ele na cama por um mês. O que vai acontecer depois?

Ela se ensaboou, e a irritação dispersou o restante do desejo.

– Vou lhe dizer o que vai acontecer. Ele vai embora, e você, querida, vai ficar sozinha de novo. Lembra o que aconteceu depois de Paul? Lembra como se sentiu, vagando pelo quarto, nauseada por ter deixado alguém *usar* você? Lembra como foi humilhante?

E o que era pior, ela ainda conseguia escutar a risada zombeteira de Paul ao gabar-se para os amigos e cobrar a aposta. Como ela desejara ter se transformado em um homem por tempo suficiente para chutar a porta do apartamento dele e espancá-lo.

Não, ela não permitiria que a usassem.

Levara anos para superar Paul e a crueldade dele, e não arruinaria tudo aquilo por um capricho. Nem mesmo por um lindo capricho!

Não, não e não! Da próxima vez em que se entregasse a um homem, seria a alguém com quem estivesse comprometida. Alguém que se importasse com ela.

Alguém incapaz de fazer pouco-caso de sua dor e continuar usando seu corpo para o próprio prazer, como se ela não significasse nada, ela pensou, enquanto as memórias reprimidas vinham à tona de forma turbulenta. Paul agira como se ela nem mesmo estivesse lá. Como se ela não fosse nada além de uma boneca sem emoções, projetada unicamente para proporcionar-lhe prazer.

E ela não permitiria que ninguém, especialmente Julian, a tratasse daquela forma.

Nunca mais.

Julian desceu as escadas, maravilhando-se com a luz do sol que penetrava pelas janelas. Era engraçado como as pessoas não valorizavam coisas pequenas como essas. Recordava-se de um tempo em que ele também não reparava em algo tão simples quanto uma manhã ensolarada.

Agora, cada vez era um verdadeiro presente dos deuses. Um presente que ele apreciaria durante o próximo mês, até que fosse novamente forçado a viver na escuridão.

Com o coração pesado, foi até a cozinha e dirigiu-se ao armário grande onde Grace armazenava a comida. Ao abrir a porta, a baixa temperatura o surpreendeu. Estendeu a mão, deixando o ar frio passar sobre sua pele. Incrível!

Pegou vários recipientes, mas não conseguiu ler os rótulos.

– Não coma nada que não consiga identificar – lembrou a si mesmo, recordando algumas das coisas repulsivas que vira as pessoas comerem ao longo dos séculos.

Inclinando-se, procurou mais um pouco até encontrar um melão maduro em uma gaveta na parte de baixo. Após levá-lo até a ilha no centro da cozinha, pegou uma faca grande de um bloco no qual havia outras, e cortou-o ao meio.

Retirando uma fatia, levou-a até a boca.

Gemeu baixinho quando a deliciosa umidade atingiu suas papilas gustatórias. A polpa doce fez seu estômago roncar com uma necessidade intensa. A garganta ansiava por mais daquele umedecimento suavizante.

Era tão bom ter comida outra vez. Ter algo com o que saciar a fome e a sede.

Antes que conseguisse deter-se, deixou a faca de lado e agarrou o melão, arrancando pedaços e enfiando-os na boca o mais rápido possível.

Deus, ele estava faminto! E sedento.

Porém, só tomou consciência de suas ações ao notar que agarrava a casca.

Parou e olhou para a mão coberta com o caldo da fruta, para os dedos presos na casca, como as garras de um animal.

Vire para cá, Julian, e olhe para mim. Agora, seja um bom menino e faça o que eu lhe disser. Toque-me aqui. Hum... sim, é isso. Bom menino, bom menino. Se me agradar bastante, eu trarei comida para você daqui a pouco.

Ele se encolheu com a lembrança involuntária de sua última encarnação. Não era de admirar que agisse como um animal; fora tratado como um por tanto tempo que mal se lembrava de ser humano.

Pelo menos, Grace não o acorrentara à cama.

Ainda.

Desgostoso, olhou ao redor, grato por ela não ter presenciado aquela falha de autocontrole.

Ofegando, pegou a metade do melão e jogou-a no receptáculo de lixo que vira Grace usar na noite anterior. Então, foi até a pia para lavar a doçura viscosa de suas mãos.

Assim que a água fria tocou-lhe a pele, ele suspirou de prazer. Água. Pura e fria. Era do que mais sentia falta durante o confinamento. Era pelo que ansiava hora após hora, enquanto sua garganta ressecada ardia.

Permitiu que o líquido deslizasse por sua pele antes de represá-lo nas mãos em forma de concha, inclinar-se e bebê-lo de suas palmas, sugá-lo dos dedos. A água provocava um enorme alívio, conforme invadia sua boca e descia por sua garganta ardente, satisfazendo sua sede. Não queria nada além de poder subir na pia e senti-la percorrer seu corpo inteiro.

De...

Ouviu uma batida na porta, seguida de passos apressados nas escadas. Fechando a torneira, Julian pegou o tecido seco perto da pia e enxugou as mãos e o rosto.

Ao retornar para a outra metade do melão, reconheceu a voz de Selena.

– Onde ele está?

Julian meneou a cabeça ao notar o entusiasmo dela. Aquilo era o que tinha esperado de Grace.

As duas mulheres entraram na cozinha. Ao desviar o olhar do melão, ele se deparou com olhos castanhos tão grandes quanto escudos espartanos.

– Meu Deus! – Selena falou de modo ofegante.

Grace cruzou os braços sobre o peito, com os olhos brilhando, em uma mescla de irritação e divertimento.

– Julian, esta é Selena.

– Meu Deus! – ela repetiu.

– Selena? – Grace abanou a mão diante do rosto da amiga, mas ela nem piscou.

– Meu De...

– Você pode parar com isso? – Grace a repreendeu.

Selena derrubou as roupas que estava segurando e moveu-se pela cozinha, até conseguir avistar o corpo de Julian por inteiro. Olhou fixamente para o topo de sua cabeça e percorreu o corpo até os pés descalços.

Ele mal suprimiu a fúria diante dessa atitude.

– Você gostaria de examinar meus dentes agora, ou prefere que eu tire as calças para sua inspeção? – ele indagou com mais maldade do que pretendera. Afinal, tecnicamente, ela estava do seu lado.

Se ela apenas fechasse a boca e parasse de fitá-lo *daquela* forma. Nunca fora capaz de aguentar uma atenção tão anormal.

De modo hesitante, Selena estendeu a mão para tocá-lo no braço.

– Bu! – ele exclamou depressa, fazendo-a pular.

Grace riu.

Selena franziu o cenho e encarou os dois.

– Muito bem, vocês dois! Já acabaram de zombar de mim?

– Você mereceu – Grace pegou um pedaço do melão que ele acabara de fatiar e pôs na boca. – Sem mencionar que *você* vai ficar com ele hoje.

– O quê? – perguntaram Julian e Selena, em uníssono.

Ela engoliu o pedaço da fruta.

– Bem, eu não posso levá-lo para o trabalho comigo, posso?

Selena deu um sorriso malicioso.

– Aposto que Lisa e suas pacientes adorariam.

– Assim como o *homem* que eu tenho marcado para as oito. No entanto, não seria produtivo.

– Você não pode cancelar? – perguntou Selena.

Julian concordava. Ele não tinha a mínima vontade de estar em um lugar público. A única parte da maldição que ele achava remotamente tolerável era o fato de que quase todas as mulheres que o evocavam o mantinham escondido em aposentos privados e jardins.

– Você sabe que não – respondeu Grace. – Eu não tenho um marido advogado que me sustenta. Além disso, não acho que Julian queira ficar sozinho em casa o dia todo. Tenho certeza de que ele gostaria de sair e conhecer a cidade.

– Eu prefiro ficar aqui com você – ele falou.

O que realmente desejava era vê-la estremecendo sob ele outra vez, sentir o corpo macio deslizando por sua ereção, enquanto ele a fazia gritar em êxtase.

Os olhos de Grace encontraram os dele, que viu o desejo chamejar nas profundezas do tom cinza-claro. Naquele instante, notou o que ela fazia. Iria para o trabalho a fim de evitar estar com ele.

Bem, mais cedo ou mais tarde, ela retornaria.

E então seria sua.

Assim que ela se rendesse, ele lhe mostraria que tipo de resistência e paixão um soldado macedônio treinado em Esparta tinha a oferecer.

Capítulo 5

A manhã parecia arrastar-se conforme Grace atendia os pacientes habituais. Não importava o quanto se esforçasse para se concentrar neles e em seus problemas, ela não conseguia.

Repetidamente, ela via a pele dourada e os intensos olhos azuis.

E aquele sorriso...

Gostaria que Julian nunca tivesse sorrido para ela. Aquele sorriso podia definitivamente ser sua perdição.

– ... e aí eu disse: "Dave, veja, se você quiser pegar minhas roupas emprestadas, tudo bem, mas deixe de fora meus vestidos caros e feitos sob medida porque, se você ficar melhor neles do que eu, vou querer doá-los para o Exército da Salvação". Então, eu estava certa, doutora?

Grace desviou o olhar de seu bloco de anotações, onde rabiscava desenhos de homens-palito carregando lanças.

– O que, Rachel? – indagou a paciente sentada na poltrona à sua frente.

Rachel era uma fotógrafa que se vestia com elegância.

– Eu estava certa em dizer a Dave para deixar de usar as minhas roupas? Quero dizer, droga, é bem ruim quando seu namorado fica melhor do que você nas suas roupas, certo?

Grace assentiu.

– Com certeza. As roupas são suas e você não deveria precisar trancá-las.

– Eu sabia! Foi o que eu disse a ele. Mas ele me escuta? Não. Ele pode se chamar de Davida o quanto quiser, e dizer que é uma mulher no corpo de um homem, mas, na verdade, ele ainda me ouve do mesmo jeito que meu ex-marido. Eu juro...

Grace inadvertidamente checou de novo o relógio. Sua hora com Rachel estava quase acabando.

– Sabe, Rachel – disse, interrompendo a paciente antes que ela iniciasse o discurso habitual a respeito de homens e seus hábitos irritantes –, talvez devêssemos discutir esse assunto na nossa sessão de segunda-feira com Dave, não é?

Rachel anuiu.

– Certo. E me lembre na segunda de que eu preciso falar sobre Chico.

– Chico?

– O chihuahua que vive na casa ao lado da minha. Eu juro que o cachorro está me lançando aquele olhar.

Grace franziu o cenho. Com certeza, Rachel não podia estar insinuando o que ela pensou ter entendido.

– Aquele olhar?

– Você sabe. *Aquele* olhar. Ele pode parecer um cachorro, mas aquele animal tem sexo na cabeça. Toda vez que eu passo, ele olha por baixo da minha saia. E você não vai querer saber o que ele fez com meus tênis de corrida. O cão é um pervertido.

– Está bem – Grace interrompeu-a outra vez. Estava começando a suspeitar que não havia nada que pudesse fazer por Rachel e sua obsessão de que todos os machos no mundo estavam desesperados para possuí-la. – Com certeza, nós falaremos sobre a paixão do chihuahua por você.

– Obrigada, doutora. Você é o máximo – Rachel pegou a bolsa que estava no chão e saiu do consultório.

Grace esfregou a testa enquanto as palavras da paciente ecoavam em sua cabeça. Um chihuahua? Céus!

Pobre Rachel. Seguramente haveria uma forma de ajudá-la.

Contudo, seria infinitamente melhor ter um chihuahua olhando sob a saia com lascívia do que um escravo sexual grego.

– Oh, Lanie – Grace sussurrou –, como eu deixo você me enfiar nessas coisas?

Antes que pudesse ponderar mais sobre o assunto, o interfone tocou.

– Sim, Lisa?

– Seu paciente das onze horas cancelou a consulta e, enquanto estava com a Sra. Thibideaux, sua amiga Selena Laurens ligou milhões de vezes, e eu não estou exagerando ou brincando. Ela deixou uma porção de mensagens urgentes, pedindo que ligue para o celular dela o mais rápido possível.

– Obrigada, Lisa.

Pegando o telefone, Grace ligou para a amiga.

– Graças a Deus! – Selena falou antes que ela pudesse dizer algo. – Você precisa trazer o seu traseiro até aqui e levar o seu namorado para casa. Agora!

– Ele não é meu namorado, ele é seu...

– Ah, você quer saber o que ele é? – perguntou Selena, com um tom de histeria na voz. – Ele é um maldito ímã de estrógeno, é isso o que ele é. As mulheres estão aglomeradas ao redor da minha banca neste instante. Sunshine está adorando. Ela vendeu mais cerâmica esta manhã do que já tinha vendido antes. Tentei levá-lo para casa, mas não consigo reduzir esta multidão. Juro, você acharia que temos uma celebridade aqui. Nunca vi nada igual. Agora, traga o seu traseiro até aqui e me ajude!

O telefone ficou mudo.

Grace amaldiçoou sua sorte. Interfonou para Lisa e pediu-lhe para cancelar todas as demais consultas do dia.

Assim que chegou à praça, Grace percebeu o que Selena quisera dizer. Devia haver ao menos vinte mulheres ao redor de Julian, e outras tantas o olhavam, embasbacadas, ao passarem por lá.

As que estavam mais próximas se acotovelavam e se empurravam, tentando chamar-lhe a atenção.

No entanto, o mais inacreditável era a cena de três mulheres que tinham os braços sobre ele enquanto outra tirava uma foto.

– Oh, obrigada – uma mulher na faixa dos 35 anos murmurou para Julian, ao agarrar a câmera das mãos de quem tirara a foto.

Ela acomodou a máquina fotográfica perto dos seios, de forma a desviar a atenção de Julian para lá, mas ele não parecia nem um pouco interessado.

– Isso é tão maravilhoso – ela continuou falando, efusivamente. – Eu mal posso esperar para chegar em casa e mostrar isto para o meu grupo literário. Elas nunca vão acreditar que eu encontrei um modelo de capa de romances no bairro francês.

Algo a respeito da postura rígida de Julian levou Grace a suspeitar que ele não gostava daquela atenção toda. Mas precisava reconhecer que ele tinha o mérito de não estar sendo abertamente rude.

Ainda assim, o sorriso não lhe alcançava os olhos e era muito diferente daquele que ele lhe dera na noite anterior.

– É um prazer – disse ele para a mulher.

As risadinhas que irromperam eram ensurdecedoras. Grace meneou a cabeça, descrente. Mulheres, alguma dignidade, por favor!

No entanto, considerando o rosto, o corpo e o sorriso de Julian, ela também se sentia um pouco tonta cada vez que ele a fitava.

Portanto, quem poderia realmente culpá-las por agirem como pré-adolescentes em um show de rock?

De repente, Julian olhou através do mar de admiradoras com hormônios furiosos e encontrou seu olhar. Grace arqueou uma sobrancelha para ele, divertida.

Imediatamente, o sorriso dele desvaneceu. Os olhos a focalizaram, como os de um predador faminto que acabara de encontrar a próxima refeição.

– Se me dão licença – disse ele, abrindo caminho por entre as mulheres e se dirigindo até ela.

Grace engoliu em seco, notando a hostilidade instantânea das mulheres, que fecharam a cara em massa para ela.

Porém, o pior foi a súbita e intensa explosão de desejo que sentiu, fazendo seu coração disparar. E, a cada passo que ele dava, a sensação se multiplicava por dez.

– Saudações, *agapeemenee* – disse Julian, erguendo-lhe a mão para beijar os nós de seus dedos.

Sua espinha foi percorrida por uma onda de calor. E, antes que pudesse se mover, ele a abraçou e deu-lhe um beijo ardente e emocionante.

Instintivamente, ela fechou os olhos e saboreou o calor daquela boca, deliciando-se com os braços fortes que a seguravam perto do peito. Sua cabeça girava.

Oh, mas o homem sabia beijar! Julian tinha um jeito inexplicável com os lábios.

E o corpo... Nunca sentira nada semelhante àqueles músculos firmes flexionando-se ao seu redor.

Foi apenas o quase inaudível "devassa", sussurrado com zombaria por uma das mulheres, que rompeu o encanto.

– Julian, por favor – ela murmurou. – As pessoas estão olhando.

– Você acha que eu me importo?

– Eu me importo!

Ele afastou a cabeça com um resmungo baixinho e a ajudou a recuperar o equilíbrio. Somente nesse instante, ela percebeu que largara todo o seu peso sobre ele, e que Julian a amparava sem esforço.

Com as bochechas ardendo, Grace notou os olhares invejosos das mulheres enquanto se dispersavam com relutância.

Revelando no rosto a intensidade de seu desagrado e relutância, Julian soltou-a e deu um passo para trás.

– Finalmente! – Selena suspirou. – Meus ouvidos estão quase se recuperando. – Ela meneou a cabeça. – Se eu soubesse que isso funcionaria, *eu* o teria beijado.

Grace deu um sorriso torto.

– Bem, isso é culpa sua.

– Ah, é? Posso saber por quê? – Selena indagou.

Grace apontou para as roupas de Julian.

– Veja como ele está vestido. Você não traz a público um deus grego usando shorts e uma camiseta regata dois números menores. Céus, Selena, no que você estava pensando?

– Está fazendo 39 graus aqui fora, e a umidade do ar está enorme. Eu não queria que ele morresse de hipertermia.

– Moças, por favor. – Julian colocou-se entre elas. – Está quente demais para ficarem aqui na rua brigando por algo tão insignificante quanto as minhas roupas. – Ele deslizou um olhar faminto por Grace, e então deu um sorriso que derreteria qualquer mulher. – E eu não sou um deus grego. Sou apenas um semideus.

Grace não registrou o que ele dizia, pois o som da voz de Julian a fascinava. Como ele fazia isso? Como carregava a voz de erotismo daquela forma? Seria o sotaque acentuado e melodioso? Não, era mais do que isso. Porém, mesmo se esforçando, não conseguia descobrir.

Na verdade, tudo o que queria era encontrar uma cama em algum lugar e deixar que ele fizesse o que desejasse com ela.

Olhando para Selena, reparou no modo como a amiga olhava para as pernas e o traseiro de Julian.

– Você também sente isso, não é? – Grace indagou.

Piscando, Selena levantou o olhar.

– Sinto o quê?

– Ele. É como se ele fosse o Flautista Mágico, e nós fôssemos ratos encantados pela música. – Grace olhou ao redor, notando a forma como as mulheres o encaravam. Algumas até mesmo estendiam o pescoço para conseguir uma visão melhor. – O que há a respeito dele que nos atrai contra a nossa vontade?

Julian arqueou a sobrancelha de um jeito arrogante.

– Contra a sua vontade?

– Bem, honestamente, sim. Eu não gosto de me sentir assim.

– E como você se sente? – ele indagou.

– Sexual – Grace respondeu, antes de conseguir se controlar.

– Como uma deusa? – ele quis saber, a voz abaixando uma oitava.

– Sim – disse ela, enquanto ele se aproximava um passo.

Julian não a tocou, mas isso não era necessário. A simples presença masculina a dominava. Ele a inebriou ao baixar o olhar magnético para seus lábios e depois para o pescoço. Grace praticamente sentia o toque da boca sensual em sua pele.

E o homem nem sequer se movera.

– Eu posso dizer o que é – ele murmurou.

– É o feitiço, não?

Ele meneou a cabeça, estendendo a mão para traçar suavemente o contorno de sua face com o indicador. Grace fechou os olhos ao se sentir percorrida por uma onda de desejo selvagem, e se esforçou para não virar a cabeça e tomar-lhe o dedo entre os lábios.

Julian aproximou-se e roçou sua face na dela.

– É o fato de eu conseguir apreciá-la em um nível que os homens da sua época não conseguem.

– É o fato de ter os glúteos mais firmes que eu já vi – disse Sunshine, interrompendo-os. – Sem mencionar a voz e o sotaque maravilhosos. Eu realmente gostaria que alguém me dissesse onde consigo um desse.

Grace gargalhou ao ouvir os comentários inesperados.

Parecendo aborrecido, Julian virou-se para encarar Sunshine.

– Olhe para ele. – Sunshine gesticulou na direção de Julian, com o lápis na mão coberta de carvão. Ela também tinha sujeira de carvão na bochecha direita. – Quando foi a última vez em que você encontrou um homem com um corpo tão bem definido que é possível ver o sangue pulsando nas veias? Seu namorado é... bem... espetacular. Mesmo. – Com uma expressão séria, ela acrescentou: – Céus! Ele é incrível! – Sunshine virou o caderno de esboços, mostrando a Grace o desenho que fizera de Julian. – Vê o modo como a luz destaca a cor dourada da pele? É quase como se ele fosse beijado pelo sol.

Grace franziu o cenho. Era verdade.

Julian inclinou-se para ela, e os olhos azuis a aqueceram.

– Venha para casa comigo, Grace – ele sussurrou em seu ouvido. – Agora. Deixe-me tomá-la nos braços, tirar suas roupas e mostrar-lhe como os deuses queriam que uma mulher conhecesse um homem. Juro que vai se lembrar disso para o resto da eternidade.

Ela fechou os olhos ao sentir o aroma de sândalo. O hálito dele tocou seu pescoço, e a bela face estava tão perto da sua que ela jurou poder sentir as costeletas dele roçando-a.

Cada parte sua queria render-se a ele. Sim, por favor, sim.

Seu olhar recaiu sobre o ombro forte e deslizou pelos músculos firmes e esculpidos até a base do pescoço. Oh, como ela desejava correr a língua sobre aquela pele dourada. Descobrir se o restante do corpo tinha um sabor tão bom quanto a boca.

Ele seria magnífico na cama. Não havia dúvida.

Mas ela não significava nada para ele. Nada.

– Não posso – ela murmurou, afastando-se.

O olhar dele revelou desapontamento antes de tornar-se duro e determinado.

– Você poderá – assegurou-lhe.

Em seu íntimo, Grace sabia que ele, provavelmente, falava a verdade. Por quanto tempo uma mulher podia rejeitar um homem como ele?

Livrando-se desse pensamento, ela olhou para o Jackson Brewery, o shopping center que ficava no edifício da antiga cervejaria, do outro lado da rua.

– Precisamos comprar algumas roupas que sirvam em você.

– Tenho culpa se ele é mais alto que Bill e tem o dobro da largura? – Selena perguntou. – Foi uma brilhante ideia sua que eu o trouxesse comigo.

Grace fez uma careta para a amiga.

– Certo. Estaremos no Jackson Brewery, se precisar de nós.

– Tudo bem, mas tome cuidado.

– Cuidado? – Grace estranhou.

Selena indicou Julian com o polegar.

– Se as mulheres começarem a avançar, escute o meu conselho e saia do caminho. Eu ainda não estou sentindo o meu pé direito depois do último grupo.

Rindo, Grace dirigiu-se à rua, sabendo que Julian a seguiria. Na verdade, ela o sentia logo atrás. Com uma presença marcante, ele tinha um modo terrível de invadir todos os seus pensamentos e sentidos.

Nenhum dos dois disse uma palavra enquanto atravessavam a rua movimentada e entravam na primeira loja que encontraram.

Grace olhou ao redor na loja de departamentos, procurando a seção de roupas masculinas. Identificando-a, foi até lá.

– Que estilo de roupas você prefere? – ela indagou, parando diante do mostrador sobre o qual estavam expostos os *jeans* dobrados.

– Para o que eu tenho em mente, a nudez funciona melhor.

Grace revirou os olhos.

– Você está tentando me chocar, não é?

– Talvez. Tenho de admitir que eu gosto do rubor em seu rosto – disse ele, adiantando-se um passo em sua direção.

Grace recuou, colocando o mostrador entre eles.

– Acho que você vai precisar de pelos menos três calças *jeans* enquanto estiver aqui.

Julian suspirou, olhando para a roupa.

– Por que vai se dar ao trabalho de fazer isso, se eu irei embora em algumas semanas?

Ela o encarou.

– Céus, Julian! – ela exclamou, irritada. – Você age como se ninguém o tivesse vestido nas encarnações passadas.

– Elas não me vestiram.

Assombrada com o tom vazio e o significado daquelas palavras, ela o fitou com ceticismo.

– Está me dizendo que nos últimos dois mil anos ninguém se incomodou em pôr roupas em você?

– Apenas duas vezes – disse ele, no mesmo tom monótono. – Uma vez, durante uma nevasca, no período de regência na Inglaterra, uma das mulheres que me evocou me cobriu com um vestido cor-de-rosa de babados e me empurrou para a sacada, a fim de evitar que o marido me encontrasse na cama. E a segunda vez é embaraçosa demais para ser mencionada.

– Você não é engraçado. E eu sei que nenhuma mulher ficaria com um homem durante um mês inteiro sem vesti-lo.

– Olhe para mim, Grace. – Ele abriu os braços para mostrar-lhe o corpo firme e deleitável. – Sou um escravo sexual. Ninguém, antes de você, pensou que eu precisava de roupas para cumprir minha obrigação.

O olhar exaltado de Julian prendeu o dela, mas o que a magoou foi a dor naqueles intensos olhos azuis, que ele tanto se esforçava em ocultar. Uma dor que a tocava profundamente.

– Eu lhe asseguro – ele falou tranquilamente – que, assim que elas me tinham dentro de seus corpos, faziam todo o possível para me manter ali, incluindo uma mulher na Idade Média que trancou a porta do quarto e disse a todos que ela estava com a peste negra.

Grace desviou o olhar conforme as palavras a atingiam. As coisas que ele descrevia eram inacreditáveis e, ainda assim, pela expressão no rosto dele, sabia que ele não estava exagerando.

Não podia imaginar as degradações que ele sofrera ao longo dos séculos. Deus! As pessoas tratavam animais de uma forma melhor.

– Elas o evocavam, mas nenhuma sequer conversou com você ou o vestiu?

– A fantasia de todo homem, não é? Ter um milhão de mulheres se atirando em cima dele, sem desejar compromissos ou promessas. Sem desejar nada dele, além de seu corpo e algumas semanas de prazer.

As palavras levianas não mascaravam o tom ácido.

Aquela podia ser a fantasia de outros homens, mas Grace sabia que não era a dele.

– Bem – disse ela, voltando aos *jeans* –, eu não sou assim, e você vai precisar de algo para vestir quando nós estivermos em público.

A raiva tomou os olhos de Julian de modo tão ameaçador que ela deu um passo involuntário para trás.

– Eu não fui amaldiçoado para ser visto em público, Grace. Estou aqui para você, e somente para você.

Como aquilo parecia bom... Ainda assim, ela não cederia. Não poderia usar um ser humano da maneira que Julian descrevera. Era errado, e ela nunca seria capaz de viver consigo mesma se fizesse algo assim com ele.

– De qualquer forma, eu quero levá-lo para sair – ela afirmou com determinação. – Portanto, você vai precisar de roupas. – E começou a procurar o *jeans* do tamanho certo.

Ele ficou em silêncio.

Grace fitou-o e notou a expressão sombria e brava.

– O que foi?

– O que foi? – ele devolveu.

– Não importa. Vamos ver qual destes cai melhor.

Pegando diversos tamanhos, entregou-os a ele. Pela reação de Julian ao pegar os *jeans*, alguém poderia muito bem achar que ela estivesse lhe entregando uma porção de sujeira de cachorro.

Ignorando a expressão intimidadora, ela praticamente o empurrou para o provador e fechou a porta atrás dele.

Julian entrou no pequeno cubículo e paralisou-se, assaltado simultaneamente por três frentes hostis.

A primeira era o reduzido tamanho do local e o terror frio e brutal que o assolou por causa disso. Por um minuto inteiro, não conseguiu respirar, enquanto combatia o impulso de sair correndo do cubículo fechado. Mal conseguia se mover sem colidir com as paredes, com a porta ou com o espelho.

Porém, ainda pior do que a claustrofobia era o rosto no espelho. Ele não vira o próprio reflexo por séculos. E a face que o encarava de volta era tão semelhante à de seu pai, que ele desejou despedaçá-la. Viu os mesmos traços bem delineados, os mesmos olhos desdenhosos... A única coisa que faltava era a cicatriz profunda e irregular que marcava o lado esquerdo do rosto de seu pai.

E, pela primeira vez em incontáveis séculos, Julian teve a desagradável visão das três finas tranças de comandante que caíam sobre seus ombros.

Com a mão trêmula, ele as tocou enquanto fazia algo que não fizera durante um tempo excepcionalmente longo: ele se lembrou do dia em que as ganhara.

Fora após a batalha de Tebas, quando seu comandante caíra e as tropas macedônias tinham começado a entrar em pânico e a se retirar. Ele agarrara a espada do comandante, reagrupara as tropas e as liderara à vitória contra os romanos.

No dia seguinte à batalha, a rainha macedônia trançara seus cabelos e colocara as próprias contas nas pontas.

Julian segurou as minúsculas contas de vidro.

Aquelas tranças tinham pertencido a um comandante macedônio forte e orgulhoso, que liderara um exército vitorioso com tanto vigor que obrigara os romanos a fugirem aterrorizados.

A visão o assombrou.

Olhou para o anel na mão direita. Ele o usara por tanto tempo que se tornara imune à sua presença. E havia muito que não recordava seu significado.

Mas as tranças...

Não havia pensado nelas por um tempo realmente longo.

Tocando-as, lembrou-se do homem que fora. Lembrou-se dos rostos de seus familiares. Das pessoas que tinham se apressado para servir às suas necessidades. Daqueles que o haviam respeitado e temido.

Lembrou-se de uma época em que comandara o próprio destino e que o mundo que conhecia estivera em suas mãos.

E agora ele era...

Com a garganta apertada, fechou os olhos e removeu as contas das pontas de seus cabelos, antes de começar a desfazer as tranças.

Quando seus dedos soltaram a primeira delas, ele olhou para baixo, para as calças que derrubara no chão.

Por que Grace estava fazendo aquilo? Por que ela precisava tratá-lo com um ser humano?

Ele se acostumara de tal forma a ser tratado como um objeto que a bondade que Grace lhe demonstrava era intolerável. A distância fria e impessoal das outras mulheres o tinham habilitado a tolerar sua sentença, a não se lembrar de quem fora, do que fora.

Do que havia perdido.

Aquilo o capacitava a concentrar-se apenas no momento presente e nos prazeres fugazes a serem desfrutados.

Mas os seres humanos não viviam daquele jeito. Eles tinham famílias, amigos, futuros, sonhos.

Esperanças.

Coisas das quais fora privado séculos atrás. Coisas que nunca teria de novo.

– Maldito seja, Príapo – sussurrou, desfazendo com violência a última trança. – E maldito seja eu.

Grace arregalou os olhos quando Julian finalmente saiu do provador, usando calças *jeans* que pareciam ter sido feitas exclusivamente para ele.

A camiseta regata justa, que Selena lhe emprestara, parava logo abaixo da cintura firme e estreita e o *jeans* era baixo nos quadris delgados, permitindo um minúsculo vislumbre do abdômen definido e dos pelos castanho-escuros que partiam do umbigo e desapareciam sob a calça.

Ela sentiu um forte desejo de aproximar-se dele e deslizar a mão pela convidativa trilha, investigando até onde ia. Então se lembrou vividamente da imagem do corpo nu à sua frente.

Inspirando fundo, teve de admitir que ele ficava bem de *jeans*. Melhor do que usando shorts, se isso fosse possível.

Sunshine estava certa, ele tinha o melhor traseiro que um *jeans* já envolvera, e tudo o que podia pensar era em correr a mão por ali e apertá-lo com força.

A vendedora e a mulher ao lado dela pararam de falar e o encararam, boquiabertas.

– Estes estão satisfatórios? – ele indagou a Grace.

– Oh, sim, meu bem – ela respondeu, ofegante, antes que pudesse se controlar.

Julian deu-lhe um sorriso divertido, mas o sentimento não se refletiu nos olhos.

Grace moveu-se ao redor dele até conseguir ver o número da calça.

Oh, sim, era um belo traseiro!

Distraída pelas nádegas bem feitas, ela inadvertidamente deixou os dedos roçarem a pele das costas ao tocar a etiqueta. Sentiu Julian ficar tenso.

– Sabe – disse ele, olhando-a por sobre o ombro –, isso seria muito melhor se estivéssemos sem roupa. E na sua cama.

Ela escutou o arfar da vendedora e da cliente. Com as faces quentes, endireitou-se e o encarou.

– Nós realmente precisamos conversar sobre o tipo de comentário apropriado a quando estamos em público.

– Se me levasse para casa, não precisaria se preocupar com isso.

O homem era implacável.

Meneando a cabeça, Grace pegou mais duas calças *jeans*, algumas camisetas, um cinto, óculos de sol, meias, sapatos e várias cuecas boxer grandes e feias. Nenhum homem ficaria bem naquelas cuecas, ela decidiu. E a última coisa que queria era que Julian fosse ainda mais atraente.

Ela o fez vestir uma das camisetas novas, *jeans* e tênis ainda na loja.

– Agora você parece quase humano – provocou-o, quando ele saiu do provador.

Ele lhe lançou um olhar frio e apático.

– Apenas por fora – falou em uma voz tão baixa que ela não teve certeza de ter escutado.

– O quê? – ela indagou.

– Sou humano apenas por fora – ele repetiu, mais alto.

Grace notou-lhe a angústia no olhar, e seu coração se apertou.

– Julian – disse em tom de censura –, você *é* humano.

Ele comprimiu os lábios, com um olhar sombrio e cauteloso.

– Sou? É humano viver por mais de dois mil anos? Ter permissão para andar pela Terra algumas semanas por vez?

Julian olhou ao redor, para as mulheres que tentavam espiá-lo por entre as prateleiras. Mulheres que se imobilizavam ao vê-lo. Agitou a mão, indicando o espetáculo ao redor deles.

– Você as vê fazendo isso com mais alguém?

A face dele se tornou dura e perigosa, e o olhar intenso mergulhou no dela.

– Não, Grace, eu nunca fui humano.

Precisando confortá-lo, ela o tocou com gentileza no rosto.

– Você é humano, Julian.

A dúvida no olhar dele oprimiu seu peito. Incerta quanto ao que fazer ou dizer para que ele se sentisse melhor, Grace deixou o assunto de lado e dirigiu-se à porta. Tinha quase chegado à saída, quando percebeu que Julian não a acompanhava.

Virando-se, ela o avistou com facilidade. Ele se desviara para a seção de lingerie e estava perto de uma prateleira repleta de minúsculos negligês negros. Seu rosto ardeu. Jurava que podia escutar os pensamentos luxuriosos que cruzavam a mente dele.

E o pior era que precisava alcançá-lo antes que uma das mulheres se oferecesse como modelo para ele.

Rapidamente foi até lá e pigarreou.

– Está pronto?

Ele a percorreu por inteiro com um olhar lento que dizia que tinha na mente uma imagem vívida de Grace usando aquela coisa diáfana.

– Você ficaria excitante nisso.

Ela o fitou com ceticismo. A coisa era tão fina que chegava a ser transparente. Ao contrário de Julian, ela não tinha um corpo que chamava a atenção, a menos que o homem estivesse desesperado. Ou que tivesse permanecido na cadeia por um par de décadas.

– Eu não sei se ficaria excitante, mas com certeza eu sentiria frio.

– Não por muito tempo.

Ela ofegou ante as palavras, não duvidando delas nem por um instante.

– Você é perverso.

– Na cama, não. – Inclinou a cabeça em sua direção. – Na verdade, eu sou bastante...

– Aí estão vocês!

Grace sobressaltou-se ao ouvir a voz de Selena.

Julian disse a Selena algo em uma língua estranha, que Grace não entendeu.

– Ora, ora... – Selena falou com um tom de censura na voz. – Gracie não entende grego antigo. Ela dormiu na aula o semestre inteiro. – Então, olhou para ela e estalou a língua. – Viu? Eu lhe disse que um dia seria útil.

– Ah, sim – Grace respondeu, rindo. – Como se eu soubesse, naquela época, que um dia você evocaria um grego como escrav... – ela se interrompeu ao perceber o que quase dissera diante de Julian. Embaraçada, mordeu o lábio.

– Está tudo bem, Grace – Julian afirmou tranquilamente.

Ainda assim, ela sabia que o aborrecera. Não havia como não tê-lo afetado com aquilo.

– Eu sei o que sou. Você não pode me ofender com a verdade. Na realidade, eu fico mais ofendido com o termo *grego* do que com *escravo sexual*. Fui treinado em Esparta e lutei pelos macedônios. Tornei um hábito evitar a Grécia o máximo possível, antes de ser amaldiçoado.

Grace ergueu a cabeça ao dar-se conta do que ele dissera ou, mais especificamente, do que ele *não* dissera. Não falara nada a respeito da infância.

– Onde você nasceu? – ela indagou.

A mandíbula de Julian começou a pulsar, e os olhos se escureceram de forma nefasta. Onde quer que tivesse nascido, era óbvio que ele não gostava do lugar.

– Muito bem, eu sou metade grego, mas não reivindico essa metade da minha herança.

Certo, aquele era obviamente um ponto nevrálgico. Dali em diante, ela eliminaria *grego* de seu vocabulário.

– De volta à lingerie negra – disse Selena. – Acho que aquela vermelha ali cairia bem melhor nela.

– Selena! – Grace a repreendeu.

Ignorando-a, Selena conduziu Julian ao local onde estavam as peças vermelhas. Ela pegou um *baby-doll* transparente e aberto na frente, atado apenas por duas fitas nos ombros e uma no meio. Uma calcinha, também vermelha e transparente, com uma abertura frontal, e uma cinta-liga completavam o conjunto.

– O que você acha? – Selena indagou ao mostrar o traje diante de Julian.

Ele lançou a Grace um olhar especulativo.

Se eles continuassem com aquilo, ela morreria de vergonha.

– Vocês dois podem parar? – ela pediu. – Eu não vou usar isso.

– Vou comprar para você de qualquer forma – Selena afirmou. – Tenho quase certeza de que Julian pode convencê-la a vestir isso.

Julian lançou-lhe um olhar brincalhão.

– Eu prefiro convencê-la a despir isso.

Grace cobriu o rosto com as mãos e gemeu.

– Ela vai mudar de ideia – Selena falou, em tom conspiratório.

– Não vou – disse Grace por trás das mãos.

– Vai, sim – afirmou Julian, enquanto Selena ia pagar a compra.

Havia tanta arrogância e confiança naquelas palavras... Ela sabia que o homem não estava acostumado a ser desafiado.

– Você já fracassou alguma vez? – ela indagou.

A provocação nos olhos dele desvaneceu, e ela viu a máscara cobrir-lhe o rosto. Sabia que ele estava escondendo alguma coisa por trás daquele olhar. Algo muito doloroso, a julgar pela súbita tensão em seu corpo.

Ele não disse mais nada até que Selena retornasse e lhe entregasse a sacola.

– Agora – disse ela –, estou pensando em luz de velas, boa música e...

– Selena – Grace interrompeu-a –, eu aprecio o que está tentando fazer, mas em vez de focar em mim, por um minuto, podemos falar sobre Julian?

Selena fitou-o.

– Claro. O que tem ele?

– Você sabe como tirá-lo do livro? Para sempre?

– Não tenho nem ideia. – Selena voltou-se para ele: – Você sabe?

– Eu já disse para ela que é impossível.

Selena assentiu.

– Ela é teimosa. Nunca escuta uma palavra, a menos que seja a palavra que ela quer ouvir.

– Teimosa ou não – Grace falou, virando-se para Julian –, não posso imaginar por que você iria querer ficar amaldiçoado em um livro.

Ele desviou o olhar.

– Grace, dê um tempo ao homem.

– É o que estou tentando fazer.

– Ótimo! – Selena cedeu, por fim. – Julian, que terrível e vil ato você cometeu para ser sugado para o livro?

– *Hubris.*

– Oh... – disse Selena, de forma sinistra. – Isso é bem ruim. Grace, ele pode ter razão. Eles costumavam fazer coisas como retalhar as pessoas por causa disso. Você devia ter prestado atenção às suas aulas de estudos clássicos. Os deuses gregos são realmente maus no que se refere às punições.

Grace apertou os olhos.

– Eu me recuso a acreditar que não haja uma forma de libertá-lo. Não podemos destruir o livro ou invocar um de seus espíritos ou algo para ajudar?

– Ah, então agora você acredita na minha magia vodu?

– Não de verdade, mas você conseguiu trazê-lo até aqui. Você consegue ajudá-lo?

Selena mordeu a unha enquanto refletia.

– Julian, que deus era mais favorável a você?

Ele inspirou profundamente, como se estivesse entediado com as perguntas.

– Na verdade, nenhum deles gostava muito de mim. Como era um soldado, eu fazia sacrifícios especialmente a Atena, mas tinha um contato mais direto com Eros.

Selena sorriu com malícia.

– O deus da luxúria e do amor. Entendo.

– Não é pelas razões que você imagina – disse ele.

Ela o ignorou.

– Então, você já tentou apelar a Eros?

– Não estamos nos falando.

Grace revirou os olhos ante o sarcasmo impertinente.

– Por que você não tenta chamá-lo? – sugeriu Selena.

Grace a encarou.

– Você poderia tentar ser um pouco mais séria, Selena. Sei que zombei das suas crenças ao longo dos anos, mas estamos falando da vida de Julian.

– Eu estou sendo séria – disse Selena, com ênfase. – O melhor jeito seria Julian evocá-lo diretamente e perguntar se ele pode ajudar.

Que diabos!, Grace pensou. Na noite anterior, ela nunca teria acreditado que alguém pudesse evocar Julian. Talvez Selena estivesse certa.

– Você tentaria fazer isso? – Grace perguntou a ele.

Julian deu um suspiro frustrado. Parecendo extremamente aborrecido, ele inclinou a cabeça para trás e disse com calma para o teto:

– Cupido, seu bastardo imprestável, eu o evoco para que assuma a forma humana.

Grace ergueu as mãos.

– Nossa, eu nem posso imaginar por que ele não responde!

Selena riu.

– Certo – disse Grace –, eu não acredito nessa bobagem, de qualquer forma. Podemos pôr essas coisas no meu carro, almoçar e tentar pensar em algo um pouco mais produtivo do que "Cupido, seu bastardo imprestável". Vamos?

– Está bem – Selena concordou.

Grace entregou para Selena a sacola com as roupas que ela lhe emprestara.

– Aqui estão as coisas do Bill.

A amiga olhou para a sacola e franziu o cenho.

– Onde está a camiseta regata branca?

– Vou devolver depois.

Selena riu de novo.

Julian as seguiu, escutando as duas gracejarem enquanto saíam da loja.

Por sorte, Grace encontrara uma vaga rara na frente do shopping.

Julian as observou colocar as sacolas no carro. Se tivesse coragem de admitir, apreciaria o fato de Grace estar tão interessada em ajudá-lo.

Ninguém estivera antes.

Ele caminhara a vida inteira em solidão, contando apenas com sua força e inteligência para salvá-lo. Mesmo antes da maldição, estivera fatigado. Cansado da solidão, cansado de não ter ninguém na Terra, ou alguém que lhe desse um pouco de importância.

Era uma pena que não tivesse conhecido Grace antes da maldição. Ela teria sido um bálsamo agradável para seu desassossego. Por outro lado, as mulheres de sua época eram bem diferentes.

Grace o via como um igual, enquanto as mulheres de seu tempo o viam como uma lenda a ser temida ou apaziguada.

O que tornava Grace única? O que havia nela que lhe permitia ajudá--lo, quando sua própria família virara as costas para ele?

Não sabia ao certo. Ela era apenas especial. Um coração puro em um mundo povoado por egoístas. Nunca imaginara encontrar alguém como ela.

Desconfortável com o rumo de seus pensamentos, ele olhou para a multidão de pessoas que não pareciam se importar com o calor opressivo da estranha cidade.

Escutou um casal discutindo a alguns metros. A esposa estava brava por causa de algo que o homem esquecera. Um garotinho de três ou quatro anos andava entre eles, conforme se aproximavam da calçada.

Julian sorriu para eles. Não se lembrava da última vez em que vira uma família junta, lidando com tarefas do cotidiano. A cena tocou uma parte dele que mal recordava ter... Seu coração. E imaginou se eles sabiam a dádiva que tinham um no outro.

Enquanto os pais continuavam discutindo, a criança parou com a atenção focada em algo do outro lado da rua.

Julian prendeu o fôlego, quando seu instinto lhe disse o que o garotinho estava prestes a fazer.

Grace fechou o porta-malas do carro.

Com o canto do olho, viu um borrão azul dirigir-se para a rua. Levou um segundo inteiro para perceber que era Julian correndo. Franziu o cenho, confusa com a atitude, até avistar o garotinho que saía da calçada rumo ao tráfego.

– Oh, meu Deus – ela murmurou, ao ouvir os guinchos de freios.

– Steven! – uma mulher gritou.

Com um movimento digno de Hollywood, Julian pulou o pequeno muro do estacionamento e agarrou a criança, tirando-a da rua. Segurando o menino junto ao peito, ele saltou sobre o para-lama do carro que freava e, com um ágil movimento lateral, afastou-se do veículo.

Eles pousaram em segurança na outra pista, um instante antes de um segundo carro desviar do primeiro e avançar na direção deles.

Horrorizada, Grace observou Julian chocar-se contra um velho Chevrolet. Ele deslizou sobre o capô, bateu no para-brisa e foi arremessado na rua, onde rolou por alguns metros até, por fim, parar.

Ficou deitado de lado, imóvel.

O caos eclodiu conforme as pessoas gritavam e se aglomeravam ao redor do acidente.

Apavorada, Grace tremia por inteiro ao abrir caminho em meio à multidão, tentando chegar até Julian.

– Por favor, esteja bem, por favor, esteja bem – ela sussurrava repetidamente, rezando para que ambos tivessem sobrevivido ao choque.

Quando conseguiu passar pelas pessoas que os circundavam, Grace percebeu que ele não largara a criança. O menino ainda estava cuidadosamente envolvido pelos braços fortes.

Incapaz de crer no que via, ela se deteve, com o coração martelando.

Eles estavam vivos?

– Nunca vi nada assim na minha vida – disse um homem ao seu lado.

O sentimento dele ecoava por todo o lugar.

Devagar e com medo, Grace aproximou-se de Julian conforme ele começava a se mexer.

– Você está bem?

Ela o ouviu perguntar para a criança.

O menino respondeu com um choro agudo.

Alheio ao som alto, Julian ergueu-se com cuidado, sem soltar o garoto.

Aliviada por vê-los vivos, Grace não conseguia acreditar em seus olhos. Como ele era capaz de se mover?

Como conseguira manter a criança nos braços durante tudo aquilo?

Ele cambaleou, mas logo recuperou o equilíbrio, ainda sustentando o menino.

Grace pôs a mão nas costas dele para ampará-lo.

– Você não deveria se levantar – disse ela ao ver o sangue no braço esquerdo dele.

Julian não pareceu escutá-la. Os olhos dele estavam escuros e estranhos.

– Sh, pequenino – ele murmurou, segurando o garoto em um dos braços enquanto envolvia-lhe a face com o outro.

Movendo apenas a parte de cima do corpo, ele embalou a criança de uma forma tranquilizante e segura, como apenas um pai faria. Com o olhar assombrado, Julian apoiou a face no topo da cabeça do menino.

– Sh, eu peguei você – ele murmurou. – Está seguro agora.

Aquelas ações a surpreenderam. Era evidente que aquele era um homem que já confortara crianças antes.

Mas quando um soldado grego poderia ter estado com crianças?

A não ser que ele tivesse sido pai.

A mente de Grace girava ante essa possibilidade, enquanto Julian entregava com cuidado o garoto soluçante para a mãe histérica, que chorava mais alto do que o menino.

Deus, seria possível que Julian fosse pai? Nesse caso, onde estavam os filhos?

O que acontecera com eles?

– Steven – a mãe chorava ao apertar o menino contra o peito –, quantas vezes eu lhe disse para ficar ao meu lado?

– Você está bem? – o pai e o motorista perguntaram a Julian.

Fazendo uma careta, Julian passou a mão pelo bíceps esquerdo, como se estivesse examinando o braço.

– Estou bem – ele respondeu, mas Grace reparou no modo como ele evitava apoiar-se na perna direita, atingida pelo carro.

– Você precisa de um médico – disse enquanto Selena se unia a eles.

– Estou bem. De verdade. – Julian deu um sorriso indiferente, e então baixou a voz para que apenas Grace escutasse: – Mas, preciso dizer, bigas machucam muito menos do que carros quando batem em você.

Grace ficou consternada com o humor inoportuno.

– Como você pode brincar agora? Achei que estivesse morto.

Ele deu de ombros.

Enquanto o homem continuava agradecendo-o profusamente por ter salvado seu filho, Grace olhou para o sangue no braço de Julian, acima do cotovelo. Sangue que evaporava da pele como algum estranho efeito de filme de ficção científica.

De repente, ele voltou a apoiar todo o peso na perna machucada, e a dor que enrugava sua testa desapareceu.

Ela trocou um olhar arregalado com Selena, que também acompanhara a cena. Que diabos era *aquilo*?

Julian era humano ou não?

– Não posso agradecer o suficiente – disse o pai, de novo. – Achei que ele estivesse morto.

– Estou feliz por tê-lo visto – Julian sussurrou, estendendo a mão na direção da cabeça no garoto.

Os dedos estavam prestes a roçar os cachos castanho-claros, quando ele se deteve. Grace observou as emoções conflitantes no rosto de Julian, antes que ele recuperasse o estoicismo e abaixasse a mão.

Sem uma palavra, ele se dirigiu ao meio-fio.

– Julian? – ela o chamou, correndo para alcançá-lo. – Você está bem mesmo?

– Não se preocupe comigo, Grace. Nada em mim quebra e eu raramente sangro. – A amargura era evidente na voz. – É uma dádiva da maldição. As Parcas proíbem que eu *morra* e escape do meu castigo.

Ela se encolheu ao ver a angústia nos olhos azuis.

Porém, o fato de ele ter sobrevivido não era a única pergunta que desejava fazer. Queria indagar-lhe a respeito da criança, do modo como ele olhara para o menino, como se revivesse algum horrível pesadelo. Contudo, as palavras ficaram presas em sua garganta.

– Gente, ele merece uma recompensa! – Selena exclamou ao alcançá-los. – Vamos subir até a loja de pralinê.

– Selena, eu não acho...

– O que é pralinê? – Julian indagou.

– É um manjar dos deuses – falou Selena. – Você, com certeza, vai apreciar.

Contra quaisquer argumentos de Grace, Selena conduziu-os para dentro, até a escada rolante. Ela subiu no primeiro degrau e virou-se para trás, a fim de fitar Julian, que estava entre as duas.

– Como você fez aquilo quando saltou sobre o carro? Foi impressionante!

Julian deu de ombros.

– Ah, homem, não seja modesto. Você parecia o Keanu Reeves em *Matrix*. Gracie, você viu o movimento que ele fez?

– Eu vi – ela respondeu suavemente, notando como os elogios de Selena estavam deixando Julian desconfortável.

Reparou também na forma como as mulheres ao redor deles o encaravam.

Julian estava certo. Aquilo não era normal. Porém, com que frequência alguém como ele surgia em carne e osso? Um homem que emanava atração sexual?

O homem era puro feromônio ambulante.

E, agora, um herói.

Mas, acima de tudo, era um grande mistério para Grace. Havia muito a respeito dele que ela estava louca para saber. E, de uma forma ou de outra, durante o próximo mês, ela iria descobrir.

Quando chegaram à doceria no andar de cima, Grace comprou dois pralinês de noz-pecã e uma Coca-Cola.

Sem pensar duas vezes, ela estendeu o doce para Julian. Em vez de pegá-lo de sua mão, ele se inclinou para a frente e o mordeu enquanto ela ainda o segurava.

Julian saboreou o confeito açucarado de uma forma que enviou ondas de calor para o corpo Grace, enquanto os penetrantes olhos azuis a encaravam como se desejassem que fosse com ela que ele estivesse se deliciando.

– Você tinha razão – ele falou naquele tom baixo que a deixava arrepiada. – É delicioso.

– Uau! – exclamou a balconista. – Você tem sotaque. Não deve ser desta região.

– Não – Julian respondeu. – Não sou.

– De onde é?

– Macedônia.

– É na Califórnia? – a garota indagou. – Você parece um daqueles surfistas que ficam na praia.

Ele franziu o cenho.

– Califórnia?

– Ele é da Grécia – Selena respondeu.

– Ah! – disse a garota.

Julian arqueou a sobrancelha de um jeito censurador.

– A Macedônia não é...

– Amigo – Selena falou com a boca cheia de pralinê –, por aqui você teria sorte de encontrar alguém que soubesse a diferença.

Antes que Grace pudesse responder às palavras ásperas de Selena, Julian pôs as mãos em sua cintura e a aproximou do peito forte. Inclinando-se, tomou seu lábio inferior entre os dentes e gentilmente o acariciou com a língua.

Ela ficou zonza com o abraço carinhoso.

Ele aprofundou o beijo um instante antes de soltá-la e afastar-se.

– Você tinha açúcar no lábio – ele explicou com um sorriso malicioso que revelava as covinhas perfeitas.

Grace piscou, surpresa com as reações de calor e frio que o toque de Julian provocava.

– Você poderia ter dito algo.

– É verdade, mas do meu jeito foi bem mais gostoso.

Ela não tinha argumentos contra isso. Afastou-se depressa, tentando ignorar o sorriso sagaz de Selena.

– Por que você tem tanto medo de mim? – Julian perguntou de forma inesperada ao alcançá-la.

– Não tenho medo de você.

– Não? Então o que a assusta tanto? Cada vez que eu me aproximo, você se encolhe.

– Eu não estou me encolhendo – Grace insistiu. *Diabos, havia um eco ali?*

Ele a envolveu com o braço e Grace esquivou-se depressa.

– Você está se encolhendo – ele afirmou ao retornarem para a escada rolante.

Mesmo Grace estando um degrau abaixo, ele pôs um braço de cada lado dela e inclinou a cabeça para perto da sua. A presença dele a envolvia, deixando-a estranhamente tonta e quente.

Ela observou a firmeza das mãos bronzeadas apoiadas no corrimão da escada rolante atrás das suas e a forma como as veias se destacavam para enfatizar-lhes a força e a beleza. Como o restante dele, as mãos e os braços eram deslumbrantes.

– Você nunca teve um orgasmo, teve? – ele sussurrou em seu ouvido.

Grace engasgou com o doce.

– Este não é o lugar para falar desse assunto.

– É isso, não é? – ele indagou. – É por isso...

– Não é isso – ela o interrompeu. – Na verdade, eu já tive.

Certo, aquilo era uma mentira, mas ele não precisava saber.

– Com um homem?

– Julian! – ela o repreendeu. – O que acontece com você e com Selena que acham que podem discutir minha vida particular em público?

Ele inclinou ainda mais a cabeça, para perto de seu pescoço, tão perto que ela sentia o hálito morno dele contra sua pele e o delicioso aroma masculino.

– Sabe, Grace, eu posso lhe proporcionar um prazer que você não é capaz de imaginar.

Um arrepio percorreu-a. Ela podia facilmente acreditar naquilo.

Seria fácil deixá-lo comprovar aquelas palavras.

Mas ela não poderia. Seria errado e, independentemente do que ele dissera, isso a incomodava. E, em seu íntimo, suspeitava que o incomodasse também.

Ela se inclinou um pouco para trás e encarou-o.

– Já lhe ocorreu que eu não quero isso?

Ele pareceu chocado com essas palavras.

– Como é possível?

– Eu já lhe disse. A próxima vez em que eu tiver intimidade com um homem, quero mais do que as partes indispensáveis dele envolvidas. Quero o coração.

Julian fitou os lábios dela com desejo.

– Posso lhe assegurar de que você não sentiria falta disso.

– Sentiria, sim.

Recuando como se ela o tivesse estapeado, ele se endireitou.

Grace sabia que atingira outro ponto nevrálgico. Desejando descobrir mais a respeito dele, virou-se para encará-lo.

– Por que é tão importante que eu ceda? Algo acontece com você se eu não consentir?

Ele riu amargamente.

– Como se alguma coisa pudesse ser pior.

– Então, por que você não pode apenas apreciar o seu tempo aqui comigo sem nenhum... – ela abaixou a voz – ... sexo?

Os olhos dele flamejaram.

– Apreciar o quê? Conhecer pessoas cujos rostos vão me assombrar pela eternidade? Você acha que eu gosto de olhar ao redor, sabendo que, em alguns dias, serei arrastado de volta para um buraco vazio onde eu posso escutar, mas não posso ver, saborear, sentir ou cheirar, onde meu estômago se contrai constantemente de fome e minha garganta arde com uma sede insaciável? Você é a única coisa que tenho permissão para apreciar. E você me nega isso.

Grace sentiu lágrimas encherem seus olhos ao escutá-lo. Não queria magoá-lo. De verdade, não queria.

Mas Paul a manipulara de forma muito semelhante para levá-la para a cama, e ela acabara com o coração partido.

Após a morte de seus pais, Paul alegara importar-se com ela. Ele a confortara e a abraçara. E, então, quando ela finalmente lhe confiara seu corpo, ele a magoara com tanta intensidade e crueldade que até hoje ela sentia a alma ferida.

– Sinto muito, Julian. Muito mesmo. Mas não posso fazer isso.

Ela saiu da escada rolante e continuou andando no shopping.

– Por quê? – indagou, quando ele e Selena a alcançaram.

Como poderia explicar-lhe? Paul a ferira tanto aquela noite! Ele não tivera consideração por seus sentimentos. Ela havia implorado para que ele parasse, mas ele continuou.

A primeira vez dói mesmo, ele dissera. *Nossa, pare de chorar! Vou terminar em um minuto e, então, você poderá ir embora.*

Quando ele terminou, ela se sentiu tão humilhada e ferida que chorou durante dias.

– Grace? – A voz de Julian interrompeu seus pensamentos. – O que foi?

Ela precisou de toda sua força para conter as lágrimas. Mas não choraria. Não em público. Não daquela forma. Não seria digna de piedade.

– Nada – ela respondeu.

Precisando respirar, mesmo que o ar estivesse mais quente e espesso do que vapor, ela saiu do shopping e caminhou até o calçadão que beirava o rio Mississípi.

Julian e Selena seguiram-na.

– Grace, o que fez você chorar? – Julian perguntou.

– Paul. – Grace escutou a amiga sussurrar para Julian.

Grace encarou-a enquanto se esforçava para acalmar-se. Depois, inspirando profundamente, virou-se para Julian e disse:

– Eu gostaria de poder me atirar na cama com você, mas não posso. Não quero ser usada dessa forma, e não quero usar você! Não consegue compreender isso?

Com a mandíbula contraída, ele desviou o olhar.

Acompanhando a direção do olhar de Julian, Grace viu um grupo formado pelo que pareciam ser seis motociclistas desordeiros que caminhavam até eles. As roupas de couro provavelmente eram sufocantes naquele calor, mas eles não pareciam notar, enquanto faziam troça e riam.

Foi então que ela avistou a mulher que os acompanhava. Uma mulher cujo andar lento e sedutor era o equivalente feminino ao caminhar gracioso e elegante de Julian. Ela também tinha o tipo de beleza rara que superaria o de qualquer atriz ou modelo.

Alta e loira, usava um corpete justo de couro e shorts curtos, que envolviam uma silhueta que Grace mataria para ter.

E a mulher estava diminuindo o ritmo, ficando atrás dos homens enquanto abaixava um pouco os óculos escuros e encarava Julian.

Grace encolheu-se por dentro.

Oh, bom Deus, aquilo poderia ficar feio! Nenhum dos motociclistas surrados e durões parecia ser do tipo que toleraria que a namorada olhasse para outro sujeito. E a última coisa que Grace queria era uma briga ali.

Ela agarrou a mão de Julian, tentando puxá-lo para o outro lado.

Ele se recusou a mexer-se.

– Vamos, Julian – ela o apressou. – Precisamos voltar para dentro.

Ainda assim, ele não saiu do lugar.

Em vez disso, encarou os motociclistas como se quisesse matá-los. Então, antes que ela pudesse piscar, ele se soltou de sua mão e adiantou-se, agarrando um dos homens pela camisa.

Aturdida, Grace observou Julian socá-lo no rosto.

Capítulo 6

– Seu imprestável pedaço de... – Julian soltou uma série de imprecações que fariam um marinheiro corar.

Os olhos de Grace se arregalaram. Não sabia o que a surpreendia mais: Julian agredindo um motociclista desconhecido ou o linguajar que usava.

Enquanto ele o esmurrava, o motociclista reagia, mas suas habilidades de luta nem se aproximavam das de Julian.

Esquecendo-se de Selena, Grace correu até eles, com o coração acelerado, tentando pensar no que deveria fazer. Não havia possibilidade de se enfiar entre os dois. Não diante da forma como tentavam se matar.

– Julian, pare antes que você o machuque! – a mulher gritou.

Grace assombrou-se ao escutar aquilo.

Como ela sabia o nome de Julian?

A mulher circundava os dois, como se tentasse ajudar o homem a lutar contra Julian.

– Querido, cuidado, ele vai... Ai, isso doeu! – Ela se encolheu em uma dor solidária, após Julian atingir o nariz do motociclista. – Julian, pare de bater nele! Você vai fazer o nariz dele inchar. Ei, querido, abaixe-se!

O motociclista não se abaixou, e Julian atingiu-o no queixo com um soco forte, que o fez cambalear.

Atordoada, Grace alternava o olhar entre a mulher e Julian.

Como eles podiam se conhecer?

– Eros, querido. Não! – a mulher gritou outra vez, balançando as mãos ao lado do rosto, como um pássaro prestes a alçar voo.

Selena aproximou-se de Grace.

– Esse é o Eros que Julian estava tentando evocar? – Grace perguntou.

A amiga deu de ombros.

– Talvez, mas nunca pensei no Cupido como um motociclista.

– Onde está Príapo? – Julian exigiu saber, agarrando Eros e forçando-o de encontro às grades de madeira sobre a água.

– Eu não sei.

Eros lutou para soltar as mãos de Julian de sua camiseta preta.

– Não *ouse* mentir para mim – Julian rosnou.

– Eu não sei!

Julian imprimiu mais força ao aperto, enquanto dois mil anos de dor e raiva o assolavam. Suas mãos tremiam ao segurar Eros. Porém, pior do que o seu desejo de matar eram as perguntas incessantes que gritavam em sua mente.

Por que ninguém nunca respondera às suas evocações antes?

Por que Eros o traíra?

E como eles podiam ter feito isso com ele e depois irem embora, deixando-o sozinho com seu sofrimento?

– Onde ele está? – Julian perguntou outra vez.

– Comendo, arrotando, inferno, eu não sei! Eu não o vejo faz uma eternidade.

Julian puxou Eros para longe da grade. Toda a fúria do inferno estava refletida em seu rosto, quando ele o soltou.

– Preciso encontrá-lo – Julian disse por entre os dentes. – Agora.

Um músculo na mandíbula de Eros contraiu-se enquanto ele passava as mãos pela camiseta, ajeitando-a.

– Bom, com certeza, me arrebentar não vai chamar a atenção dele.

– Então, quem sabe matando você eu consiga isso. – Julian agarrou-o de novo.

De repente, os outros homens começaram a avançar.

Conforme eles os cercavam, Eros desviou-se do golpe de Julian e virou-se para deter os amigos.

– Não mexam com ele – Eros disse, agarrando o que estava mais próximo pelos braços e empurrando-o. – Acreditem em mim, vocês não vão querer enfrentá-lo. Ele poderia arrancar seus corações e enfiá-los em suas bocas antes de chegarem mortos ao chão.

Julian fitou os motociclistas de uma forma que os desafiava a se aproximarem. O olhar frio e letal aterrorizou Grace, e ela não duvidou de que ele poderia mesmo fazer aquilo.

– Você está louco? – o mais alto indagou, olhando com descrença para Julian. – Ele não parece grande coisa.

Eros passou a mão pelo canto da boca e deu um meio sorriso ao avistar o sangue no polegar.

– Sim, bem, é melhor acreditarem em mim. O homem tem punhos que parecem uma marreta e uma habilidade de se mover com muito mais rapidez do que vocês conseguiriam se esquivar.

A despeito das calças negras de couro empoeiradas e da camiseta rasgada, Eros era incrivelmente atraente e não tinha a aparência abatida de seus companheiros. A face juvenil teria um tipo mais delicado de beleza, se não fosse pelo cavanhaque, pelo bigode de três dias e pelo corte em estilo militar dos cabelos.

– Além disso, é apenas uma briguinha familiar – Eros acrescentou, com um estranho brilho nos olhos. Dando um tapinha no braço do motociclista, ele riu e disse: – Meu irmãozinho sempre teve um temperamento ruim.

Grace trocou um olhar atordoado e descrente com Selena.

– Eu escutei isso? – ela perguntou para a amiga. – Eros certamente não pode ser irmão de Julian, pode?

– Como eu vou saber?

Julian disse algo em grego antigo para Eros. Os olhos de Selena se arregalaram, e o sorriso sumiu de imediato do rosto de Eros.

– Se você não fosse meu irmão, eu o mataria por isso.

Julian lançou-lhe um olhar zangado.

– Se eu não precisasse de você, já o teria matado.

Em vez de ficar bravo, Eros riu.

– Não ouse rir – a mulher repreendeu-o, irritada. – É melhor lembrar-se de que ele é uma das poucas pessoas capazes de cumprir essa ameaça.

Eros assentiu antes de virar-se para os outros quatro motociclistas.

– Podem ir – falou para os amigos. – Encontro vocês depois.

– Tem certeza? – perguntou o mais alto, olhando para Julian com nervosismo. – Podemos ficar por aqui, se precisar de nós.

– Não, está tudo bem – ele recusou, gesticulando. – Lembra que eu disse que precisava encontrar alguém aqui? Então, meu irmão está apenas bravo comigo, mas vai superar isso.

Grace recuou quando os motociclistas passaram por ela. Todos, exceto a linda mulher. Ela cruzou os braços sobre o peito farto e coberto de couro e olhou para os dois homens com cautela.

Alheio às presenças dela, de Selena e da mulher, Eros andou ao redor de Julian, avaliando-o dos pés à cabeça.

– Andando na companhia de mortais? – Julian indagou, deslizando um olhar de escárnio igualmente frio por Eros. – Nossa! Cupido, o Tártaro congelou enquanto eu estive fora?

Eros desconsiderou as palavras raivosas.

– Diabos, garoto! – ele exclamou, descrente. – Você não mudou nada. Achei que você fosse mortal.

– Era para eu ser, seu... – Julian voltou a soltar uma torrente de imprecações.

Os olhos de Eros brilharam.

– Com uma boca como essa, você deveria andar com Ares. Céus, irmãozinho, não achei que você conhecesse o significado de tudo isso!

Julian agarrou de novo o irmão pela camisa. Porém, antes que pudesse fazer algo mais com Eros, a mulher estendeu o braço e ergueu a mão.

Julian imobilizou-se. Pelo seu olhar, Grace sabia que ele não estava nada satisfeito.

– Solte-me, Psiquê – ele resmungou.

O queixo de Grace caiu.

Psiquê? Seria possível?

– Só se você prometer não bater mais nele – Psiquê respondeu. – Sei que vocês dois não têm se dado bem, mas respeite o fato de eu gostar do rosto dele como está e de não tolerar que você o estrague ainda mais.

– Sol... te... me – Julian repetiu, enfatizando cada sílaba.

– É melhor soltá-lo, Psiquê – Eros interferiu. – Ele está sendo amável com você agora, mas pode romper seu controle ainda mais facilmente que eu, graças à mamãe. E, se ele fizer isso, você *sairá* ferida.

Psiquê abaixou a mão.

Julian soltou Eros.

– Eu não o acho divertido, Cupido. Aliás, não acho nada disso engraçado. Agora, onde está Príapo?

– Inferno, eu não sei! Da última vez que soube algo, ele estava se divertindo no sul da França.

A cabeça de Grace girava com as novas descobertas. Ela olhava do Cupido para Psiquê. Podia ser? Eles podiam mesmo ser *Cupido e Psiquê*?

E seriam parentes de Julian? Algo assim seria possível?

Supôs, então, que aquilo era tão provável quanto duas mulheres bêbadas evocarem um escravo sexual grego de um livro antigo.

Viu o olhar encantado e ávido de Selena.

– Quem é Príapo? – Grace perguntou para a amiga.

– Um deus fálico da fertilidade, que sempre foi retratado andando por aí com uma ereção – ela sussurrou.

– Por que Julian precisa dele?

Selena encolheu os ombros.

– Talvez tenha sido ele quem o amaldiçoou. Mas eis o fato engraçado: Príapo é irmão de Eros, portanto, se Julian é parente de um, há uma boa chance de ele ser parente do outro.

Amaldiçoado a uma eternidade de escravidão pelo próprio irmão? O pensamento deixava Grace enjoada.

– Evoque-o – Julian ordenou a Eros de forma sombria.

– Faça isso você. Ele está pê da vida comigo.

– Pê da vida?

Cupido respondeu em grego.

Confusa com tudo aquilo, Grace decidiu interrompê-los e obter algumas respostas.

– Desculpe-me, mas o que está acontecendo aqui? – perguntou a Julian. – Por que você bateu nele?

Julian lançou-lhe um olhar jocoso.

– Porque me deu um enorme prazer.

– Ótimo! – Cupido prosseguiu falando com Julian, sem olhar na direção de Grace. – Você não me vê há, quanto tempo, dois mil anos? Então, em vez ganhar um abraço amigável e fraternal, eu levo uma surra. – Ele sorriu com malícia para Psiquê. – E mamãe tenta entender por que eu não sou mais próximo dos meus irmãos.

– Não estou com disposição para o seu sarcasmo, Cupido – disse Julian por entre os dentes.

Cupido bufou.

– Você pode parar de me chamar desse nome horrível? Nunca o suportei, e não posso acreditar que você o esteja usando, uma vez que odiava os romanos.

Julian sorriu friamente.

– Eu só uso porque sei que você o despreza, *Cupido*.

Cupido cerrou os dentes, e Grace percebeu que ele mal conteve o impulso de golpear o irmão.

– Agora, me diga uma coisa, você me evocou apenas para poder me espancar? Ou há uma razão mais produtiva para eu estar aqui?

– Honestamente, eu não achei que você se incomodaria em vir, já que me ignorou nas últimas três mil vezes que eu chamei.

– Isso porque eu sabia que você ia me bater. – Ele apontou para o rosto inchado. – O que você realmente fez.

– Então, por que veio agora? – Julian perguntou.

– Honestamente – disse ele, repetindo o termo usado por Julian –, eu achei que, a esta altura, você já estivesse morto e que eu estava sendo chamado por algum outro mortal parecido com você.

Grace viu todas as emoções abandonarem Julian. Era quase como se as palavras perniciosas do Cupido tivessem matado algo dentro dele.

As palavras pareceram ter amenizado os ânimos do Cupido também.

– Veja bem – continuou –, eu sei que você me responsabiliza, mas o que aconteceu com Penélope não foi culpa minha. Eu não tinha como saber o que Príapo faria quando descobrisse.

Julian estremeceu como se tivesse sido socado. Um sofrimento violento se refletiu nos olhos atormentados e no rosto contraído. Grace não tinha ideia de quem era Penélope, mas ela obviamente havia significado muito para ele.

– Não sabia? – ele indagou, com voz rouca.

– Juro a você, irmãozinho – Cupido falou suavemente. Olhou para Psiquê e de novo para Julian. – Nunca quis que ela se machucasse, e nunca quis trair você.

– Certo – Julian sorriu desdenhosamente. – E você espera que eu acredite nisso? Conheço você bem demais, Cupido. Você se delicia devastando vidas humanas.

– Mas ele não fez isso com *você*, Julian – disse Psiquê, em tom suplicante. – Se não acredita nele, acredite em mim. Ninguém nunca pretendeu que Penélope morresse daquela forma. Sua mãe ainda pranteia as mortes deles.

O olhar de Julian se endureceu.

– Como *você* consegue mencioná-la? Afrodite tinha tanto ciúme de você que primeiro tentou casá-la com um homem horrendo e, depois, tentou matá-la para evitar que se casasse com Cupido. Para a deusa do amor, ela certamente tem muito pouco desse sentimento por qualquer um além de si mesma.

Psiquê desviou o olhar.

– Não fale assim dela – Cupido repreendeu-o. – Ela é nossa mãe, e merece o seu respeito.

A raiva inflexível no rosto de Julian teria assustado o próprio demônio, e fez Cupido encolher-se.

– *Nunca* a defenda para mim.

Foi apenas nesse momento que Cupido reparou em Grace e Selena. Ele as olhou como se elas tivessem acabado de surgir ali.

– Quem são elas?

– Amigas – Julian respondeu, para surpresa de Grace.

A face do Cupido tornou-se dura e fria.

– Você não tem amigos.

Julian não respondeu, mas a expressão cansada em seu rosto tocou Grace de um modo profundo.

Aparentemente inconsciente de como as palavras tinham sido cáusticas, Cupido moveu-se de um jeito despreocupado para o lado de Psiquê.

– Você ainda não me disse por que é tão importante encontrar Príapo.

A mandíbula de Julian se contraiu.

– Porque ele me amaldiçoou a uma eternidade de escravidão, da qual eu não consigo me libertar. Quero Príapo aqui apenas por tempo suficiente para começar a arrancar dele partes que não crescem de novo.

Cupido empalideceu.

– Céus, ele teve coragem de fazer isso! Mamãe o teria matado se soubesse.

– Você espera mesmo que eu acredite que ele fez isso sem o conhecimento dela? Não sou tão estúpido, Eros. Aquela mulher não poderia se importar menos com o que acontece comigo.

O irmão meneou a cabeça.

– Não comece com isso. Quando eu lhe ofereci os dons dela, você me mandou enfiá-los no meu orifício traseiro. Lembra?

– Eu me pergunto o motivo – Julian falou com sarcasmo. – Zeus me expulsou do Olimpo horas após o meu nascimento, e Afrodite nunca se preocupou em argumentar com ele. Sempre que algum de vocês se aproximou de mim, impingiam alguma forma de tortura. – Ele lançou-lhe um olhar mortal. – Antes que um cachorro se torne mau, ele precisa ser chutado muitas vezes.

– Certo, tem razão, poderíamos ter sido um pouco mais agradáveis com você, mas...

– "Mas" nada, Cupido. Nenhum de vocês nunca deu a mínima para mim. Especialmente *ela*.

– Não é verdade. Mamãe nunca superou o fato de você ter virado as costas para ela. Você era o favorito.

Julian zombou.

– E isso é o motivo de eu estar preso em um livro nos últimos dois mil anos?

Grace sofria por ele. Como Cupido podia ficar ali, escutando aquilo e não fazer tudo ao seu alcance para salvar o irmão de um destino pior do que a morte?

Não era de surpreender que Julian os maldissesse.

De repente, Julian agarrou a faca do cinto de Cupido e cortou o próprio pulso.

Grace arquejou, horrorizada, mas antes que terminasse de emitir um som a ferida de Julian curou-se por completo, sem deixar uma única gota de sangue.

Cupido arregalou os olhos.

– Diabos! – ele sussurrou. – Essa é uma das adagas de Hefesto.

– Eu sei – Julian devolveu-lhe a adaga. – Até mesmo você pode ser morto por uma dessas, mas eu não posso. Fui completamente condenado por Príapo.

Grace viu o terror nos olhos de Cupido, quando ele se deu conta da gravidade da sentença do irmão.

– Sabia que ele odiava você, mas nunca achei que se rebaixaria tanto. Céus, no que ele estava pensando?

– Não me importo com o que ele estava pensando. Quero apenas me libertar.

Cupido assentiu. Pela primeira vez, Grace identificou solidariedade e preocupação no rosto dele.

– Certo, irmãozinho. Uma coisa de cada vez. Aguente firme aqui e deixe-me ir encontrar mamãe e ver o que ela tem a dizer.

– Se ela me ama tanto quanto você diz, por que não evocá-la aqui para que eu fale diretamente com ela?

Cupido fitou-o com enfado.

– Porque da última vez em que eu mencionei o seu nome, ela chorou por um século. Você realmente a magoou.

Embora a postura e o rosto de Julian estivessem rígidos e frios, Grace sentia que ele sofrera tanto quanto a mãe.

Se não mais.

– Vou conversar com ela e voltarei para encontrá-lo em breve – Cupido falou, passando um braço pelos ombros de Psiquê. – Certo?

De súbito, Julian agarrou o colar no pescoço do Cupido e o arrancou com um puxão.

– Ei! – gritou Cupido. – Cuidado com isso.

Julian enrolou a corrente no pulso e deixou o pequeno arco balançar.

– Desta forma, eu sei que vai voltar.

Parecendo bastante irritado, Cupido esfregou o pescoço.

– Tome conta disso. Esse arco é perigoso nas mãos erradas.

– Não tema. Eu me lembro bem da ferroada dele.

Os dois trocaram um olhar de entendimento precavido.

– Vejo você mais tarde.

Cupido bateu palmas, e ele e Psiquê sumiram em uma lufada de fumaça dourada.

Grace recuou um passo, com a mente em um turbilhão. Não conseguia acreditar no que acabara de ouvir e ver.

– Devo estar sonhando – ela sussurrou. – Ou assisti a episódios demais de *Xena, a princesa guerreira*. – Ela ficou imóvel enquanto se esforçava para digerir tudo aquilo. – Isso não pode ter sido real. Deve ter sido algum tipo de alucinação.

Julian deu um suspiro cansado.

– Gostaria de ter a opção de acreditar nisso.

– Meu Deus, aquele era Cupido! – Selena exclamou excitadamente. – Cupido! O verdadeiro. O pequeno e gracioso querubim que parte corações.

Julian zombou dessas palavras.

– Cupido é qualquer coisa, exceto gracioso. Quanto aos corações, é mais provável que ele os arranque.

– Mas ele pode fazer as pessoas se apaixonarem.

– Não – Julian apertou o colar com mais força. – O que ele oferece é uma ilusão. Nenhum poder do além pode fazer um humano amar outro. O amor vem de dentro do coração. – Havia um tom assombrado na voz dele.

Grace encarou-o.

– Você diz isso como se soubesse.

– Eu sei.

Ela sentia a dor de Julian como se fosse a sua. Tocou-o de leve no braço.

– Foi isso o que aconteceu com Penélope? – perguntou baixinho.

Com uma expressão torturada, ele desviou o olhar.

– Há algum lugar onde eu possa cortar o meu cabelo? – ele indagou inesperadamente.

– O quê? – Grace perguntou, sabendo que ele mudava de assunto para evitar responder sua pergunta. – Por quê?

– Não quero nada que me lembre *deles*.

O pesar e o ódio naquele rosto eram tangíveis.

Com relutância, ela assentiu.

– Há um lugar no shopping.

– Por favor, me leve até lá.

Grace conduziu Julian e Selena até o salão de beleza no Jackson Brewery.

Ninguém falou mais nada até que a cabeleireira o acomodou na cadeira.

– Tem certeza de que quer que eu corte isto? – a mulher perguntou, passando as mãos com adoração pelos longos cachos dourados. – São deslumbrantes. A maioria dos homens fica horrível com cabelos compridos, mas eles caem muito bem em você e são tão bonitos e macios! Eu adoraria saber o que usa para condicioná-los.

A face de Julian permaneceu impassível.

– Corte-os.

A delicada morena olhou para Grace por sobre o ombro.

– Sabe, se eu pudesse passar a minha mão nestes cabelos, ficaria um pouco aborrecida por ele querer decepá-los.

Grace sorriu para si mesma. Se a mulher soubesse...

– Os cabelos são dele.

– Está bem – ela concordou com um suspiro melancólico e os cortou até os ombros.

– Mais curtos – disse Julian, quando ela se afastou.

– Tem certeza?

Ele anuiu.

Grace observou em silêncio enquanto a cabeleireira cortava-lhe os cabelos em um estilo bonito, que encaracolava ao redor do rosto, lembrando-a do *Davi*, de Michelangelo.

Como se fosse possível, ele estava ainda mais deslumbrante do que antes.

– Como ficou? – a mulher perguntou-lhe ao terminar.

– Está bom – Julian respondeu. – Obrigado.

Grace deu uma gorjeta para ela antes de ir pagar pelo corte.

Olhando para Julian, ela sorriu.

– Agora você parece pertencer a este lugar.

Ele virou a cabeça para a esquerda de repente, como se ela o tivesse esbofeteado.

– Isso ofendeu você? – ela indagou, preocupada que o tivesse magoado de alguma forma. Sabia que essa era a última coisa de que ele precisava.

– Não.

Porém, em seu íntimo, ela sabia que algo a respeito de seu comentário inocente o magoara. Profundamente.

– Então – disse Selena, enquanto se misturavam à multidão no shopping –, você é o filho de Afrodite?

Ele a olhou de lado.

– Não sou filho de ninguém. Minha mãe me abandonou, meu pai me rejeitou e eu fui criado em um campo de batalha espartano sob o punho de quem estivesse por perto.

Aquelas palavras partiram o coração de Grace. Não era de surpreender que ele fosse tão duro. Tão forte.

Imaginou se alguém já o abraçara com carinho. Apenas uma vez, sem exigir que ele a agradasse antes.

Julian andou à frente delas, e Grace observou a forma sinuosa como ele se movia. Como um predador esplendoroso e mortal. Ele tinha os polegares enfiados nos bolsos dianteiros do *jeans* e parecia alheio às mulheres que o olhavam embasbacadas, suspirando quando ele passava.

Ela podia apenas imaginar como ele teria sido em sua época, usando uma armadura de batalha. Dada a arrogância e os movimentos, Julian devia ter sido um lutador feroz.

– Selena, eu não li na faculdade que os espartanos espancavam os filhos todos os dias apenas para verem quanta dor eles podiam suportar? – Grace indagou.

Julian respondeu por ela.

– Eles faziam isso. E, uma vez por ano, promoviam competições para ver quem conseguia suportar o espancamento mais cruel antes de gritar.

– Muitos deles morriam nessas competições – Selena acrescentou. – Ou durante o espancamento, ou mais tarde, em decorrência das feridas.

Tudo se encaixou para Grace. As palavras que ele dissera anteriormente a respeito de ser treinado em Esparta, e seu ódio pelos gregos.

Selena lançou um olhar triste para Grace, antes de virar-se para Julian e dizer:

– Sendo o filho de uma deusa, imagino que você consiga suportar muito.

– Sim, eu consigo – ele se limitou a responder, a voz desprovida de emoções.

Grace nunca quisera tanto abraçar alguém como queria abraçar Julian naquele instante.

Mas ela sabia que sua atitude não seria bem recebida.

– Sabem – Selena começou a falar e, pela expressão da amiga, Grace entendeu que ela tentava elevar os ânimos –, estou com um pouco de fome. Por que não comemos um hambúrguer no Hard Rock?

Julian ergueu as sobrancelhas.

– Por que eu constantemente sinto que vocês estão falando uma língua estrangeira? O que "comer um hambúrguer no Hard Rock" significa?

Grace riu.

– O Hard Rock Café é um restaurante.

Ele pareceu espantado.

– Vocês comem em um lugar que anuncia que a comida é dura como pedra?

Ela riu ainda mais. Como sempre associara o nome do lugar à música rock, nunca imaginara uma interpretação como aquela!

– É muito bom. Venha, vou lhe mostrar.

Eles saíram do shopping e atravessaram o estacionamento rumo ao Hard Rock Café.

Por sorte, não precisaram esperar muito até que a recepcionista os chamasse para uma mesa.

– Ei! – disse um sujeito quando eles se aproximaram da moça. – Chegamos aqui primeiro.

Ela olhou para o homem de forma cortante.

– A *sua* mesa ainda não está pronta. – Então, virou-se com um par de olhos melosos para Julian e abriu um enorme sorriso. – Se puder me seguir, por favor...

A mulher balançava exageradamente os quadris ao andar.

Grace lançou para Selena um olhar zombeteiro, enquanto indicava em silêncio as ações da garota.

– Não critique. Isso nos colocou na frente de dez outras pessoas.

A recepcionista os conduziu até um lugar nos fundos do restaurante.

– Agora pode ficar aqui – disse ela, tocando Julian de leve no braço –, eu vou garantir que seu pedido chegue logo.

– O que nós somos, invisíveis? – Grace indagou, quando a moça afastou-se.

– Estou começando a achar que sim – respondeu Selena ao acomodar-se no assento virado para a parede dos fundos.

Grace deslizou no assento oposto. Como esperado, Julian sentou-se ao seu lado.

Ela lhe entregou o cardápio.

– Eu não consigo ler isto – disse ele, devolvendo-o.

– Oh! – Grace ficou embaraçada por não ter pensado nisso. – Acho que eles não ensinavam soldados da Antiguidade a ler.

Ele passou a mão no queixo, parecendo um pouco aborrecido com o comentário.

– Na verdade, ensinavam, sim. O problema é que me ensinaram a ler e a escrever em grego antigo, latim, sânscrito, hieróglifos egípcios e outras línguas mortas há muito tempo. Em suas próprias palavras, este cardápio é grego para mim.

Grace encolheu-se.

– Você não vai me deixar esquecer que escutou tudo o que eu disse a seu respeito antes que aparecesse, não é?

– Provavelmente não.

Quando ele colocou o braço sobre a mesa, Selena ofegou.

– Isso é o que eu penso que é? – indagou, tocando-lhe a mão.

Para surpresa de Grace, Julian permitiu que Selena pegasse sua mão direita e olhasse o anel em seu dedo.

– Gracie, você viu isto?

Grace inclinou-se para a frente, a fim de olhar o anel.

– Na verdade, não. Eu estive um pouco distraída.

Um pouco distraída, sim! Isso seria como dizer que o Monte Everest era uma lombada.

Mesmo sob a luz fraca, o ouro reluzia. Na parte de cima, que era plana, estava gravada uma espada cercada por folhas de louro, incrustada com o que pareciam ser rubis e esmeraldas.

– É lindo – disse Grace.

– É um anel de general, não é? – Selena indagou. – Você não era apenas um soldado comum. Você era um maldito general!

Julian assentiu severamente.

– Sim.

Selena soltou um suspiro respeitoso.

– Gracie, você não tem ideia! Para ter um anel desses, Julian era alguém muito importante em sua época. Eles não entregavam isso para todo mundo. – Meneou a cabeça. – Estou impressionada.

– Não fique – Julian falou.

Pela primeira vez na vida, Grace invejou Selena pelo doutorado em história antiga. Lanie conhecia muito mais a respeito de Julian e do mundo dele do que ela jamais esperaria saber.

Porém, não precisava de um título para compreender como havia sido terrível para ele transformar-se de um comandante dos homens em um escravo das mulheres.

– Aposto que você era um general notável – disse Grace.

Julian voltou sua atenção para ela, detectando sinceridade na voz de Grace. Por alguma razão imperscrutável, o elogio causou-lhe satisfação.

– Eu me virava bem.

– Aposto que você detonou muita gente – ela falou.

Ele sorriu. Não pensava em suas vitórias há séculos.

– Eu detonei alguns romanos.

Grace riu ao ouvi-lo usar a mesma gíria que ela.

– Você aprende rápido.

– Ei – Selena interrompeu-os –, posso ver o arco do Cupido?

– Ah, sim, podemos ver? – Grace pediu.

Julian tirou-o do bolso e colocou-o sobre a mesa.

– Cuidado – ele avisou Selena, ao vê-la estender a mão para tocá-lo. – A flecha dourada está armada. Uma ferroada e você vai se apaixonar pela próxima pessoa que vir.

Ela afastou a mão.

Grace pegou o garfo e usou-o para puxar o arco em sua direção.

– É assim mesmo tão pequeno?

Julian sorriu.

– Você já ouviu dizer que "tamanho não é documento"?

Ela revirou os olhos.

– Não quero escutar isso de um homem tão grande quanto você.

– Gracie! – Selena exclamou, ofegante. – Nunca escutei você falar assim antes.

– Isso foi extremamente suave, considerando o que vocês dois têm me dito nos últimos dias.

Julian estendeu a mão e afastou os cabelos de Grace para trás do ombro dela. Desta vez, ela não se encolheu.

Ele estava fazendo progressos.

– Então, como o Cupido usa esta coisa? – Grace quis saber.

Julian deslizou suavemente os dedos pelos fios sedosos do cabelo dela. Mesmo sob a fraca luz, eles brilhavam. Desejava que cobrissem seu peito nu. Queria enterrar o rosto neles e senti-los acariciar sua face.

Fechando os olhos, imaginou a sensação de ser envolvido por aquele corpo feminino, de escutar o som da respiração de Grace no ouvido.

– Julian? – ela o chamou, tirando-o de seu devaneio. – Como o Cupido usa isto?

– Ele pode encolher até ficar do tamanho desse arco ou pode aumentar o arco para adaptar-se aos seus propósitos.

– É mesmo? – Selena indagou. – Eu não sabia disso.

A garçonete apressou-se até eles, pegando o bloquinho enquanto olhava para Julian com cobiça, como se ele fosse o prato do dia.

De forma imperceptível, ele deslizou o arco sobre a mesa e colocou-o de volta no bolso.

– Desculpe ter feito você esperar. Se eu soubesse que não tinha sido atendido, eu teria vindo até aqui no minuto em que se sentou.

Grace franziu o cenho para a moça. Diabos, Julian não podia ficar cinco segundos sem que alguma mulher se atirasse nele?

Isso inclui você?

O pensamento a fez refletir. Ela era como todas as outras. Admirando o traseiro firme, babando ante o corpo perfeito. Era um milagre que Julian suportasse permanecer perto dela.

Afundando-se no assento, Grace prometeu a si mesma que não o trataria daquela forma.

Ele não era um pedaço de carne. Era uma pessoa e merecia ser tratado com respeito e dignidade.

Ela fez os pedidos dos três e, quando a garçonete voltou com as bebidas, serviu-lhes uma porção de asinhas de frango fritas.

– Não pedimos isso – disse Selena.

– Eu sei – a garota respondeu e sorriu para Julian. – Estamos muito ocupados na cozinha, e a comida vai demorar alguns minutos a mais para ficar pronta. Achei que podia estar com fome e trouxe isto. Se não gostar, posso pegar outra coisa. Mas não se preocupe, é por conta da casa. Então, você prefere outra coisa?

Oh, o duplo sentido era óbvio e fez Grace querer agarrar os cabelos loiro-avermelhados e arrancá-los pela raiz.

– Está ótimo, obrigado – Julian respondeu.

– Oh, meu Deus, você poderia falar algo mais para mim? – a garota pediu, praticamente desfalecendo. – Oh, diga o meu nome! É Mary.

– Obrigado, Mary.

– Oh... – a garota murmurou. – Isso me dá arrepios.

Com um último olhar desejoso para Julian, ela se afastou.

– Não acredito nisso – disse Grace. – As mulheres sempre fazem isso com você?

– Sim – respondeu Julian, em tom raivoso. – É por isso que odeio ir a lugares públicos.

– Não reclamem. – Selena pegou uma asinha de frango. – Isso é bem conveniente. Na verdade, acho que deveríamos levá-lo para sair com mais frequência.

Grace emitiu um ruído de escárnio.

– Sim, bem, se aquela criatura rabiscar o nome e o telefone na conta antes de entregá-la, eu serei obrigada a machucá-la.

Selena gargalhou.

Antes que Grace pudesse dizer algo, o Cupido entrou no restaurante e se aproximou da mesa.

O lado esquerdo de seu rosto revelava uma clara contusão onde Julian o acertara. Ele tentava parecer despreocupado, mas Grace sentia a tensão, como se ele estivesse preparado para fugir a qualquer momento. Ele franziu o cenho ao avistar os cabelos curtos de Julian, mas, sem dizer nada, sentou-se ao lado de Selena.

– E então? – Julian indagou.

Cupido suspirou.

– Você quer as notícias más ou as piores?

– Oh, vamos ver... o que me diz de alegrar o meu dia e começar com o pior, para então ir melhorando?

Cupido assentiu.

– Certo. No pior cenário, a maldição provavelmente nunca será desfeita.

Julian encarou a notícia melhor do que ela, apenas assentindo em aceitação.

Grace apertou os olhos.

– Como você pode fazer isso com ele? Meu Deus! Meus pais teriam movido céus e terra para me ajudar, e aí está você sem nem mesmo um *sinto muito* para ele. Que tipo de irmão é você?

– Grace – Julian alertou-a –, não o desafie. Não há como saber as consequências disso.

– É isso mesmo, mort...

– Se você a tocar – Julian interrompeu-o –, eu *vou* pegar essa adaga em sua cintura e arrancar seu coração com ela.

Cupido afastou-se de Julian.

– A propósito, você deixou de fora alguns detalhes realmente importantes.

Julian lançou-lhe um olhar semicerrado.

– Tais como?

– Tais como o pequeno fato de você ter feito sexo com uma das virgens de Príapo. Cara, no que estava pensando? Você nem mesmo se incomodou em remover o manto dele, que ela estava usando quando a possuiu. Sabia no que estava se metendo. Por que fez algo assim?

– Não sei se você se lembra, mas eu estava com muita raiva dele na época – ele respondeu amargamente.

– Então você devia ter escolhido uma das seguidoras de mamãe. Era para isso que elas estavam lá.

– Não foi mamãe quem matou minha mulher. Foi Príapo.

Grace sentiu os pulmões se apertarem ao ouvir aquilo. Ele estava falando sério?

Cupido ignorou a hostilidade.

– Bem, Príapo ainda está com raiva. Ele parece enxergar isso como o derradeiro insulto, no que diz respeito a você.

– Oh, entendo – Julian resmungou. – O irmão mais velho está bravo comigo por ousar dormir com umas de suas virgens consagradas, enquanto eu devia ficar sentado e permitir que ele assassinasse minha família por capricho? – A fúria em seu tom dele fez um arrepio percorrer a espinha de Grace. – Você se incomodou em perguntar a Príapo por que foi atrás deles?

Cupido esfregou os olhos, expirando profundamente.

– Sim. Lembra quando você marchou e derrotou Lívio fora de Conjara? Lívio exigiu vingança contra você antes que o decapitasse.

– Era guerra.

– E sabe o quanto Príapo sempre o odiou. Ele estava procurando uma brecha para ir atrás de você sem medo de desforra, e você proporcionou isso a ele.

Grace olhou para Julian, mas o rosto dele não revelava emoções.

– Você disse a Príapo que eu queria vê-lo? – Julian perguntou.

– Você está louco? Inferno, não! Eu mencionei o seu nome e ele ficou furioso. Disse que você podia apodrecer no Tártaro para sempre. Acredite em mim, você não vai querer estar perto dele.

– Oh, acredite em mim, eu quero, sim.

Cupido assentiu.

– É, mas se você matá-lo terá que lidar com Zeus, Tisífone e Nêmesis.

– Você acha que me assustam?

– Eu sei que não, mas eu realmente não quero vê-lo morrer daquele jeito. E se deixasse de ser obstinado por três segundos, perceberia isso. Vamos lá, você quer mesmo atrair a cólera do grande homem?

Pelo olhar de Julian, Grace diria que ele realmente não se importava.

– Mas – Cupido prosseguiu – mamãe lembrou que há uma forma de romper a maldição.

Grace prendeu o fôlego ao avistar a ponta de esperança que passou pelo rosto de Julian. Ambos aguardaram que Cupido explicasse.

Em vez disso, ele olhou ao redor pelo ambiente escuro do restaurante.

– Vocês acreditam que as pessoas comem essa porca...

Julian estalou os dedos diante do rosto dele.

– Como eu rompo a maldição?

Ele se recostou ao assento.

– Você sabe que tudo no universo é cíclico. Isso deve terminar como começou. Uma vez que Alexandria provocou a maldição, você deve ser evocado por outra mulher de Alexander. Uma que também precise de você. Você deve fazer um sacrifício por ela e... – Cupido começou a rir.

Julian inclinou-se sobre a mesa e agarrou-o pelo colarinho.

– E?

Ele se livrou da mão de Julian e controlou-se.

– Bem... – Olhou Grace e Selena. – Vocês nos dariam licença um instante?

– Sou uma terapeuta sexual – Grace falou. – Nada que você diga vai me chocar.

– E eu não vou sair daqui até ouvir a notícia interessante! – disse Selena.

– Está bem. – Ele voltou o olhar para Julian. – Quando a mulher de Alexander o evocar, você não pode pôr a sua colher no pote de geleia dela até o último dia de sua encarnação. Então, os dois devem se unir carnalmente antes da meia-noite, mantendo seus corpos unidos até o nascer do sol. Se sair do corpo dela em qualquer momento, por qualquer motivo, você imediatamente retornará ao livro e a maldição continuará.

Julian praguejou, desviando o olhar.

– Exatamente – disse Cupido. – Você sabe como a maldição de Príapo é forte. De jeito nenhum você vai conseguir ficar trinta dias sem transar com a mulher que o evocou.

– Esse não é o problema – Julian afirmou por entre os dentes. – O problema é encontrar uma mulher de Alexander para me evocar.

Nervosa e com o coração martelando no peito, Grace inclinou-se para a frente.

– O que isso significa uma mulher de Alexander?

Cupido encolheu os ombros.

– Bem, ela precisa ter Alexander no nome.

– Como um sobrenome? – ela indagou.

– Sim.

Grace endireitou-se e viu o olhar torturado de Julian.

– Julian, meu nome é Grace Alexander.

Capítulo 7

Julian encarou-a, sentindo-se atordoado conforme as palavras de Grace o atingiam.

Seria possível? Ousaria acreditar naquilo?

Poderia atrever-se a ter esperança, após todo aquele tempo?

– Seu sobrenome é Alexander? – ele indagou, descrente.

– Sim – ela respondeu, com um sorriso lento e encorajador surgindo em seu rosto.

Cupido lançou a Julian um olhar aguçado.

– E as partes íntimas de vocês dois já se conheceram?

– Não – Julian retrucou. E pensar que ele estivera bravo por causa disso.

Grace o salvara de cometer o terceiro maior erro de sua vida. Naquele momento, ele poderia beijá-la.

O irmão sorriu.

– Bem, eu serei amaldiçoado. Ou você se livrará da maldição, eu diria. Nunca conheci uma mulher que pudesse estar perto de você por mais de dez minutos sem...

– Cupido – Julian interrompeu-o antes que ele começasse a discorrer longamente sobre o número de mulheres com quem dormira –, você tem mais alguma informação para dar?

– Apenas isso. O rompimento da maldição que mamãe descobriu depende de Príapo não descobrir. Caso fique sabendo, ele poderia frustrar tudo com um de seus horríveis feitiços.

Julian cerrou os punhos ao lembrar-se claramente de algumas das maldades do meio-irmão.

Por algum motivo que ele nunca chegara a compreender, Príapo o odiara desde que nascera. E, ao longo dos anos, havia conferido um novo significado à rivalidade entre irmãos.

Julian tomou um gole de sua bebida.

– Ele não vai descobrir, a não ser que você conte.

– Não olhe para mim – disse Cupido. – Eu não ando com a turma dele. Você me confundiu com o primo Dion. E, falando nisso, preciso ir encontrar meus companheiros. Planejamos fazer um grande tributo ao velho Baco esta noite. – Ele estendeu a mão com a palma para cima e pediu: – Meu arco, por favor.

Com cuidado para não ser atingido, Julian pegou-o no bolso e devolveu-o.

Foi então que ele avistou um raro e honesto olhar de afeição do irmão mais velho.

– Estarei por perto se precisar de mim. É só dizer meu nome... aquele que *não* é Cupido. E, por favor, deixe de lado a parte do "bastardo imprestável". Minha nossa! – ele sorriu com malícia. – Eu devia ter percebido que era você.

Julian não disse nada, lembrando-se do que acontecera da última vez em que ele aceitara a oferta do irmão.

Cupido levantou-se, olhou para Grace e Selena e sorriu para Julian.

– Boa sorte ao conquistar sua liberdade. Que a força de Ares e a sabedoria de Atena o ajudem.

– E que Hades asse a sua velha alma.

Cupido riu.

– Tarde demais. Ele fez isso no terceiro século, e não foi tão ruim. Até mais, irmãozinho.

Julian ficou em silêncio enquanto Cupido saía do restaurante como um ser humano quase normal.

A garçonete serviu-lhes a comida.

Julian deu uma mordida na estranha carne no pão, mas não sentia vontade de comer. Perdera o apetite.

Grace pôs algo vermelho sobre a carne antes de colocar o pão de volta e mordê-lo, enquanto Selena comia uma salada ensopada em um molho branco.

Olhando para cima, Grace notou que Julian franzia o cenho enquanto a observava comer. Com o rosto ainda mais atormentado do que antes, havia tanta dureza em sua mandíbula que era óbvio que ele estava cerrando os dentes.

– Qual é o problema? – perguntou Grace.

Ele estreitou os olhos com desconfiança.

– Você está realmente disposta a fazer o que Eros disse?

Grace pôs o hambúrguer no prato e limpou a boca com o guardanapo. Na verdade, ela não gostava da ideia de Julian usar seu corpo para conquistar a liberdade. Um ato sexual de uma noite, sem compromissos ou promessas.

Não duvidava de que ele iria embora assim que terminassem.

Por que um homem como Julian iria querer ficar com ela, quando podia ter qualquer mulher do mundo comendo em sua mão?

Ainda assim, não podia condená-lo a viver a eternidade em um livro. Não quando ela podia libertá-lo.

– Eu quero saber toda a história de como você foi parar naquele livro. E o que aconteceu com a sua mulher – disse com calma.

Grace não achou que fosse possível, mas a mandíbula de Julian ficou ainda mais tensa. Ele estava tentando esconder-se de novo.

Contudo, recusou-se a deixá-lo fugir. Estava na hora de ele entender exatamente por que a ideia de fazer sexo com ele a perturbava.

– Julian, você está pedindo muito de mim. Eu não tive muita experiência com homens em situações sociais.

Ele franziu a testa.

– Você é virgem?

– Quem me dera – ela sussurrou.

Julian identificou a dor nos olhos de Grace, antes que ela desviasse o olhar para o chão, envergonhada.

Não!, sua mente bramiu. Com certeza, ela não enfrentara aquilo que ele estava suspeitando. Julian sentiu uma onda de fúria assolá-lo com a ideia.

– Você foi estuprada?

– Não – ela murmurou. – Não... exatamente.

A confusão dispersou sua raiva.

– Então, o que aconteceu?

– Eu era jovem e estúpida – ela falou baixinho.

– O porco se aproveitou do fato de ela estar de luto pela morte dos pais – disse Selena, com rispidez. – Ele era um daqueles cretinos mentirosos que dizem querer cuidar de você, mas que a usam e a abandonam assim que conseguem o que querem.

– Ele a machucou? – Julian quis saber.

Grace anuiu.

Outra onda de raiva percorreu-o. Não sabia por que se importava com o que acontecera com ela, mas, por alguma razão indecifrável, ele se importava.

E desejou vingar-se por ela.

Vendo que a mão de Grace tremia, cobriu-a com a sua e acariciou gentilmente os nós dos dedos com o polegar.

– Eu dormi com ele só uma vez – ela prosseguiu em voz baixa. – Sei que a primeira vez deve doer, mas não daquele jeito. E, mesmo tendo doído fisicamente, a pior dor foi provocada pelo fato de ele não se importar. Senti que eu estava lá apenas para servi-lo. Era como se eu não fosse nem mesmo uma pessoa para ele.

O estômago de Julian se contraiu. Conhecia bem aquela sensação.

– Mais tarde naquela mesma semana – Grace continuou –, quando ele não me ligou nem atendeu ao telefone, eu fui até o apartamento dele para vê-lo. Era primavera e a janela estava aberta. Quando passei, eu... – ela soluçou.

– Ele e o colega de quarto tinham apostado quem defloraria mais virgens no ano – Selena completou. – Grace escutou os dois rindo dela.

Uma ira mortal atingiu-o. Ele conhecera homens assim pessoalmente. E nunca os suportara. Na verdade, sentiu grande prazer ao purgar a Terra daquelas presenças fétidas.

– Eu me senti tão usada, tão estúpida – Grace sussurrou. Depois, fitou-o, e o sofrimento nos belos olhos o abalou. – Eu nunca mais quero me sentir assim. – Ela cobriu o rosto com uma das mãos, mas não antes que ele identificasse a humilhação ali refletida.

– Sinto muito, Grace – ele murmurou, puxando-a para perto.

Então, era isso. Aquela era a origem dos demônios de Grace. Julian abraçou-a com força e apoiou a face no topo de sua cabeça, sendo envolvido pelo aroma floral, doce e feminino.

Ansiava por confortá-la. E se sentia culpado. Não havia dúvida de que Penélope sentira-se usada da mesma forma por ele. Os deuses sabiam que, no final, ele a ferira muito mais.

Ele devia mesmo ser amaldiçoado, pensou com amargura.

Tinha mais do que merecido, e não magoaria Grace. Ela era uma boa mulher com um bom coração, e ele se recusava a se aproveitar disso.

– Está tudo bem, Grace – ele garantiu suavemente, beijando-a de leve na testa. – Eu nunca pediria que fizesse isso por mim.

Ela o fitou, surpresa.

– Eu não posso *deixar* de fazer isso.

– Sim, você pode. É só ir embora.

Havia um tom sombrio na voz dele. Era estranho e alheio, revelando muito sobre o homem que ele fora um dia.

– Você acha mesmo que eu poderia fazer isso?

– Por que não? Cada membro da minha família fez isso comigo. Você nem mesmo me conhece. – Os olhos dele estavam enevoados, quando ele a soltou.

– Julian...

– Confie em mim, Grace. Eu não valho a pena. – Ele engoliu em seco. – Como general, eu era implacável na batalha. Ainda posso ver os olhos horrorizados dos milhares de homens que pereceram sob minha espada enquanto eu os cortava em pedaços, sem o mínimo remorso. – Fitou-a. – Por que você iria querer salvar alguém como eu?

Grace lembrou-se de como ele afagara o garotinho e do modo como ameaçara Cupido caso o irmão a ferisse e, enfim, soube por quê. Ele podia ter feito aquelas coisas no passado, mas não era mau.

Ele poderia tê-la estuprado a qualquer instante. Em vez disso, o homem que tão raramente experimentara gentileza apenas a abraçara.

Não, apesar dos crimes do passado, havia bondade nele.

Julian fora apenas um homem de seu tempo. Um general em um mundo antigo forjado pelas lutas. Um homem que fora criado em um campo de batalha em condições brutais, que ela nem conseguia imaginar.

– E sua esposa? – ela indagou.

A mandíbula dele começou a pulsar.

– Eu menti para ela, eu a traí e a enganei e, no final, eu a matei.

Grace ficou tensa ao ouvir a declaração inesperada.

– *Você* a matou?

– Posso não ter sido quem tirou a vida dela, mas eu a matei da mesma forma. Se eu não... – a voz falhou e ele fechou os olhos.

– O quê? – ela indagou. – O que aconteceu?

– Eu manipulei o meu destino e o dela e, no fim, as Parcas me puniram.

Grace não deixaria aquilo passar.

– Como ela morreu?

– Ela enlouqueceu ao saber o que eu tinha feito com ela. O que Eros tinha feito... – Julian enterrou o rosto nas mãos enquanto as lembranças o assolavam. – Eu fui um tolo em ter acreditado que Eros podia fazer alguém me amar.

Grace acariciou-lhe o rosto com gentileza e ele a encarou. Ela estava tão bonita sentada ali... A ternura naquele olhar o maravilhou. Nenhuma mulher o fitara daquela forma.

Nem mesmo Penélope. Sempre faltava algo quando sua esposa olhava para ele. Faltava algo no toque dela.

O coração, ele percebeu de repente. Grace estivera certa. Havia diferença quando o coração não estava envolvido. Era sutil, mas ele sempre sentira a falsidade das carícias de Penélope, escutara o vazio das palavras dela, o que o marcara profundamente, atingindo sua alma enegrecida.

De súbito, Cupido materializou-se ao lado de Selena e lançou para ele um olhar embaraçado.

– Eu esqueci uma coisa.

Julian suspirou com irritação.

– Parece que vocês estão sempre esquecendo alguma coisa e, normalmente, é a coisa mais importante. O que você se esqueceu *desta* vez?

Cupido recusou-se a encará-lo.

– Como você bem sabe, está condenado a sentir-se compelido a... digamos... satisfazer a mulher que o evocar.

Julian olhou para Grace e sua virilha se contraiu violentamente em resposta.

– Estou bastante ciente desse fato.

– Mas você está ciente do fato de que, a cada dia que ficar sem possuí-la, mais de sua sanidade vai se esvair? Ao final do mês, você será um maluco alucinado devido à privação de sexo, e a única cura é ceder. Se não fizer isso, meu irmão, vai sentir tanta dor que fará a punição de Prometeu parecer a eternidade passada nos Campos Elíseos.

Selena ofegou.

– Prometeu não é o deus que, supostamente, deu o fogo para a humanidade? – perguntou Grace.

– Sim – Cupido respondeu.

Nervosa, ela se virou para Julian e perguntou:

– Aquele que foi acorrentado a uma pedra e tinha uma águia comendo suas vísceras todos os dias?

– E todas as noites ele se recuperava para que a ave de rapina comesse outra vez – Julian completou.

Os deuses certamente sabiam punir aqueles que os desagradavam.

Uma raiva amarga percorreu-o enquanto ele encarava Cupido.

– Eu odeio todos vocês.

O irmão assentiu.

– Eu sei. Gostaria apenas de nunca ter feito o que você me pediu. Sinto muito por isso. Acredite ou não, mamãe e eu sentimos muito.

Com as emoções conturbadas, Julian não conseguiu dizer mais nada, abatido pela desolação. O rosto de Penélope surgiu em sua mente, fazendo-o estremecer.

Uma coisa era seus familiares o terem punido, mas outra, bem diferente, era terem ido atrás dos inocentes. Nunca deveriam ter feito isso.

Cupido colocou uma pequena caixa na mesa, à sua frente.

– Se você tiver alguma esperança de conseguir a liberdade, vai precisar disto aqui.

– Devo tomar cuidado com os presentes dos deuses – Julian falou com amargura ao abrir a caixa e encontrar dois pares de grandes algemas prateadas e um conjunto de chaves sobre um fundo de cetim azul-escuro. – Hefesto?

Cupido assentiu.

– Nem mesmo Zeus pode abri-las. Quando você sentir que está perdendo o controle, eu o aconselharia a prender-se a algo sólido e – olhou para Grace – mantê-la a distância.

Julian inspirou fundo. Teria rido da ironia, mas não tinha forças para tanto. De uma forma ou de outra, durante suas encarnações, ele sempre parecia encontrar-se algemado a algo.

– É desumano – Grace sussurrou.

Cupido lançou-lhe um olhar agressivo.

– Querida, acredite em mim, se você não acorrentá-lo, vai se arrepender.

– Quanto tempo eu tenho? – Julian indagou.

O irmão encolheu os ombros.

– Não sei. Depende muito de quanto autocontrole você tem. – Cupido bufou. – No entanto, como se trata de você, talvez consiga passar por isso sem usá-las.

Julian fechou a caixa. Ele era forte, mas não era tão otimista quanto Eros. Seu otimismo tinha sido vítima de uma morte longa e dolorosa, muito tempo atrás.

Eros deu um tapinha em suas costas.

– Boa sorte.

Julian manteve-se em silêncio enquanto Eros ia embora. Fitou a caixa, analisando as palavras do irmão. Se ele aprendera algo ao longo dos séculos, era que as Parcas conseguiam o que queriam.

Era estupidez até mesmo pensar que tinha uma chance de libertar-se. Aquela era sua sina, e ele a aceitaria. Era um escravo, e assim permaneceria.

– Julian? – Grace chamou-o. – O que foi?

– Não podemos fazer isso. Apenas me leve para casa, Grace, e deixe que eu faça amor com você. Vamos acabar com isso antes que alguém, provavelmente você, saia machucado.

– Mas esta é a sua chance de conseguir a liberdade. Pode muito bem ser sua única oportunidade. Você alguma vez já foi evocado por uma mulher que tivesse Alexander no nome?

– Não.

– Então precisamos fazer isso.

– Você não entende – ele afirmou por entre os dentes cerrados. – Se o que Eros disse é verdade, quando a última noite chegar, eu não serei mais eu mesmo.

– Quem você será?

– Um monstro.

Grace pareceu cética.

– Não acho que você poderia ser um monstro.

Ele a encarou.

– Você não tem ideia do que eu sou capaz. E, quando a loucura dos deuses afeta alguém, a pessoa fica fora do alcance de qualquer ajuda. De qualquer esperança. – Um nó apertou-lhe o estômago. – Você nunca deveria ter me evocado, Grace. – Ele pegou seu copo com bebida.

– Você já pensou que talvez isso estivesse destinado a acontecer? – ela indagou de repente. – Talvez eu tenha evocado você porque esteja destinada a libertá-lo.

Ele olhou para Selena.

– Você me evocou porque Selena a enganou. Tudo o que ela queria era que você tivesse algumas noites de prazer para que pudesse seguir em frente e encontrar um homem decente, sem medo de que ele a magoasse.

– Mas talvez...

– Sem "mas", Grace. Isso não está destinado a acontecer.

O olhar de Grace foi parar no pulso dele. Estendendo a mão, ela tocou a escrita grega que partia da parte interna do pulso e seguia por parte do braço.

– É bonito – disse ela. – É uma tatuagem?

– Não.

– O que é? – Grace insistiu.

– Príapo queimou isso aí – disse, evitando responder.

Selena inclinou-se para a frente e leu o que estava escrito.

– Diz: "Condenado pela eternidade e além".

Fechando a mão sobre a escrita, Grace fitou-o.

– Não consigo imaginar o que deve ter sofrido todo esse tempo. Nem posso entender por que seu próprio irmão faria algo assim com você.

– Como disse Cupido, eu sabia que não deveria tocar em uma das virgens de Príapo.

– E por que fez isso?

– Fui estúpido.

Grace rangeu os dentes, querendo estrangulá-lo. Por que ele não podia apenas responder suas perguntas?

– O que faria você...

– Não quero discutir isso – ele a interrompeu.

Ela soltou-lhe o braço.

– Você já permitiu que alguém se aproximasse de você, Julian? Aposto que sempre foi um daqueles homens que não confiavam em ninguém que tente chegar perto de seu coração. Um daqueles sujeitos que prefeririam ter a língua arrancada a dizer para alguém que não é inacessível. Você era assim com Penélope?

Ele desviou o olhar, sendo tomado pelas lembranças. Lembranças de uma infância de fome e privação. Lembranças de noites passadas em agonia...

– Sim – disse simplesmente. – Eu sempre fui sozinho.

Grace ressentia-se por ele, mas não podia deixá-lo desistir. De alguma forma, encontraria um jeito de alcançá-lo. De tentar convencê-lo a romper a maldição.

Com certeza, havia uma forma de fazê-lo lutar contra aquilo. E ela prometeu encontrá-la.

Capítulo 8

Julian e Grace ajudaram Selena a fechar o estande e a entrar no jipe, antes de se dirigirem para casa no trânsito de sexta-feira à noite.

– Você está quieto – ela comentou ao parar em um farol vermelho.

Observou a forma como Julian olhava para os outros carros na rodovia. Ele parecia perdido, como alguém preso entre o sonho e a realidade.

– Não sei o que dizer – ele respondeu após uma breve pausa.

– Diga-me como se sente.

– A respeito de quê?

Grace riu.

– Você, definitivamente, é um homem. Sabe, os homens são muito difíceis durante as consultas. Eles vão até lá e gastam 125 dólares por hora para, basicamente, não dizer nada. Nunca vou entender.

O olhar dele voltou-se para seu colo, e Grace viu-o esfregar distraidamente o anel de general.

– Você disse que era terapeuta sexual. O que exatamente é isso?

Ela pôs de novo o carro em movimento.

– Você e eu de alguma forma estamos no mesmo ramo. Eu ajudo pessoas que têm problemas de relacionamento. Mulheres que temem relacionar-se intimamente com homens, ou que amam com um entusiasmo exagerado.

– Ninfomaníacas?

Ela anuiu.

– Eu conheci algumas dessas – disse ele, com um suspiro.

– Aposto que sim.

– E os homens?

– Eles não são tão fáceis. Como eu disse, não falam muito. Tenho alguns casos de homens que têm ansiedade em relação ao desempenho...

– O que é isso?

– Algo que certamente você nunca terá – ela respondeu, pensando no modo arrogante como ele a perseguia constantemente. Pigarreando, explicou: – São homens que temem que as parceiras riam deles quando estiverem na cama.

– Oh.

– Também atendo alguns que têm comportamento verbalmente abusivo com as esposas e namoradas. Alguns que querem trocar de sexo...

– Podem fazer isso? – Julian indagou, chocado.

– Ah, sim – respondeu, com um aceno da mão. – Você ficaria surpreso com o que os médicos podem fazer hoje em dia.

Grace virou na direção de casa.

Julian ficou em silêncio por tanto tempo que ela estava prestes a mostrar-lhe o rádio, quando ele perguntou de repente:

– Por que você quer ajudar essas pessoas?

– Não sei – ela respondeu de forma honesta. – Acho que é algo que remete à minha infância, quando eu era muito insegura. Meus pais me amavam, mas eu não sabia me relacionar com as outras crianças. Meu pai era professor de história e minha mãe era dona de casa...

– Dona de casa?

– Sim, ela ficava em casa e fazia coisas de mãe. Na verdade, eles nunca me trataram como criança. Então, quando eu me aproximava das outras crianças, não sabia o que fazer, o que dizer. Eu ficava tão assustada que tremia. Por fim, meu pai começou a me levar a um psicólogo e, depois de um tempo, eu melhorei muito.

– Exceto perto de homens.

– Essa é outra história. – Ela suspirou. – Eu era uma adolescente desajeitada e os garotos da minha escola nunca se aproximavam muito, a menos que quisessem zombar de mim.

– Zombar como?

Grace deu de ombros com indiferença. Pelo menos agora, as antigas lembranças haviam deixado de incomodá-la. Aceitara aquilo muito tempo atrás.

– Porque eu sou uma tábua, minhas orelhas se sobressaem e tenho sardas no corpo inteiro.

– É uma tábua?

– Não tenho seios.

Ela jurava que podia sentir o olhar prolongado e quente em seu peito.

Virando o rosto para o lado, confirmou a sensação. De fato, ele a fitava como se ela estivesse sem camisa e no meio de...

– Você tem seios muito bonitos.

– Obrigada – disse desajeitadamente. De alguma forma, o elogio incomum agradou-a. – E você?

– Eu não tenho seios.

Julian disse aquilo em um tom tão sério que ela começou a gargalhar.

– Sabe que não foi isso o que eu quis dizer. Como você era quando adolescente?

– Eu já disse.

Ela lhe lançou um olhar ameaçador.

– Sem brincadeira.

– Sem brincadeira. Eu lutava, comia, bebia, fazia sexo e tomava banho. Normalmente nessa ordem.

– Nós ainda estamos lidando com essa questão da intimidade, não é? – ela perguntou retoricamente. Então, assumindo seu papel de psicóloga, passou para um assunto sobre o qual talvez ele falasse com mais facilidade. – Por que não me conta como se sentiu na primeira vez que participou de uma batalha?

– Não senti nada.

– Não teve medo?

– Do quê?

– De ser morto ou mutilado?

– Não.

A sinceridade daquela única palavra desconcertou-a.

– Como é possível que não tivesse medo?

– Você não pode temer a morte quando não tem motivo para viver.

Assombrada com a resposta, Grace avançou pela entrada para veículos de sua casa.

Decidindo que era melhor desistir de discutir um assunto sério como aquele no momento, ela parou o carro e abriu o porta-malas.

Julian pegou as sacolas e seguiu-a para dentro de casa.

Subiram as escadas e Grace pegou seu *jeans* confortável na primeira gaveta da cômoda. Depois, abriu algum espaço no móvel para as roupas dele.

– Bem – disse ela, pegando as sacolas vazias e jogando-as no cesto de lixo de vime perto do *closet* –, é sexta-feira à noite. O que gostaria de fazer? Quer sair ou prefere passar uma noite tranquila em casa?

O olhar desejoso percorreu seu corpo, aquecendo-a de imediato.

– Você sabe a resposta.

– Certo. Um voto a favor de sexo e um voto contra. Posso escutar outra opção?

– Que tal uma noite agradável e tranquila em casa, então?

– Está bem. – Ela foi até o telefone no criado-mudo. – Vou verificar meus recados e depois podemos começar a fazer o jantar.

Julian guardou suas roupas enquanto ela entrava em contato com o serviço de mensagens. Acabara de ajeitar a última peça, quando percebeu o tom alarmado na voz de Grace.

– Ele disse o que queria?

Virou-se para ela. Os olhos de Grace estavam levemente dilatados, e ela agarrava o fone com força.

– Por que você deu este número a ele? – ela indagou, zangada. – Meus pacientes nunca devem ter acesso ao meu telefone residencial. Você tem um supervisor com quem eu possa falar?

Julian foi até ela.

– Há algo errado?

Grace ergueu a mão, sinalizando para que ele aguardasse enquanto ela escutava a pessoa do outro lado da linha.

– Certo – disse após uma longa pausa. – Precisarei trocar o número de novo. Obrigada.

Ela desligou o telefone e colocou-o no lugar, com a expressão preocupada.

– O que aconteceu? – ele indagou.

Suspirando, irritada, ela esfregou o pescoço.

– O serviço de mensagens contratou essa garota nova que se enganou e deu o número do meu telefone de casa para um dos meus pacientes hoje.

Ela falava tão depressa que Julian mal conseguia acompanhá-la.

– Bem, ele não é realmente um dos *meus* pacientes. Eu nunca teria aceitado um homem como ele como paciente, mas Luanne, a Dra. Jenkins, não é tão exigente. E ela teve de sair às pressas da cidade semana passada, por causa de alguma emergência pessoal. Então, Beth e eu fomos obrigadas a dividir os pacientes com consulta marcada enquanto ela estivesse fora. Eu não queria esse sujeito assustador, mas Beth não trabalha às sextas-feiras e ele precisa de consultas às quartas e sextas, por causa do programa de liberdade.

Ela o fitou, com pânico nos olhos cinza-claros.

– Mesmo assim, eu não queria atendê-lo, mas o assistente social jurou que não haveria problemas. Ele disse que o homem não era uma ameaça para ninguém.

Julian sentia a cabeça doer com toda aquela informação que ela despejava, e as palavras que Grace usava não faziam sentido.

– Isso é um problema?

– É um pouco assustador – ela falou, com a mão trêmula. – Ele é um perseguidor que foi solto do hospital psiquiátrico.

– Perseguidor de um hospital psiquiátrico? O que é isso?

Ao ouvir a explicação, Julian ficou pasmo.

– Vocês deixam essas pessoas soltas na sua sociedade?

– Bem, sim. A ideia é ajudá-las.

Julian estava horrorizado. Que tipo de mundo era esse em que os homens se recusavam a proteger suas mulheres e crianças de algo assim?

– De onde eu venho, nós não deixávamos essas pessoas perto de nossas famílias. E, com certeza, não permitíamos que ficassem soltas em nossas ruas.

– Bem-vindo ao século XXI – disse Grace, amargamente. – Aqui, fazemos as coisas de um jeito um pouco diferente.

Julian meneou a cabeça ao pensar a respeito de todas as coisas nesta época que lhe eram estranhas. Não conseguia compreender aquelas pessoas e a forma como viviam.

– Eu realmente não pertenço a este lugar – ele murmurou.

– Julian...

Ele se afastou quando Grace estendeu a mão para tocá-lo.

– Grace, você sabe que é verdade. Vamos dizer que nós consigamos romper a maldição. Que bem isso me fará? O que eu vou fazer aqui? Não sei ler sua língua, não sei dirigir seu carro, nem trabalhar. Há tantas coisas que eu não entendo. Estou perdido aqui.

Grace encolheu-se ante a angústia que ele se esforçava em ocultar.

– É coisa demais. Mas nós vamos dar um passo pequeno de cada vez. Eu posso ensiná-lo a dirigir e a ler. Quanto ao trabalho... Sei que existem coisas que você pode fazer.

– Tais como?

– Não sei. Além de ser um soldado, o que mais você fazia na Macedônia?

– Eu era um comandante, Grace. Tudo o que eu sei fazer é conduzir um exército da Antiguidade para a batalha. É isso.

Ela lhe envolveu o rosto com as mãos, fitando-o com firmeza.

– Não ouse desistir. Você disse que não tinha medo da batalha. Então, como pode ter medo disso?

– Eu apenas tenho.

Algo estranho aconteceu, quando Grace percebeu que ele se abrira um pouco. Não muito, mas ela sabia, pela expressão de Julian, que ele ficara vulnerável ao admitir aquilo. Sabia, em seu coração, que ele não era o tipo de homem que admitia tais coisas com frequência.

– Eu vou ajudá-lo.

A dúvida nos olhos azuis a fez sentir um aperto no peito.

– Por quê?

– Nós somos amigos – ela falou suavemente, tocando-o no rosto. – Não foi o que você disse a Cupido?

– E você escutou a resposta. Não tenho amigos.

– Agora, você tem.

Ele se inclinou e a beijou na testa, antes de puxá-la para um abraço apertado. Grace sentiu o aroma de sândalo e escutou o coração dele batendo com força sob sua face, enquanto os bíceps bronzeados flexionavam-se perto de seu rosto. O abraço terno teve um alcance muito maior do que o de um gesto físico momentâneo; tocou-a profundamente.

– Está bem, Grace – ele concordou baixinho. – Tentaremos fazer isso. Mas prometa que não vai me deixar machucá-la.

Ela o encarou com o cenho franzido.

– Estou falando sério. Quando eu estiver algemado, não me solte por nenhum motivo. Prometa.

– Mas...

– Prometa! – ele insistiu severamente.

– Está bem. Se você não conseguir se controlar, eu não vou soltá-lo. Mas quero que me prometa uma coisa...

Ele se afastou e fitou-a com ceticismo, mas deixou os braços confortadores ao seu redor.

– O quê?

Grace apoiou as mãos nos braços fortes e sentiu os arrepios que se espalharam pelo corpo de Julian com seu toque. Ele olhou para as mãos dela com uma das expressões mais ternas que já vira.

– Prometa que você não vai desistir de libertar-se – ela pediu. – Quero que você tente enfrentar essa maldição.

Ele deu um meio sorriso estranho.

– Muito bem. Eu vou tentar.

– E vai conseguir.

Ele riu.

– Você tem o otimismo de uma criança.

Ela retornou o sorriso.

– Totalmente Peter Pan.

– Peter quem?

Com relutância, Grace afastou-se dos braços dele e, pegando-lhe a mão, levou-o na direção do quarto.

– Venha comigo, meu escravo sexual da Macedônia, e eu vou lhe falar a respeito de *Peter Pan e os Garotos Perdidos.*

– Então, esse menino nunca cresceu? – Julian indagou enquanto eles faziam o jantar.

Grace estava espantada com o fato de ele não ter reclamado quando lhe pedira para preparar uma salada. Ele parecia gostar de usar facas na comida.

Sem vontade de investigar aquela pequena idiossincrasia, ela se concentrou no molho do espaguete.

– Não. Ele voltou para a ilha com Sininho.

– Interessante.

Ela pegou um pouco de molho com a colher. Pondo a mão sob o talher, soprou para esfriar e levou até Julian.

– Me diga o que você acha.

Ele se inclinou e abriu a boca.

Grace levou a colher à boca de Julian e observou o modo como ele saboreava a comida.

– Está delicioso.

– Não está salgado?

– Está perfeito.

Ela sorriu.

– Aqui – disse Julian, estendendo um pedaço de queijo para ela.

Grace abriu a boca, mas ele não lhe deu o queijo. Em vez disso, aproveitou-se da boca entreaberta para dar-lhe um beijo inebriante.

Deus! Ele movia a língua de uma forma incrível.

E aqueles lábios...

Hum, ela não queria nem pensar naqueles lábios deliciosos e no que eles eram capazes de fazer.

Ele pôs os dedos na base de suas costas e pressionou-a contra seu corpo. Misericórdia, o homem era viril! Estremeceu ao pensar em ser alvo de todo aquele vigor sexual.

Conseguiria sobreviver a isso?

O corpo de Julian se enrijeceu, e a respiração mudou. Ele estava se envolvendo, e Grace começou a temer que, se ela não interrompesse o contato, nenhum dos dois seria capaz de se afastar.

Por mais que detestasse deixar o abraço quente, ela deu um passo para trás.

– Julian, comporte-se.

Ofegante, ele lutou consigo mesmo, arrastando um olhar faminto pelo corpo dela.

– Seria muito fácil me comportar, se você não parecesse tão deliciosa.

As palavras a chocaram tanto que ela chegou a rir.

– Sinto muito – disse ao ver o olhar irritado. – Precisa se lembrar de que, ao contrário de você, eu não estou acostumada a ouvir esse tipo de coisa. O maior elogio que já ouvi de um homem foi quando Rick Glysdale veio me pegar para o baile de formatura. Ele me olhou e disse: "Diabos, você se ajeitou melhor do que eu esperava".

Julian fez uma carranca.

– Eu me preocupo com os homens da sua época, Grace. Todos parecem ser grande tolos.

Rindo de novo, ela o beijou de leve no rosto e foi tirar o macarrão do fogo. Ao colocar a massa no escorredor, lembrou-se do pão.

– Você pode checar os pãezinhos?

Julian foi até o forno e inclinou-se, presenteando-a com uma deliciosa visão do traseiro firme. Grace mordeu o lábio inferior, contendo-se para não ir até lá e acariciá-lo.

– Estão quase queimando.

– Oh, droga! Você pode tirá-los? – ela perguntou, tentando não derrubar a água fervente.

– Claro.

Julian pegou o pano de prato no balcão e começou a retirá-los do forno. De repente, ele soltou uma imprecação.

Virando-se, Grace viu que o tecido pegara fogo.

– Aqui! – disse, saindo do caminho. – Coloque na pia.

Ele fez isso, mas não antes que parte da forma tocasse na mão dela. Grace emitiu um ruído de dor.

– Eu machuquei você? – ele perguntou.

– Só um pouquinho.

Julian fez uma careta ao pegar sua mão e examinar a queimadura.

– Desculpe. – Ele pôs a ponta do dedo dela na boca.

Atordoada, ela não conseguiu se mexer enquanto ele passava a língua ao redor da pele sensível de seu dedo. Apesar da sensação de ardor, era bom. Muito bom.

– Você não está ajudando minha queimadura – ela sussurrou.

Com o dedo de Grace ainda na boca, ele sorriu com malícia e estendeu a mão atrás das costas para abrir a torneira. Passou a língua mais uma vez pelo dedo, antes de mover a mão dela para baixo da corrente fria. Mantendo-a sob a água, pegou um pedaço de babosa no vasinho que estava no parapeito.

– Como você sabe sobre a planta? – ela perguntou.

– Seus poderes curativos eram conhecidos antes mesmo de eu nascer.

Arrepios percorreram sua espinha enquanto ele esfregava o gel pegajoso em seu dedo.

– Melhor?

Ela assentiu.

Com um olhar intenso, ele fitou desejosamente seus lábios, como se pudesse sentir-lhes o gosto.

– Acho que vou deixar você lidar com o forno de agora em diante – ele falou.

– Provavelmente, será melhor.

Passando por ele, Grace retirou os pães da forma antes que queimassem.

Ela preparou dois pratos antes de levar Julian até a sala de estar para comerem sentados no chão ao lado do sofá enquanto assistiam *Matrix*.

– Eu adoro esse filme – ela comentou.

Julian colocou o prato na mesinha de centro e sentou-se ao lado dela.

– Você sempre come no chão? – ele indagou antes de levar à boca um pedaço de pão.

Fascinada com a harmonia dos movimentos de Julian, ela observou o modo como a mandíbula se flexionava enquanto ele mastigava.

Havia alguma parte daquele corpo másculo que não fosse apetitosamente linda? Estava começando a compreender por que as outras mulheres que o evocaram o tinham tratado daquela forma.

A ideia de mantê-lo trancado em um quarto por um mês estava começando a atraí-la seriamente.

E eles ainda tinham aquelas algemas...

– Bem – ela começou a dizer, forçando-se a desviar os pensamentos da imagem da gloriosa pele dourada nua em seu colchão –, eu tenho uma mesa de jantar, mas como sou apenas eu na maioria das noites, costumo tomar uma sopa no sofá.

Com habilidade, ele girou o garfo na concavidade da colher até enrolar o macarrão.

– Você precisa de alguém para cuidar de você – disse e levou o talher à boca.

Grace deu de ombros.

– Eu mesma faço isso.

– Não é a mesma coisa.

Ela franziu as sobrancelhas. Algo no tom de Julian revelou que ele não estava se referindo ao fato de ela ser mulher. As palavras provinham do coração e da experiência.

– Acho que todos precisamos de alguém que cuide de nós, não é? – ela sussurrou.

Julian voltou o olhar para a TV, mas não antes que ela avistasse o brilho saudoso nos olhos azuis.

Grace observou-o assistir ao filme por diversos minutos. Mesmo distraído, ele tinha os modos mais impecáveis que já vira.

Ela espalhava molho de espaguete por todo o lado, e ele nunca deixava uma gota sequer salpicar.

– Mostre-me como faz isso – ela pediu.

Ele a fitou com curiosidade.

– Faço o quê?

– Essa coisa com a colher. Está me deixando louca. Nunca consigo fazer os fios do macarrão pararem nos dentes do garfo. Eles se espalham de um modo desajeitado e fazem uma bagunça.

– E nós, com certeza, não podemos ter grandes fios de macarrão se espalhando e fazendo uma bagunça, não é?

Grace riu, sabendo que ele não se referia ao espaguete.

– De qualquer forma, como faz isso?

Ele tomou um gole de vinho e pôs a taça de lado.

– Vai ser mais fácil que eu mostre dessa forma. – Espremeu-se entre ela e o sofá.

– Julian... – ela o alertou.

– Estou apenas mostrando o que você quer saber.

– Hum... – ela murmurou em dúvida.

Ainda assim, não conseguiu evitar senti-lo por inteiro. Ele parecia tocar-lhe a alma. O calor do peito forte espalhou-se por suas costas, enquanto ele a envolvia com os braços maravilhosos.

Julian flexionou as pernas ao lado dela. E, quando ele se inclinou para a frente, Grace sentiu-lhe o corpo excitado. Pela primeira vez, não se chocou. Estranhamente, estava se acostumando com aquilo.

Quando o corpo ágil e delgado moveu-se ao seu redor, a força e o vigor que dele emanavam a deixaram ofegante e insegura.

Sentimentos desconhecidos a atingiram com uma intensidade que nunca experimentara. O que havia em Julian que a fazia sentir-se tão feliz e segura?

Se essa era a maldição, devia ser renomeada, pois não havia nada de malévolo nas sensações passeando por ela.

– Vamos lá – ele sussurrou em seu ouvido, provocando-lhe arrepios.

Tomando suas mãos entre as dele, seguraram juntos os talheres.

Julian fechou os olhos ao aspirar o doce e agradável aroma floral que se desprendia dos cabelos sedosos. Precisou de toda a sua força de vontade para concentrar-se na tarefa que desempenhava, desviando os pensamentos do desejo ardente de fazer amor com ela.

Os dedos de Grace deslizavam de forma provocante entre os seus, amplificando sua consciência da pele quente e macia. Um novo tipo de desespero apoderou-se dele. Era algo que não conseguia nomear. Sabia o que desejava dela, e não era apenas o corpo.

No entanto, não ousava pensar naquilo.

Não ousava ter esperanças.

Ela estava além de seu alcance. Sabia disso, em seu coração e em sua alma. E nem todo o anseio do mundo mudaria o fato básico de que ele não era digno de uma mulher como ela.

Nunca fora digno...

Abrindo os olhos, Julian ensinou-lhe a usar a colher como apoio para que os fios se enrolassem no garfo.

– Vê? – ele sussurrou, levando o talher aos lábios dela. – É simples.

Grace abriu a boca e Julian colocou delicadamente o espaguete em sua língua. Ao deslizar lentamente o garfo para fora, ele sentiu como se estivesse esticado em um instrumento de tortura.

Seu coração batia em um ritmo violento e frenético, enquanto o bom-senso lhe dizia para afastar-se de Grace.

Mas ele não conseguiu. Estivera por tanto tempo sem uma companhia. Tanto tempo sem uma amiga...

Não podia afastar-se agora. Não sabia como.

Portanto, continuou alimentando-a.

Grace inclinou-se para trás, acomodando-se no abrigo dos braços fortes. Soltou as mãos das dele e deixou-o assumir o controle. Ao engolir a porção seguinte, pegou um pedaço de pão e levou-o à boca de Julian, que mordiscou seus dedos.

Sorrindo, ela o afagou no rosto enquanto ele mastigava. Admirou a forma como a mandíbula dele se flexionava sob sua mão. Adorava o jeito como o corpo dele se movia, como ondulava com todas as atividades, fossem pequenas ou grandes.

Uma mulher nunca se cansaria de contemplar aquele homem.

Enquanto ela tomava um gole de vinho, Julian roubou um pouco de seu espaguete.

– Ei – ela o provocou –, isso é meu.

Os celestiais olhos azuis brilharam quando ele sorriu, antes de dar-lhe mais um pouco de macarrão.

Mastigando, Grace levou aos lábios dele um pouco de seu vinho.

Infelizmente, ela calculou mal e tirou a taça cedo demais, derramando um pouco no queixo dele e na camisa.

– Desculpe! – Apressou-se em enxugar-lhe o queixo com os dedos, e as costeletas roçaram sua pele. – Céus, eu sou péssima nisso!

Julian não pareceu se importar. Pegando a mão dela, sugou o vinho das pontas de seus dedos.

Grace gemeu. Fagulhas de prazer espalharam-se por seu corpo ao senti-lo deslizar a língua por seus dedos e mordiscá-los de leve.

Um por um, ele os limpou lentamente. E, ao terminar, capturou seus lábios.

Não foi um beijo ardente, como aqueles aos quais estava acostumada e que ele usava para seduzi-la e devorá-la.

Esse tinha um toque gentil e comedido. Os lábios eram leves e exploratórios.

Ele se afastou.

– Ainda está com fome? – ele indagou.

– Sim – ela sussurrou em resposta, não se referindo exatamente à comida, mas à necessidade que sentia dele.

Julian deu-lhe outra garfada de espaguete.

E, quando ela quis saciar-lhe a sede de novo, ele tomou sua mão entre a dele, provocando-a com os olhos.

Ficaram daquele jeito, alimentando-se tranquilamente e deleitando--se com a companhia um do outro até o fim do filme, quando Julian de repente interessou-se pelas cenas de luta.

– Suas armas são fascinantes – ele comentou.

– Acho que um general pensaria assim.

Ele desviou o olhar para ela e de volta para o filme.

– Do que gosta mais nisso?

– Das alegorias.

Ele anuiu.

– Vejo muito de Platão.

– Você conhece Platão? – ela indagou, surpresa.

– Eu o estudei quando era jovem.

– É mesmo?

Ele não pareceu divertido.

– Eles conseguiam nos ensinar algumas coisas, enquanto estavam nos espancando.

– Você está sendo impertinente.

– Um pouco.

Após o término do filme, Julian ajudou-a a limpar a cozinha.

Ela colocava a louça na máquina quando o telefone tocou.

– Volto em um segundo.

Correu até a sala de estar para pegar o aparelho.

– Grace, é você?

Ela se espantou ao ouvir a voz de Rodney Carmichael.

– Olá, Sr. Carmichael – atendeu friamente.

Sentiu vontade de matar Luanne por ela ter saído da cidade.

Atendera Rodney apenas uma vez, na quarta-feira anterior, mas fora suficiente para fazê-la desejar contratar um investigador para encontrar Luanne e trazê-la de volta.

O homem lhe provocava arrepios.

– Onde você esteve hoje, Grace? Não está doente, está? Eu poderia levar para você um...

– Lisa não remarcou sua consulta?

– Sim, mas eu estava pensando que poderíamos...

– Veja bem, Sr. Carmichael, eu não atendo pacientes em casa. Verei o senhor no horário da sua consulta. Certo?

A linha ficou muda.

– Grace?

Ela pulou e gritou ao ouvir a voz de Julian atrás de si.

Ele a encarava com um olhar curioso, que teria sido engraçado se ela não estivesse apavorada.

– Você está bem? – ele perguntou.

– Sim. Sinto muito. – Ela pôs o fone no gancho. – Era apenas aquele paciente de quem lhe falei. Rodney Carmichael. Ele me estressa.

– O quê?

– Ele me deixa nervosa. – Pela primeira vez, estava mais do que grata pela presença de Julian. Caso ele não estivesse ali, teria ido para a casa de Selena e Bill abusar da hospitalidade deles pelo resto do fim de semana. – Venha. – Apagou a luz da cozinha. – Por que não subimos e eu começo a ensiná-lo a ler?

Ele meneou a cabeça.

– Você não desiste mesmo, não é?

– Não.

– Está bem – ele concordou, seguindo-a. – Vou deixá-la me ensinar, mas apenas se colocar seu *baby-doll* vermelho...

– Não, não e não. – Ela parou na escada e voltou-se para fitá-lo. – Acho que não.

Ele estendeu a mão e afastou o cabelo de seu ombro.

– Você não sabe que eu preciso de uma musa para me inspirar a aprender? E que musa melhor do que você em seu...

Ela colocou os dedos sobre os lábios de Julian, interrompendo-o.

– Se eu colocar aquilo, duvido que você vá aprender alguma coisa que já não saiba.

Ele acariciou seus dedos com os dentes.

– Prometo que vou me comportar.

Mesmo sabendo que era uma péssima ideia, deixou que ele a persuadisse.

– É melhor você se comportar – ela avisou por sobre o ombro e continuou subindo a escada até seu quarto.

Grace entrou no *closet* grande, que seu pai transformara em uma pequena biblioteca anos atrás, e procurou entre os livros nas prateleiras até encontrar uma cópia antiga de *Peter Pan*.

Julian vasculhou as gavetas até achar o maldito traje.

Eles trocaram os itens no centro do quarto. Grace correu para o banheiro e mudou de roupa, mas, assim que se viu no *baby-doll* vermelho, imobilizou-se. Ai! Se Julian a visse naquilo, sairia correndo do quarto.

Incapaz de suportar a humilhação de vê-lo desapontado com seu corpo, ela tirou o *baby-doll*, pôs sua camiseta cor-de-rosa e enrolou-se no grosso robe antes de retornar para o quarto.

Julian meneou a cabeça ao avistá-la.

– Por que você está usando isso?

– Veja, eu não sou uma idiota. Não tenho o tipo de corpo que faz os homens babarem.

– O que está tentando me dizer? Você é um homem?

Ela franziu o cenho ante aquela lógica.

– Não.

– Então, como sabe o que os homens querem olhar?

– Porque eles nunca olham, certo? Os homens não me olham com cobiça como as mulheres fazem com você. Droga, eu tenho sorte se eles perceberem que sou mulher!

– Grace – ele sussurrou, dirigindo-se aos pés da cama –, venha aqui.

Quando ela obedeceu, Julian posicionou-a diante do grande espelho.

– Diga-me o que você vê – ele pediu.

– Você.

Ele sorriu para o seu reflexo e, inclinando-se, apoiou o queixo no ombro dela.

– O que você vê quando olha para si mesma?

– Alguém que precisa perder de seis a nove quilos e comprar um estoque de creme clareador para as sardas.

Ele não pareceu achar divertido. Estendeu as mãos ao redor de sua cintura até a parte da frente do robe, onde a faixa o mantinha fechado.

– Deixe-me dizer para você o que eu vejo – ele murmurou em seu ouvido, colocando as mãos sobre a faixa, sem abri-la. – Eu vejo lindos cabelos escuros como a noite. Macios e espessos. Você tem o tipo de cabelo que um homem adora sentir cascateando sobre o abdômen nu. Cabelos nos quais um homem deseja enterrar o rosto para poder sentir seu aroma.

Ela estremeceu.

– Você tem o rosto em formato de coração de uma menina travessa, com lábios carnudos e sensuais que imploram por beijos. Quanto às suas sardas, são encantadoras. Elas acrescentam um charme juvenil ao seu corpo, que é somente seu e totalmente irresistível.

Não parecia tão ruim quando ele colocava daquela forma.

Ele entreabriu o robe e fez uma careta ao avistar a camiseta cor-de-rosa. Depois, abriu-o por completo.

– O que temos aqui? – ele sussurrou, devorando-a com os olhos.

Antes que ela pudesse pensar em protestar, ele retirou o robe e deixou-o cair aos seus pés. Voltou a apoiar o queixo em seu ombro e a capturar seu olhar pelo espelho. Então, ergueu a bainha da camiseta de dormir.

– Julian! – exclamou, segurando a mão dele.

Os olhos de ambos se encontraram no espelho. Grace viu-se incapaz de se mover, hipnotizada pelo olhar caloroso e gentil.

– Quero ver você, Grace – disse ele, em um tom que não admitia recusa.

Sem que ela tivesse tempo para organizar seus pensamentos, ele removeu a camiseta e espalmou as mãos sobre a pele nua de seu ventre.

– Seus seios não são pequenos – disse baixinho, endireitando o corpo. – Eles são do tamanho perfeito para as mãos de um homem. – Demonstrando o que dizia, envolveu-os com as mãos.

– Julian – ela praticamente gemeu, com o corpo em chamas –, lembre-se da sua promessa.

– Estou me comportando – ele respondeu com voz rouca.

Arfante, Grace apoiou a cabeça nos peitorais fortes e observou-o retirar as mãos dos seios e deslizá-las por seu corpo, chegando aos quadris, antes de inseri-las sob o elástico da calcinha.

– Você tem um corpo lindo, Grace – disse, afagando-a.

Pela primeira vez na vida, ela acreditou naquilo.

– Julian – ela pediu de novo, sabendo que, se não o interrompesse naquele momento, não conseguiria mais detê-lo.

– Calma... – ele sussurrou, tocando com dedos gentis o centro de seu prazer.

Grace gemeu conforme uma onda de calor a percorria. Então, Julian capturou seus lábios e beijou-a profundamente.

Por instinto, ela se virou entre os braços dele para saboreá-lo melhor.

Pegando-a no colo, sem abandonar seus lábios, carregou-a para a cama. De alguma forma, ele até conseguiu deitá-la no colchão sem interromper o beijo.

O homem era realmente talentoso.

Seu corpo estava quente. Incendiado pelo toque de Julian, pelo pecaminoso aroma erótico, pela sensação de tê-lo junto a si. Ela tremia por inteiro ao senti-lo deitar-se sobre seu corpo.

Sentir o peso de Julian era maravilhoso. O corpo viril a pressionava, e ela arqueou os quadris.

– Sim, Grace – ele sussurrou de encontro aos seus lábios. – Sinta meu toque. Sinta meu desejo por você, e só por você. Não lute contra isso.

Gemeu de novo quando ele abandonou seus lábios e desenhou uma trilha de beijos quentes por seu pescoço e seus seios. Delirante de prazer, ela enterrou as mãos nos cabelos dourados.

Julian tremia por inteiro devido ao enorme esforço que fazia para se manter vestido. Queria fundir-se àquele corpo feminino com tamanha intensidade que a sensação lentamente destruía sua sanidade.

Com cada investida dos quadris de encontro aos dela, tinha ímpetos de gritar de agonia. Era a tortura mais doce que já experimentara. Estremeceu ao senti-la acariciar suas costas e deslizar as mãos até seus bolsos traseiros, apertando-os.

– Sim... Oh, sim – ela murmurou.

Julian sentia-se zonzo com aquelas sensações. Precisava estar dentro dela. E, se não podia fazer isso de uma forma, então, por todos os templos de Atenas, faria de outra!

Afastando-se, ele se abaixou, deslizando os lábios pelo ventre macio enquanto terminava de despi-la.

O corpo de Grace tremia, subjugado pelo vigor masculino.

– Por favor – ela murmurou, incapaz de aguentar aquilo por mais tempo.

Entreabrindo-lhe as pernas, ele colocou as mãos sob o quadril dela e o ergueu.

Grace arregalou os olhos ao sentir o toque da boca de Julian.

Enterrando as mãos nos cabelos macios, ela inclinou a cabeça para trás e emitiu um ruído de prazer, enquanto ele a acariciava intimamente com os lábios. Nunca sentira algo parecido. Ele a provocava e a atormentava, deixando-a sem fôlego. Fraca.

Julian fechou os olhos, rosnando baixinho ao saboreá-la pela primeira vez. Deliciou-se com a experiência, deleitando-se com os murmúrios de prazer que ecoavam em seus ouvidos. Sentia o corpo feminino corresponder intensamente a cada afago cuidadoso e sensual.

Desejava mostrar a Grace exatamente o que ela estivera perdendo. Quando ela saísse do quarto aquela noite, nunca mais se encolheria com seu toque.

Escutou-a gemer outra vez quando, com as mãos, intensificou as sensações.

– Julian! – ela arquejou, e seu corpo involuntariamente agitou-se e tremeu.

Ele apressou os movimentos, enlouquecendo-a com as carícias eróticas. E, quando Grace imaginou que não aguentaria mais, atingiu o clímax. Gritou, lançando a cabeça para trás, sendo percorrida por profundas ondas de prazer.

Ainda assim, ele prosseguiu, prolongando as sensações, até que ela alcançasse o êxtase de novo. Na terceira vez, Grace achou que poderia morrer.

Esgotada, virou a cabeça de um lado para o outro no travesseiro.

– Por favor, Julian, por favor – ela implorou. – Não aguento mais.

Só então, ele se afastou.

Arfante, ela pulsava da cabeça aos pés. Nunca em sua vida conhecera um prazer tão intenso.

Devagar, ele deixou uma trilha de beijos por seu corpo, até enterrar os lábios em seu pescoço.

– Diga-me a verdade, Grace – ele sussurrou. – Você já sentiu isso antes?

– Não – ela respondeu honestamente, achando que poucas mulheres já tinham experimentado algo semelhante àquilo. – Eu não tinha ideia.

Com os olhos desejosos, ele a fitou como se ainda quisesse devorá-la.

Sentindo-o próximo ao corpo, Grace notou que ele ainda estava excitado. Julian mantivera a palavra, e não atingira o clímax.

Queria ajudá-lo a sentir o mesmo que ela. Ou pelo menos algo próximo.

Com o coração acelerado, fez menção de desabotoar-lhe a calça.

Ele a deteve. Segurando sua mão, levou-a aos lábios e beijou a palma com delicadeza.

– É uma ideia encantadora, mas não se incomode.

– Julian – disse em tom de censura –, eu sei que pode ser doloroso para os homens se não...

– Eu não posso – ele a interrompeu.

Ela franziu a testa.

– Não pode o quê?

– Não posso ter um orgasmo.

Grace ficou boquiaberta. Com certeza, ele não estava falando sério. Certo? Porém, os olhos revelavam sinceridade.

– Faz parte da maldição – ele explicou. – Posso lhe dar prazer, mas, se você me tocar agora, apenas vai me fazer sofrer mais.

Condoída, ela o tocou no rosto.

– Então, por que você fez...

– Porque eu quis.

Ela não acreditou naquilo nem por um instante. Afastando a mão, desviou o olhar.

– Você quer dizer que precisou. Faz parte da maldição também, não é?

Segurando-a pelo queixo, ele a forçou a fitá-lo.

– Não. Eu estou lutando contra a maldição. Caso contrário, eu estaria dentro de seu corpo agora.

– Eu não entendo.

– Nem eu – disse ele, e os olhos dela sondaram os seus, como se tivesse a resposta. – Apenas se deite comigo. Por favor.

Grace estremeceu ao notar a dor por trás daquele simples pedido. Seu pobre Julian. O que tinham feito com ele?

Como alguém era capaz de fazer algo assim a uma pessoa como ele?

Ele pegou o livro e colocou-o nas mãos dela.

– Leia para mim.

Grace abriu o livro enquanto Julian empilhava os travesseiros contra a cabeceira. Então, ele apoiou as costas e puxou-a para perto. Sem dizer uma palavra, ele aninhou-a carinhosamente entre os braços.

O aroma de sândalo envolveu-a conforme ela começava a ler para ele a respeito de Wendy e Peter Pan.

Passaram mais de uma hora daquela forma.

– Eu adoro o som da sua voz. A forma como você fala – ele comentou, quando ela parou para virar a página.

Grace sorriu.

– Tenho que dizer o mesmo a seu respeito. Você tem o sotaque mais letal que eu já escutei.

Retirando o livro de suas mãos, ele o colocou no criado-mudo. Grace fitou-o. O desejo refletia nos belos olhos enquanto ele a encarava com um apetite que roubava seu fôlego.

Então, para seu espanto, ele a beijou de leve na ponta do nariz. Depois, pegou o controle remoto e regulou a iluminação para a claridade mais baixa. Grace não sabia o que dizer ao senti-lo aconchegar-se de encontro às suas costas e abraçá-la.

Ele afastou-lhe o cabelo do rosto e apoiou a cabeça acima da sua.

– Adoro seu cheiro – ele sussurrou, abraçando-a com mais força.

– Obrigada – ela murmurou.

Ela não podia saber com certeza, mas achou que ele estivesse sorrindo.

Aconchegou-se ainda mais ao calor de Julian, mas o *jeans* roçou suas pernas nuas.

– Você está confortável com essas roupas? Não deveria se trocar?

– Não – ele respondeu calmamente. – Desta forma, eu sei que minha colher vai ficar longe do seu pote de...

– Não diga isso! – ela exclamou, rindo. – Sem querer ofender, mas seu irmão é odioso.

– Sabia que eu gostava de você por alguma razão.

Grace pegou o controle remoto das mãos dele.

– Boa-noite, Julian.

– Boa-noite, querida.

Ela apagou a luz.

De imediato, sentiu-o enrijecer-se. Respirando de forma rápida e superficial, ele se afastou.

– Julian?

Ele não respondeu.

Preocupada, Grace acendeu as luzes e o viu apoiando-se nos braços retesados. A testa estava úmida de suor, e os olhos revelavam perturbação e pânico, enquanto ele se esforçava para respirar.

– Julian?

Ele olhou ao redor do aposento como se tivesse acabado de acordar de um pesadelo horripilante. Ergueu uma das mãos e apoiou-a na parede acima da cabeceira. Parecia querer certificar-se de que era real, e não uma alucinação.

Passando a língua pelos lábios, ele esfregou a mão no peito e engoliu com dificuldade.

Foi então que ela soube.

Era a escuridão. Era por isso que ele apenas diminuíra a luz.

– Desculpe-me, Julian. Eu não pensei...

Ele não disse nada.

Grace puxou-o para seus braços, espantada com o modo como um homem forte como aquele se agarrava a ela, como se não pudesse soltá-la. Julian deitou a cabeça em seus seios.

Cerrando os dentes, ela sentiu lágrimas nos olhos. Nesse instante, soube que nunca poderia deixá-lo voltar para aquele livro. Nunca.

De algum jeito, eles romperiam a maldição. E, quando tudo acabasse, esperava que Julian conseguisse se vingar dos responsáveis.

Capítulo 9

Grace ficou quieta durante horas, escutando Julian respirar calmamente, dormindo atrás dela. Ele tinha uma das coxas aninhadas entre suas pernas, e um braço envolvia sua cintura.

Sentir-lhe o corpo ao redor do seu a fazia pulsar de desejo.

E o perfume...

Teve vontade de virar-se e aspirar o aroma agradável daquela pele. Nunca ninguém a fizera sentir-se assim. Querida, segura...

Desejada.

Perguntava-se como isso era possível, uma vez que mal se conheciam. Julian tocava algo em seu íntimo que ultrapassava muito o aspecto físico.

Ele era forte, dominante. E engraçado. Ele a fazia rir e mexia com seu coração.

Passou de leve os dedos sobre a mão que descansava diante de si. Eram mãos tão lindas! Longas e delgadas. Mesmo relaxadas durante o sono, a força era inegável. E a mágica que produziam em seu corpo...

Era fenomenal.

Correu o polegar pelo anel de general, imaginando como ele tinha sido naquela época. A menos que a maldição tivesse alterado a idade física, não parecia muito velho. Certamente, não teria muito mais do que trinta anos.

Como liderara um exército sendo tão jovem? Por outro lado, Alexandre, o Grande, mal tinha idade para se barbear quando iniciara suas campanhas.

Julian devia ter sido prodigioso no campo de batalha. Fechando os olhos, tentou imaginá-lo cavalgando na direção do inimigo. Visualizou-o vividamente na armadura, com a espada erguida, lutando corpo a corpo contra os romanos.

– Jasão?

Enrijeceu-se ao escutá-lo sussurrar, ainda adormecido, e virou-se para fitá-lo.

– Julian?

Tenso, ele começou a falar, mesclando palavras em grego antigo.

– Não! *Okhee! Okhee!* Não!

Ao vê-lo sentar-se na cama, não soube dizer se ele tinha despertado ou não e, por instinto, tocou-o no braço.

Praguejando, Julian agarrou-a e lançou-a de costas no colchão. Manteve-a presa, com os olhos refletindo fúria e os lábios contraídos.

– Vá para o inferno! – ele rosnou.

– Julian! – Ela respirou com dificuldade, quando o aperto em seu braço intensificou-se, e tentou fazer com que ele a soltasse. – Sou eu, Grace!

– Grace? – ele repetiu, franzindo profundamente o cenho ao fixar a visão em seu rosto.

Piscando, ele se afastou. Ergueu as mãos e as olhou, como se fossem membros estranhos que ele nunca havia visto. Então, voltou-se para ela.

– Machuquei você?

– Não, estou bem. Como você está?

Ele não se mexeu.

– Julian? – Estendeu a mão para tocá-lo, mas Julian retraiu-se como se ela fosse venenosa.

– Estou bem. Foi só um sonho ruim.

– Um sonho ou uma lembrança ruim?

– Uma lembrança ruim que sempre assombra meus sonhos – ele sussurrou, com a voz carregada de pesar. Depois, ele se levantou e disse: – Vou dormir em outro lugar.

Grace pegou-o pelo braço antes que ele fosse embora e puxou-o de volta para a cama.

– É isso o que você sempre fazia no passado?

Ele anuiu.

– Já contou a alguém a respeito do sonho?

Julian encarou-a, espantado. O que Grace achava que ele era? Uma criança chorona que precisava da mãe?

Sempre suportara seu sofrimento sozinho, como fora ensinado. Apenas quando dormia, as lembranças conseguiam evadir suas defesas; apenas nesse momento ele era fraco.

No livro, não havia quem ferir ao ser atingido pelo pesadelo. Porém, assim que era libertado da prisão, sabia que não era prudente dormir ao lado de alguém que pudesse agarrar em meio ao sofrimento.

Poderia tê-la matado por acidente.

A ideia o aterrorizava.

– Não – ele sussurrou. – Nunca contei a ninguém.

– Então, conte para mim.

– Não – ele negou com firmeza. – Não quero reviver isso.

– Se você está revivendo toda vez que sonha, qual é a diferença? Permita que eu me aproxime, Julian. Deixe-me ver se posso ajudar.

Ele ousaria ter esperança de que Grace pudesse ajudá-lo?

Você sabe que não deve.

Ainda assim...

Queria expurgar os demônios. Queria uma noite de sono tranquila, livre de tormento.

– Conte-me – ela insistiu com gentileza.

Grace sentiu a relutância de Julian enquanto ele se unia outra vez a ela na cama. Permaneceu sentado na beirada, com a cabeça entre as mãos.

– Você me perguntou como eu fui amaldiçoado. Isso aconteceu porque eu traí o único irmão que conheci. A única família que tive.

A agonia de Julian a afetava profundamente. Ansiava por correr a mão pelas costas largas para confortá-lo. Porém, não ousou tocá-lo, pois não queria que ele se retraísse de novo.

– O que você fez?

Ele passou a mão pelos cabelos. Com a mandíbula contraída, fitou o tapete.

– Eu permiti que a inveja me envenenasse.

– Como?

Julian ficou em silêncio por um longo instante antes de voltar a falar.

– Eu conheci Jasão logo depois que minha madrasta me enviou para viver no quartel.

Grace recordou-se vagamente de Selena lhe contando a respeito dos quartéis espartanos, onde os filhos eram forçados a viver afastados de seus lares e de suas famílias. Sempre pensara naqueles locais como uma espécie de colégio interno.

– Quantos anos você tinha?

– Sete.

Incapaz de imaginar-se sendo afastada de seus pais com aquela idade, Grace arfou.

– Não havia nada de incomum nisso – ele falou sem fitá-la. – E eu era grande para a idade. Além disso, viver no quartel era infinitamente preferível a morar com a minha madrasta.

Ao notar a hostilidade na voz dele, imaginou como a mulher teria sido.

– Jasão vivia no quartel com você?

– Sim. Cada quartel era dividido em grupos, e escolhíamos o garoto que queríamos que nos liderasse. Jasão era o líder do meu grupo.

– O que esses grupos faziam?

– Funcionávamos como uma unidade militar. Estudávamos, realizávamos tarefas diversas, mas, acima de tudo, nos arrebanhávamos para sobreviver.

– Sobreviver a quê?

– Ao estilo de vida espartano – respondeu com aspereza. – Não sei o quanto você sabe a respeito do povo de meu pai, mas eles não tinham os mesmos luxos dos outros gregos. Os espartanos queriam apenas uma coisa de seus filhos. Queriam que nos transformássemos na maior força de combate do mundo antigo. Para nos prepararmos para o futuro, éramos ensinados a sobreviver com o mínimo. Recebíamos uma túnica por ano e, se ela fosse estragada, perdida ou se ficasse pequena, precisávamos nos virar sem ela. Apenas tínhamos permissão para possuir uma cama se a construíssemos nós mesmos. E, assim que chegávamos à puberdade, não podíamos mais usar sapatos. – Ele deu uma risada amarga. – Ainda me lembro de como meus pés doíam no inverno. Éramos proibidos de acender fogueiras ou de usar cobertores para nos aquecer. Então, à noite, amarrávamos trapos em volta dos pés para evitar que enregelassem. De manhã, carregávamos os corpos dos meninos que tinham morrido durante o sono.

Grace encolheu-se ao ouvi-lo descrever aquele mundo. Tentou imaginar como teria sido viver lá. Lembrou-se do escândalo que fizera aos treze anos por causa de um par de sapatos que sua mãe julgara inadequados enquanto, com a mesma idade, Julian estava vivendo à custa de trapos. A injustiça daquilo mexeu com ela.

– Vocês eram apenas crianças.

– Eu nunca fui criança – ele afirmou. – Porém, o pior de tudo era que não nos davam comida suficiente e éramos forçados a furtar para não morrermos de fome.

– E os pais permitiam que isso acontecesse?

Ele lhe lançou um olhar sardônico por sobre o ombro.

– Eles achavam que era seu dever cívico. E, uma vez que meu pai era o *stratgoi* espartano, a maioria dos meninos e dos professores me desprezava assim que me via. Eu era contemplado com ainda menos comida do que os demais.

– Seu pai era o quê? – ela perguntou, sem compreender o termo em grego.

– O general mais importante, digamos assim. – Ele inspirou profundamente e prosseguiu: – Por causa de sua posição e reputação de crueldade, eu era um pária para o meu grupo. Enquanto eles se uniam para furtar, eu era deixado por conta própria, para sobreviver da melhor forma possível. Um dia, Jasão foi pego furtando pão. Quando retornamos ao quartel, ele iria ser punido por ter sido apanhado. Então eu me adiantei e levei a culpa.

– Por quê?

Ele deu de ombros, como se o assunto fosse de pouca importância.

– Ele estava muito fraco por causa do espancamento que tinha sofrido, e eu não achei que ele sobreviveria a outro.

– Por que eles o tinham espancado?

– Era dessa forma que começávamos o dia. Assim que nos arrastavam da cama, éramos severamente espancados.

Grace estremeceu.

– Então, por que você apanharia por ele, se também estava dolorido?

– Tendo nascido de uma deusa, eu posso suportar uma boa surra.

Ela fechou os olhos ao ouvi-lo repetir o que Selena dissera aquela tarde e, não resistindo, tocou-o no braço.

Julian não se afastou. Ao contrário, cobriu sua mão com a dele e apertou-a de leve.

– Daquele dia em diante, Jasão passou a me chamar de irmão e fez os outros garotos me aceitarem. Embora minha mãe e meu pai tivessem outros filhos, eu nunca tinha tido um irmão.

Ela sorriu.

– O que aconteceu depois disso?

O músculo sob sua mão flexionou-se.

– Decidimos unir forças para conseguir o que precisávamos. Ele provocaria a distração, e eu furtaria. Se fôssemos pegos, eu sofreria as consequências.

Por quê?, Grace teve vontade de perguntar. Contudo, reprimiu-se, pois em seu coração já sabia a resposta. Ele estava protegendo o irmão.

– Conforme o tempo passava – ele continuou –, eu comecei a notar que o pai dele se esgueirava para observá-lo na aldeia. O amor e o orgulho na face do homem eram indescritíveis. Com a mãe, era a mesma coisa. Nós deveríamos surrupiar comida por conta própria. No entanto, dia sim, dia não, ele encontrava algo que os pais tinham lhe deixado. Pão fresco, cordeiro assado, um jarro de leite. Algumas vezes, dinheiro.

– Isso era muito amável.

– Sim, era. Mas cada vez que eu via o que faziam por ele, isso me afetava. Queria que meus pais se sentissem daquela forma a meu respeito. Eu alegremente desistiria da minha vida para que meu pai, apenas uma vez, olhasse para mim sem desprezo nos olhos. Ou para que minha mãe se importasse o suficiente para ir me ver. O mais perto que eu cheguei dela foi quando visitei seu templo em Thymaria. Costumava passar horas observando a estátua e imaginando se aquela era mesmo a aparência dela. Perguntando-me se alguma vez ela pensara em mim.

Grace inclinou-se contra as costas dele, abraçando-o pela cintura, e apoiou o queixo no ombro forte.

– Você nunca viu sua mãe quando era criança?

Julian envolveu os braços de Grace com o dele e inclinou a cabeça para trás, apoiando-a em seu ombro. Ela sorriu. Embora tenso e estressado, ele estava confiando-lhe informações que nunca compartilhara com ninguém, e isso a fazia sentir-se extremamente próxima dele.

– Eu nunca a vi – ele falou. – Ela enviava outros até mim, mas ela nunca aparecia. Não importava o quanto eu implorasse, ela se recusava a ir até mim. Depois de um tempo, eu parei de pedir. Por fim, deixei de ir aos templos dedicados a ela.

Grace deu-lhe um beijo carinhoso no ombro. Como a mãe podia tê-lo ignorado daquela forma? Como qualquer mãe podia não responder aos apelos do filho?

Ela pensou em seus próprios pais e na abundância de amor e bondade que lhe dedicaram. Pela primeira vez, percebeu que seus sentimentos em relação à morte deles estavam equivocados. Durante todos aqueles anos, dissera a si mesma que teria sido melhor nunca ter conhecido tamanho amor do que ter tido aquilo arrancado dela com tanta crueldade. Não era verdade. Mesmo que as lembranças dos pais e da infância fossem, ao mesmo tempo, doces e amargas, elas a confortavam.

Julian nunca experimentara o calor de um abraço amoroso. A segurança de saber que, não importando o que ele fizesse, os pais estariam ao seu lado.

Ela não conseguia conceber crescer daquela forma.

– Mas você tinha Jasão – ela murmurou, imaginando se aquilo fora suficiente para ele.

– Sim. Após a morte do meu pai, quando eu tinha catorze anos, Jasão foi gentil o bastante para permitir que eu o acompanhasse à casa dele durante as folgas. Foi em uma dessas visitas que eu vi Penélope pela primeira vez.

Grace sentiu uma leve pontada de ciúme ante a menção do nome da esposa.

– Ela era tão linda – Julian sussurrou – e estava prometida a Jasão.

Ela ficou em silêncio. Aquilo não era nada bom!

– E o pior – disse ele, afagando de leve seu braço – era que ela estava apaixonada por ele. A cada vez que visitávamos, lá estava ela para atirar-se nos braços de Jasão e beijá-lo. Para dizer-lhe o quanto ele era importante. Quando partíamos, ela implorava baixinho que ele tivesse cuidado. Então, ela também começou a deixar coisas para que ele encontrasse.

Julian interrompeu-se por instantes para se lembrar da aparência de Jasão ao retornar para o quartel com os presentes de Penélope.

Você pode se casar um dia, Julian, Jasão dizia ao ostentar os regalos de Penélope, *mas nunca terá uma esposa como ela aquecendo a sua cama.*

Embora Jasão não explicitasse o motivo, Julian o conhecia bem. Nenhum pai digno consentiria em entregar a filha a um homem bastardo e deserdado, sem uma família que o reconhecesse.

Sempre que Jasão proferia essas palavras, elas o destroçavam. Houvera épocas em que suspeitara que Jasão jogasse sal na ferida devido ao ciúme, por causa do modo como Penélope detinha nele o olhar por tempo demais, quando achava que o noivo não estava olhando. Jasão podia ter-lhe conquistado o coração, mas, como as outras mulheres, ela cobiçava Julian quando ele se aproximava.

Por esse motivo, Jasão parou de convidá-lo para as visitas. E ser banido do único lar que conhecera o arruinara.

– Eu deveria ter permitido que se casassem – Julian virou-se e envolveu a cabeça de Grace com o braço, enterrando o rosto em seu pescoço para inalar o doce conforto de seu aroma. – Eu sabia disso já naquela época, mas não conseguia suportar. Ano após ano, eu a via amá-lo. Eu via a família dele cercá-lo de carinho e de preocupação, enquanto eu não tinha nem mesmo uma casa à qual ir.

– Por quê? Você disse que tinha irmãos. Por que não permitiam que ficasse com eles?

Julian meneou a cabeça.

– Os filhos do meu pai me odiavam com todas as forças. A mãe deles teria me deixado entrar, mas eu recusei pagar o preço que ela exigia. Eu não tinha muito naquele tempo, mas ainda tinha a minha dignidade.

– Você tem dignidade agora também – ela sussurrou, aumentando o aperto ao redor da cintura dele. – Eu vi o suficiente para saber.

Soltando-a, ele desviou o olhar, com a mandíbula tensa.

– O que aconteceu com Jasão? – ela perguntou, querendo que ele continuasse falando enquanto estivesse disposto. – Ele morreu em batalha?

Julian riu amargamente.

– Não. Quando chegamos à idade de nos unirmos ao exército, eu o mantinha a salvo no campo de batalha. Eu tinha prometido a Penélope e à família dele que não deixaria que nada lhe acontecesse.

Grace sentia o coração de Julian acelerado de encontro aos seus braços.

– Conforme os anos passavam, era o meu nome que as pessoas sussurravam com respeito e medo. Minhas lendas e vitórias eram recontadas diversas vezes. E, quando eu retornava a Thymaria, acabava dormindo nas ruas ou na cama de qualquer mulher que abrisse a porta para que eu passasse a noite, esperando a hora de voltar para a batalha.

Ela sentiu lágrimas nos olhos com a dor refletida na voz de Julian. Como alguém podia tê-lo tratado daquela forma?

– O que aconteceu para que isso mudasse? – ela indagou.

Julian suspirou.

– Uma noite, enquanto procurava um lugar para dormir, eu topei com os dois, que estavam abraçados. Desculpei-me rapidamente, mas, ao prosseguir, escutei Jasão conversando com Penélope.

O corpo inteiro de Julian estava rígido nos braços de Grace, e o coração dele acelerou-se ainda mais.

– O que ele disse? – Grace instigou-o.

A luz nos olhos azuis se apagou.

– Penélope indagou a ele por que eu nunca ia para as casas dos meus irmãos. Ele riu e disse: "Ninguém quer Julian. Ele é filho de Afrodite, a deusa do amor, e nem mesmo ela suporta estar perto dele".

Grace inspirou com dificuldade, ouvindo-o repetir as palavras cruéis. Mal podia imaginar o que ele sentira ao escutá-las.

Julian respirou fundo.

– Eu o havia defendido incontáveis vezes. Tinha sofrido numerosos ferimentos em batalha para protegê-lo, incluindo uma lança que atravessou a lateral do meu corpo, e lá estava ele zombando de mim para ela. Não consegui suportar a injustiça. Eu achava que éramos irmãos. E, no final, acredito que éramos mesmo, uma vez que ele me tratou da mesma forma que o restante da minha família. Eu nunca havia sido nada além de um enteado bastardo. Sozinho e indesejável. Não entendia por que ele tinha tantas pessoas para amá-lo, quando eu queria apenas uma. Zangado e magoado pelas palavras dele, eu fiz o que nunca fizera antes. Apelei a Eros.

Grace podia facilmente imaginar o que acontecera depois.

– Ele fez Penélope apaixonar-se por você.

– Sim. Eros atingiu Jasão com uma flecha de chumbo para matar o amor dele por Penélope, e ela foi contemplada com a flecha dourada para que me amasse. Teoricamente, esse seria o fim de tudo...

Embalando-o gentilmente em seus braços, ela esperou que Julian encontrasse as próximas palavras.

– Levei dois anos para convencer o pai dela a permitir que se casasse com um bastardo deserdado e sem a influência da família. Na época, minha lenda havia crescido e eu tinha sido promovido. Finalmente, eu acumulara riqueza suficiente para oferecer-lhe acomodações dignas da realeza. E eu não poupava despesas no que se referia a ela. Tínhamos jardins, escravos, tudo o que ela desejava. Eu lhe dei uma liberdade da qual nenhuma outra mulher na época desfrutava.

– E não foi o suficiente?

Ele meneou a cabeça.

– Ainda havia algo faltando, e eu sabia que ela não estava bem. Mesmo antes da interferência de Eros, Penélope era sempre excessivamente emotiva. Ela se agarrava a Jasão de uma forma proibida para as mulheres espartanas e, uma vez, quando ele foi ferido, ela tosou os cabelos em sinal de tristeza. Depois que Eros a atingiu com a flecha, ela sofria longos períodos de grande depressão ou raiva. Eu fazia o máximo possível por ela, e tentei com muito empenho fazê-la feliz.

Grace afastou-lhe o cabelo do rosto.

– Ela dizia que me amava, mas eu sabia que não se importava comigo do modo como tinha se importado com Jasão. Ela se entregava a mim de boa vontade, mas não havia paixão verdadeira em seu toque. Eu soube disso na primeira vez em que a beijei. Tentei convencer-me de que não era importante. Pouquíssimos homens naquela época encontravam o amor em seus casamentos. Além do mais, eu me ausentava durante meses e até mesmo anos, conduzindo meu exército. Porém, no final, acho que eu tinha muito de minha mãe em mim, porque eu desejava mais.

Grace sofria por ele enquanto escutava o relato.

– E então chegou o dia em que Eros também me traiu.

– Como ele fez isso? – ela indagou com ansiedade, sabendo que essa era a fonte da maldição.

– Ele e Príapo estavam bebendo na noite seguinte àquela em que matei Lívio. Eros, embriagado, revelou-lhe o que tinha feito para mim. Assim que Príapo escutou a história, soube como vingar-se. Ele foi até o Mundo Subterrâneo, encheu uma xícara com água do Poço da Memória e a entregou a Jasão, para que ele bebesse. Logo que a água tocou seus lábios, Jasão se lembrou de seu amor. Príapo lhe contou o que eu tinha feito e entregou a ele mais água para Penélope.

Julian sentia seus lábios se moverem, mas não estava mais consciente das palavras. Fechando os olhos, reviveu aquele dia miserável.

Ele acabara de entrar, vindo dos estábulos, e se deparara com Penélope e Jasão no vestíbulo. Beijando-se.

Atordoado, detivera-se, estremecendo ao observar a forma apaixonada como se abraçavam.

Até Jasão levantar o olhar e avistá-lo à porta.

Assim que seus olhos se encontraram, Jasão curvou os lábios.

– Seu ladrão imprestável! Príapo me contou sobre a sua traição. Como pôde fazer isso?

Com a face contorcida de ódio, Penélope correu até Julian e o esbofeteou.

– Seu bastardo imundo! Eu poderia matá-lo pelo que fez.

– E eu *vou* matá-lo por isso – disse Jasão, desembainhando a espada.

Julian tentou tirar Penélope do caminho, mas ela se recusou a afastar-se.

– Pelos deuses, eu dei à luz seus filhos!

Ela tentou ferir seu rosto, mas ele segurou-lhe os pulsos.

– Penélope, eu...

– Não me toque – ela ordenou rispidamente, torcendo os braços para livrar-se de suas mãos. – Você me dá nojo. Acha mesmo que qualquer mulher decente iria desejá-lo à luz do dia? Você é desprezível. Repulsivo. – Empurrou-o na direção de Jasão. – Arranque-lhe o coração. Quero me banhar no sangue dele até que não sinta mais o cheiro de seu toque em mim.

Jasão desferiu um golpe.

Julian pulou para trás, desviando-se do trajeto da lâmina. Por instinto, levou a mão à sua espada, mas se conteve. A última coisa que queria era derramar o sangue de Jasão.

– Não quero lutar contra você.

– Não quer? Você violou minha mulher e gerou com ela filhos que deveriam ter sido meus! Eu o recebi em meu lar. Eu lhe dei uma cama, quando ninguém mais o queria por perto, e é assim que você me retribui?

Julian encarou-o com descrença.

– O que eu retribuo *a você*? Tem ideia da quantidade de vezes em que eu salvei a sua vida em batalha? De quantos espancamentos sofri por você? Consegue contá-los? E, ainda assim, você ousou zombar de mim.

Jasão riu cruelmente.

– Todos, exceto Kyrian, zombam de você, seu tolo. Na verdade, ele o defende com tanta veemência que me leva a imaginar o que fazem quando vagam por aí sozinhos.

Controlando a raiva que o deixaria vulnerável à lâmina de Jasão, Julian mal se esquivou do golpe seguinte.

– Pare com isso, Jasão. Não me obrigue a fazer algo de que nós dois vamos nos arrepender.

– A única coisa da qual eu me arrependo é de ter deixado um ladrão entrar na minha casa – ele berrou, furioso, e investiu outra vez.

Julian tentou afastar-se, mas Penélope correu para trás dele e empurrou-o para a frente.

A espada de Jasão fez um corte em suas costelas.

Emitindo um ruído de dor, Julian desembainhou sua espada e desviou-se de um golpe que, caso o tivesse atingido, o teria decapitado.

Jasão tentou envolvê-lo no combate, mas ele apenas se defendia, tentando manter Penélope fora do centro da luta.

– Não faça isso, Jasão. Sabe que suas habilidades são inferiores às minhas.

Jasão intensificou o ataque.

– De jeito nenhum vou permitir que você fique com ela.

Os próximos poucos segundos tinham acontecido muito depressa e, ainda assim, Julian os via desenrolar-se com clareza.

Penélope agarrou o braço livre de Julian enquanto Jasão brandia a espada. A lâmina por pouco não o atingiu enquanto ela se pendurava nele. Desequilibrado, Julian tentou soltar-se, mas, com Penélope no caminho, cambaleou para a frente ao mesmo tempo em que Jasão.

Assim que se colidiram, ele sentiu a espada penetrar o corpo de Jasão.

– Não! – Julian gritou, puxando a espada do estômago de Jasão enquanto Penélope emitia um grito de pura agonia.

Lentamente, Jasão caiu.

Ajoelhando-se, Julian lançou a espada para o lado e pegou o amigo nos braços.

– Pelos deuses, o que você fez?

Expelindo sangue pela boca, Jasão encarou-o acusadoramente.

– Eu não fiz nada. Foi você quem me traiu. Éramos irmãos e você roubou meu coração. – Ele engoliu a saliva dolorosamente. – Você nunca teve nada na vida que não tivesse roubado de alguém.

Julian tremia, assolado pela culpa e pela dor. Nunca pretendera que aquilo acontecesse. Nunca quisera ferir alguém, muito menos Jasão.

Apenas desejara que alguém o amasse. Apenas desejara um lar no qual fosse bem-vindo.

Mas Jasão estava certo. Era tudo culpa sua. Tudo.

Os gritos de Penélope ecoavam em seus ouvidos. Ela o agarrou pelos cabelos com força. Com os olhos desvairados, arrancou a adaga de sua cintura.

– Quero você morto! Morto!

Ela enfiou a adaga em seu braço e puxou-a para arremeter outra vez, mas Julian segurou-lhe a mão.

Com um guincho selvagem, ela se afastou violentamente.

– Não – ela gritou, com os olhos enlouquecidos. – Eu quero que você sofra. Você tirou de mim o que eu mais amava. Agora, eu vou tirar o mesmo de você. – Ela saiu correndo.

Subjugado pelo pesar e pela raiva, ele não conseguiu se mover enquanto via a vida esvair-se do corpo do amigo. Até que sua mente entorpecida se deu conta das palavras ditas por Penélope.

– Não! – ele urrou, levantando-se. – Não!

Chegou à porta dos aposentos dela em tempo de escutar as crianças gritando. Com o coração despedaçado, tentou abri-la, mas Penélope a trancara.

Quando conseguiu arrombar a porta, era tarde demais.

Tarde demais...

Pressionou as mãos sobre os olhos conforme revivia o horror daquele dia, e sentiu o toque reconfortante de Grace em sua pele.

Nunca conseguiria livrar-se da visão deles, do medo em seu coração. Da agonia absoluta.

A única coisa na vida que amara eram seus filhos.

E apenas eles o tinham amado.

Por quê? Por que eles precisavam ter sofrido por seus atos? Por que Príapo não podia tê-lo torturado sem feri-los?

E como Afrodite permitira que aquilo acontecesse? Uma coisa era ela o ignorar, mas deixar que seus filhos morressem...

Por isso, Julian fora ao templo dela naquele dia. Planejara matar Príapo. Arrancar-lhe a cabeça e espetá-la em uma lança.

– O que aconteceu? – Grace perguntou, arrastando seus pensamentos de volta ao presente.

– Quando eu cheguei lá, era tarde demais – falou, com a garganta ardendo, dilacerado pela tristeza. – Nossos filhos estavam mortos, assassinados pela própria mãe. Penélope já cortara os pulsos e estava deitada, à beira da morte, ao lado deles. Eu chamei um médico e tentei estancar o sangue. – Ele ficou em silêncio por alguns instantes. – Com o último suspiro, ela cuspiu no meu rosto.

Grace fechou os olhos, dominada pela dor. Era ainda pior do que havia imaginado.

Meu Deus, como ele sobrevivera àquilo?

Ao longo dos anos, escutara numerosas histórias de horror, mas nenhuma rivalizava com o que Julian enfrentara. E ele enfrentara tudo sozinho, sem ninguém para ajudá-lo. Sem ninguém que se preocupasse.

– Eu sinto muito – ela sussurrou, esfregando as mãos no peito dele para confortá-lo.

– Ainda não consigo acreditar que eles se foram – ele murmurou, com a voz repleta de pesar. – Você me perguntou o que eu faço enquanto estou no livro. Eu apenas fico lá, lembrando-me dos rostos do meu filho e da minha filha. Eu me lembro da sensação dos pequenos braços ao meu redor. Da forma como eles corriam para me receber, quando eu voltava das campanhas. E revivo cada minuto daquele dia, desejando que eu pudesse ter feito algo para salvá-los.

Grace piscou para conter as lágrimas. Não era surpresa o fato de ele nunca ter tocado no assunto.

Julian inspirou fundo, atormentado.

– Os deuses não me concedem nem mesmo a insanidade, para que eu escape dessas memórias. Não me permitem nem mesmo esse conforto.

Depois disso, ele não falou mais nada. Ficou apenas deitado em silêncio nos braços de Grace.

Assombrada com tamanha força, Grace permaneceu sentada por horas, abraçando-o. Não sabia o que mais podia fazer. Pela primeira vez em anos, seu treinamento como terapeuta abandonou-a completamente.

Grace despertou com a luz do sol penetrando pelas janelas e levou um instante para recordar a noite anterior.

Sentando-se, estendeu a mão, procurando Julian, mas encontrou a cama vazia.

– Julian? – ela o chamou.

Ninguém respondeu.

Afastando as cobertas, levantou-se e vestiu-se depressa.

– Julian? – chamou de novo ao descer as escadas.

Nada. Nem um único som, além das batidas de seu coração.

Começou a sentir pânico. Algo teria acontecido com ele?

Correu até a sala de estar, onde o livro se encontrava sobre a mesinha de centro. Folheando-o, viu a página em branco onde Julian estivera. Aliviada por ele não ter, de alguma forma, retornado ao livro, continuou procurando pela casa.

Onde ele estava?

Ao chegar à cozinha, notou que a porta dos fundos estava entreaberta. Franzindo o cenho, saiu e foi até o deque.

Olhando ao redor, ela finalmente avistou os filhos dos vizinhos na grama entre a sua casa e a deles. Contudo, o que mais a atordoou foi ver Julian sentado com eles enquanto lhes mostrava um jogo com pedras e gravetos.

Os dois meninos e a menina estavam sentados perto dele, escutando atentamente, enquanto a irmãzinha de 2 anos andava em meio ao grupo.

Grace sorriu, apreciando a imagem plácida. Inundada por um sentimento terno, ela imaginou se era assim que Julian ficava com os próprios filhos.

Deixando o deque, andou até eles.

Bobby era o mais velho, com 9 anos. O irmão, Tommy, era um ano mais novo, e Katie tinha 6. Os pais haviam se mudado para aquela casa fazia quase uma década, quando eram recém-casados e, apesar de serem amigáveis, nunca tinham se tornado mais do que apenas conhecidos de Grace.

– Então, o que aconteceu? – Bobby perguntou, quando foi a vez de Julian jogar.

– Bem, o exército estava em uma armadilha – disse Julian, movendo uma das pedras por cima de um graveto. – Fora traído por um dos seus.

Um jovem soldado de infantaria que entregou os companheiros porque queria ser um centurião romano.

– Eles eram os melhores – Bobby interrompeu-o.

Julian fez uma carranca.

– Eles não eram nada, comparados aos espartanos.

– Vão, espartanos! – Tommy gritou. – Um espartano é nosso mascote na escola.

Bobby empurrou o irmão, derrubando-o.

– Você está interrompendo a história.

– Você nunca deve bater no seu irmão – Julian falou com a voz severa e, ainda assim, estranhamente gentil. – Irmãos devem se proteger, e não se machucar.

A ironia das palavras entristeceu o coração de Grace. Era uma pena que ninguém tivesse ensinado essa lição aos irmãos dele.

– Desculpe – disse Bobby. – Então, o que aconteceu depois disso?

Antes que Julian pudesse responder, o bebê caiu, espalhando as pedras e os gravetos. Os garotos gritaram com ela, mas Julian acalmou-os enquanto colocava Allison em pé outra vez.

Tocou-a de leve no nariz, fazendo-a rir e voltou a arrumar o jogo.

Quando foi a vez de Bobby jogar uma pedra, Julian retomou a história de onde havia parado.

– O comandante macedônio olhou ao redor das colinas onde os romanos tinham encurralado seu exército. Não havia como flanqueá-los, nem para onde retirar-se.

– Eles se renderam? – Bobby indagou.

– Nunca – Julian respondeu com convicção. – A morte antes da desonra.

Ele permaneceu em silêncio por um instante, conforme o que dissera ecoava em sua mente. Aquelas palavras tinham sido gravadas em seu escudo. Como comandante, vivera por elas.

Como escravo, esquecera-as havia um longo tempo.

Os garotos se moveram para mais perto.

– Eles morreram? – Katie indagou.

– Alguns, sim – Julian retrucou, tentando afugentar as lembranças que surgiam. Lembranças de um homem que certa vez fora o senhor de sua vida. – Mas não antes de surpreenderem os romanos.

– Como? – os meninos indagaram ansiosamente.

Dessa vez, Julian pegou Allison antes que ela interrompesse o jogo e entregou-lhe a bolinha vermelha. Ela se sentou em seu joelho dobrado, e ele a segurou, passando uma das mãos ao redor da pequena cintura.

– Bem, enquanto os romanos cavalgavam na direção deles, o comandante macedônio sabia que estavam esperando que ele mantivesse sua infantaria unida, tornando-a presa fácil para a cavalaria romana e para os arcos que estavam acima. Em vez disso, o comandante ordenou que seus homens se dispersassem e mirassem suas lanças nos cavalos, desintegrando a formação da cavalaria romana.

– E funcionou? – Tommy quis saber.

Até mesmo Grace estava se interessando pela história.

– Sim. Os romanos não esperavam uma tática como essa de um exército civilizado. Completamente despreparados para o movimento, as tropas se dispersaram.

– E o comandante macedônio?

– Ele deu um potente grito de guerra enquanto atravessava o campo com seu cavalo, Mania, e subia o morro para onde os comandantes romanos tinham recuado. Eles se viraram para atacá-lo, mas não deu certo. Furioso por causa da traição, o comandante eliminou-os, deixando apenas um sobrevivente.

– Por quê? – Bobby indagou.

– Ele queria que o homem transmitisse uma mensagem.

– Qual? – perguntou Tommy.

Julian sorriu ante as perguntas ávidas.

– O comandante retalhou o estandarte romano e usou o tecido para ajudar o sobrevivente a estancar o sangramento das feridas. Com um sorriso letal, ele o fitou e disse: "*Roma delenda est.*" Roma deve ser destruída. Então, enviou o general romano acorrentado para casa, para que transmitisse a mensagem ao Senado.

– Uau! – Bobby exclamou, admirado. – Gostaria que você fosse meu professor na escola. Talvez eu até passasse em história.

Julian correu a mão pelos cabelos negros do menino.

– Se isso faz você se sentir melhor, eu também não me importava com esse assunto na sua idade. Tudo o que eu queria era fazer travessuras.

– Oi, Srta. Grace! – Tommy disse ao finalmente avistá-la. – Escutou a história do Sr. Julian? Ele disse que os romanos eram maus.

Ao olhar para cima, Julian viu Grace parada a alguns metros.

Ela sorriu.

– Tenho certeza de que ele sabe bem disso.

– Você pode consertar minha boneca? – Katie pediu, entregando-a para Julian.

Soltando Allison, ele pegou a boneca e recolocou o braço no lugar.

– Obrigada – disse Katie, abraçando-o pelo pescoço.

A expressão saudosa de Julian partiu o coração de Grace. Sabia que era o rosto da própria filha que ele enxergava ao olhar para Katie.

– O prazer foi meu, pequenina – ele falou em voz rouca, afastando-se dela.

– Katie, Tommy, Bobby, o que vocês estão fazendo aí?

Grace ergueu o olhar, quando Emily deu a volta na lateral da casa.

– Vocês não estão incomodando a Srta. Grace, estão?

– Não, eles não estão me incomodando – Grace assegurou-lhe.

Emily não pareceu escutá-la ao prosseguir, alvoroçada:

– E o que Allison está fazendo aqui? Vocês devem ficar no quintal.

– Ei, mamãe – Bobby gritou, correndo até ela. – O Sr. Julian nos mostrou um jogo muito legal.

Grace riu, observando os cinco retornarem para o jardim dianteiro enquanto a tagarelice animada de Bobby ecoava ao redor deles.

Julian tinha os olhos fechados e parecia estar saboreando o som das vozes infantis.

– Você é um ótimo contador de histórias – disse Grace quando ele foi encontrá-la.

– Não é verdade.

– É, sim – ela afirmou enfaticamente. – Sabe, eu fiquei pensando... Bobby tem razão. Você seria um excelente professor.

Ele lhe deu um sorriso afetado.

– De comandante a professor. Por que não me chama logo de Catão, o Antigo[3], e me insulta de verdade, uma vez que está tentando?

Ela riu.

– Você não está tão ofendido quanto finge.

– Como sabe?

– Pela expressão em seu rosto e pelo brilho em seu olhar. – Ela o pegou pelo braço, conduzindo-o de volta ao deque. – Você deveria mesmo pensar nisso. Selena obteve o doutorado em Tulane e conhece a faculdade. Quem melhor para ensinar civilização antiga do que alguém que realmente viveu naquela época?

Ele não respondeu. Grace notou o modo como ele mexia os pés descalços no chão.

– O que está fazendo? – ela indagou.

– Estou desfrutando a sensação da grama – ele sussurrou. – Do jeito que as folhas fazem cócegas nos meus dedos.

Ela sorriu da ação pueril.

– Foi por isso que veio aqui fora?

– Sim. Adoro sentir a luz do sol no meu rosto.

Em seu coração, Grace sabia que ele podia aproveitar muito pouco disso.

– Venha. Vou preparar um pouco de cereal, e podemos comer no deque.

Subiram os cinco degraus até o deque. Ela o deixou sentado em sua cadeira de balanço de vime, enquanto ia para dentro preparar o cereal.

Quando retornou, ele estava com a cabeça inclinada para trás e com os olhos fechados.

Sem querer perturbá-lo, ela recuou.

– Você sabe que eu consigo sentir a sua presença com todo o meu corpo? Com todos os meus sentidos? – ele perguntou, abrindo os olhos e encarando-a com um olhar ardente.

---

3 Marcus Porcius Cato, conhecido como Catão, o Antigo, ou Catão, o Censor, foi um político romano que se destacou pela defesa de valores tradicionais romanos e pelo combate ao helenismo (N.T.).

– Não – ela respondeu, nervosa, entregando-lhe uma tigela.

Ele pegou a tigela e não disse mais nada. Permaneceu sentado em silêncio, comendo o cereal.

Absorvendo o calor do sol, Julian sentia a brisa suave, deliciando-se com a presença serena de Grace ao seu lado.

Despertara para ver o nascer do sol pelas janelas do quarto, e ficara durante uma hora apenas permitindo que o corpo de Grace o confortasse.

Ela o tentava de uma forma que nunca experimentara. Por um instante, permitiu-se pensar em permanecer naquela época.

Mas então o que aconteceria?

Ele tinha apenas uma "habilidade" que podia usar neste mundo moderno, e não era o tipo de homem que se satisfaria em viver da caridade de uma mulher.

Não depois...

Cerrou os dentes enquanto as memórias pareciam queimá-lo.

Aos 14 anos, trocara sua virgindade por uma tigela de mingau frio e uma xícara de leite azedo. Após tanto tempo, ainda podia sentir as mãos da mulher em seu corpo, retirando suas roupas, agarrando-o febrilmente conforme lhe mostrava como satisfazê-la.

Oh, ela murmurara, *você é muito bonito, não? Se precisar de mais mingau, pode voltar para me ver a qualquer hora em que meu marido não esteja em casa.*

Ele se sentira tão sujo. Tão usado.

Nos anos seguintes, passara mais noites dormindo nas sombras do que em camas quentes, simplesmente porque não estivera disposto a pagar esse preço de novo por uma refeição e conforto temporário.

E se, de alguma forma, conquistasse sua liberdade outra vez, não queria...

Fechou os olhos. Não conseguia visualizar-se neste mundo. Era diferente demais. Estranho demais.

– Terminou?

Olhando para cima, viu Grace em pé ao seu lado com a mão estendida, à espera de sua tigela.

– Sim, obrigado. – Ele lhe entregou o recipiente.

– Vou tomar um banho rápido e volto em alguns minutos.

Ele a observou afastar-se, detendo-se nas pernas desnudas. Podia sentir o sabor de Grace, assim como o doce aroma do corpo macio.

A mulher o assombrava. E não era apenas a maldição. Havia algo mais. Algo que jamais encontrara.

Pela primeira vez em mais de dois mil anos, ele se sentia um homem de novo. E, com esse sentimento, vinha um anseio tão profundo que partia seu coração.

Ele a desejava. Desejava seu corpo e sua alma. Desejava seu amor.

O pensamento chocou-o.

Porém, era verdade. Desde a infância não sentia uma vontade tão intensa e dolorosa de que alguém o abraçasse com carinho. De que alguém lhe dissesse que o amava, com sinceridade e não apenas por causa de um feitiço.

Inclinando a cabeça para trás, ele praguejou. Quando aprenderia?

Tinha nascido para sofrer. O Oráculo de Delfos lhe dissera isso.

Você sofrerá como nenhum homem sofreu.

Mas eu serei amado?

Não nesta vida.

Ele partira aniquilado pela profecia. E mal sabia exatamente quanto sofrimento o aguardava.

Ele é o filho da deusa do amor, e nem mesmo ela suporta estar perto dele.

Estremeceu ao reconhecer a verdade. Grace nunca o amaria. Ninguém o amaria. E, pior ainda, seu destino tinha uma forma trágica de atingir aqueles ao seu redor.

Experimentou uma dor dilacerante no peito ao imaginar que algo poderia acontecer com Grace.

Não permitiria. Precisava protegê-la a qualquer preço. Mesmo que isso significasse perder sua liberdade.

Com esse pensamento em mente, foi encontrá-la.

Grace tirou o sabão dos olhos. Abrindo-os, sobressaltou-se ao avistar Julian observando-a pela pequena abertura da cortina do chuveiro.

– Você me assustou! – ela exclamou.

– Desculpe.

Ele estava do lado de fora da imensa banheira, apenas de cueca, com a mesma postura casual que tinha no livro. O ombro largo estava apoiado na parede, e os longos braços, estendidos ao lado do corpo.

Ela lambeu os lábios ao ver os músculos firmes e esculpidos do peito e torso. Involuntariamente, seu olhar recaiu sobre a cueca boxer vermelha e amarela.

E pensar que achara que nenhum homem ficaria bem naquilo... Pois ele ficava. Não havia palavras para descrever exatamente o quanto ele ficava bem.

Além disso, aquele sorriso malicioso podia derreter o coração até mesmo da mulher mais frígida.

O homem era sensual.

Nervosa, ela se deu conta de que estava nua.

– Você precisa de alguma coisa? – perguntou, cobrindo os seios com a toalhinha que usava para banhar-se.

Para seu espanto, ele se despiu e uniu-se a ela na banheira.

Sua mente transformou-se em mingau enquanto era subjugada pela poderosa presença masculina. Aquele sorriso lindo, que revelava as covinhas no rosto, fazia seu coração acelerar. Seu corpo tremer.

– Quero apenas olhar você – ele respondeu, com a voz baixa e gentil. – Tem ideia do que faz comigo quando passa as mãos pelo corpo?

A julgar pela excitação de Julian, ela tinha uma boa ideia.

– Julian...

– Hum?

Ela esqueceu o que ia dizer ao senti-lo enterrar o rosto em seu pescoço. Arrepios a percorreram quando ele deslizou a língua por sua pele.

Grace gemeu ante a sobrecarga sensorial. Ele afastou o tecido com o qual ela cobria os seios para tomar um deles entre os lábios.

Julian deitou-a na banheira. O contraste da porcelana fria em suas costas e do corpo quente diante de si, com a água escorrendo sobre eles, estimulou Grace de uma forma que nunca imaginara ser possível.

Jamais apreciara verdadeiramente o tamanho enorme daquela antiga banheira, mas, naquele momento, não a teria trocado por nada.

– Toque-me, Grace – ele pediu com a voz rouca, conduzindo a mão dela ao corpo forte. – Quero sentir suas mãos em mim.

Ele estremeceu ao sentir o toque suave e fechou os olhos com a intensidade das sensações que o assolavam. O toque de Grace não era apenas físico; atingia-o em um nível indefinível. Inacreditável.

Desejava mais dela. Ele a queria por completo.

– Adoro sentir suas mãos em mim – ele sussurrou.

Oh, céus, como ansiava por ela! Como desejava que, por apenas alguns instantes, ela realmente estivesse fazendo amor com ele.

Fazendo amor com ele com o coração.

Uma onda de dor o afligiu. Não importava quantas vezes fizesse sexo, o resultado era o mesmo. Sempre saía ferido. Se não no corpo, profundamente na alma.

Nenhuma mulher decente o desejaria à luz do dia.

Era verdade e ele sabia.

Grace sentiu-o ficar tenso.

– Machuquei você? – ela indagou, afastando a mão.

Ele meneou a cabeça e, apoiando as mãos de cada lado de seu pescoço, beijou-a profundamente. De repente, o beijo se intensificou, como se ele estivesse tentando provar algo a ambos.

Julian tomou uma das mãos de Grace e entrelaçou os dedos aos seus enquanto a afagava. Era a experiência mais erótica que Grace já experimentara. Tremeu e gritou de prazer quando ele aumentou o ritmo das carícias.

– Sim – ele sussurrou em seu ouvido. – Sinta a nossa união.

Ofegante, ela se agarrou ao ombro forte com a outra mão, o corpo ardendo de desejo. Ele era um amante maravilhoso!

De repente, ele interrompeu as carícias e passou uma das pernas de Grace ao redor de sua cintura. Ela permitiu que ele fizesse isso até dar-se conta do que Julian pretendia. Ele estava se preparando para unir-se de fato a ela.

– Não! – ela ofegou, empurrando-o. – Julian, você não pode fazer isso.

Os olhos refletiam o desejo intenso que ele sentia.

– Quero pelo menos isso de você, Grace. Agora, deixe-me tê-la.

Ela quase cedeu.

Até algo estranho acontecer com os olhos dele. Eles escureceram e as pupilas se dilataram.

Julian ficou imóvel. Com a respiração ofegante, ele fechou os olhos, como se estivesse lutando contra um atacante invisível. Praguejando, afastou-se.

– Corra! – pediu.

Grace não hesitou.

Saindo de baixo dele, agarrou a toalha e correu para fora.

Porém, não conseguiu deixá-lo. Parando à porta, ela olhou para trás, vendo-o apoiar-se nas mãos e nos joelhos e convulsionar, como se estivesse sendo torturado. Escutou-o golpear a banheira com o punho, rosnando de dor.

Seu coração batia com força ao vê-lo lutar. Se ao menos soubesse o que fazer...

Por fim, ele se prostrou na banheira.

Aterrorizada e tremendo, ela deu três passos para dentro do banheiro, pronta para correr se ele tentasse alcançá-la.

Ele estava deitado de lado, com os olhos fechados. A respiração era irregular, parecia esgotado. A água o atingia, colando os cabelos dourados em sua face.

Grace desligou o chuveiro, mas ele não se mexeu.

– Julian?

Ele abriu os olhos.

– Eu assustei você?

– Um pouco – ela respondeu com franqueza.

Inspirando profundamente, ele se sentou devagar, sem fitá-la. O olhar estava focado em algo além de seu ombro.

– Não vou conseguir lutar contra isso – ele falou após uma longa pausa. Por fim, voltou o olhar para ela. – Estamos nos enganando, Grace. Deixe-me possuir você enquanto ainda estou calmo.

– É isso mesmo o que quer?

Julian rangeu os dentes. Não, não era o que queria. Porém, o que queria estava além de seu alcance.

Desejava coisas que os deuses nunca quiseram que ele obtivesse. Coisas que não ousava nomear, porque nomeá-las tornava sua ausência ainda mais intolerável.

– Eu gostaria de poder morrer.

Grace encolheu-se ao ouvir as palavras sinceras. Como queria poder confortá-lo! Afastar aquela dor.

– Eu sei – ela falou, a voz rouca com as lágrimas contidas.

Ela envolveu os ombros fortes com os braços e segurou-o com firmeza.

Para sua surpresa, ele apoiou a face na sua.

Nenhum deles disse uma palavra enquanto se abraçavam.

Por fim, Julian afastou-se.

– É melhor pararmos antes de...

Ele não terminou a frase, mas não era necessário. Grace já vira as consequências e não desejava que aquilo se repetisse.

Deixou-o no banheiro e foi se vestir.

Julian levantou-se lentamente da banheira e se enxugou. Ouviu Grace no quarto, abrindo a porta do armário, e uma imagem do corpo nu surgiu em sua mente.

Uma onda de desejo o percorreu com tanta força que quase o enviou de novo ao chão.

Apoiou-se na pia, lutando consigo mesmo.

– Não posso mais viver assim – ele sussurrou. – Não sou um animal.

Olhando para cima, viu seu pai no espelho. Examinou o próprio reflexo, odiando-o.

Ainda sentia a ferroada do chicote, enquanto seu pai o espancava até que mal conseguisse permanecer em pé.

Não ouse chorar, menino bonito. Nem uma única queixa. Você pode ter nascido de uma deusa, mas é neste mundo que vive, e aqui nós não mimamos menininhos bonitos como você.

Ele se lembrava do olhar de ódio no rosto do pai, quando ele o derrubava no chão e mantinha seu pescoço preso em um golpe sufocante. Julian chutava e lutava, mas, aos 14 anos, era jovem e inexperiente demais para soltar-se dos braços do comandante.

Com o rosto contorcido pelo desprezo, seu pai tinha arrastado a adaga por sua face, cortando-a. Tudo porque tinha surpreendido a esposa fitando Julian durante a refeição.

Vamos ver se ela o desejará agora.

A dor pulsante do corte fora insuportável, o sangue escorrera por seu rosto pelo restante do dia. Na manhã seguinte, a ferida desvanecera sem deixar vestígios.

A fúria do pai fora incomensurável.

– Julian?

Sobressaltou-se ao ouvir uma voz que não escutava havia mais de dois mil anos.

Olhou ao redor, mas não viu nada.

Incerto quanto a ter escutado algo, indagou baixinho:

– Atena?

Ela se materializou à sua frente. Embora as roupas fossem modernas, ela tinha os cabelos presos em estilo grego, no alto da cabeça, com madeixas caindo sobre os ombros. Os olhos azuis eram gentis quando ela sorriu.

– Vim em nome da sua mãe.

– Ela ainda não consegue me encarar?

Atena desviou o olhar.

Julian sentiu vontade de rir. Por que ele ainda se incomodava em ter esperanças de que a mãe quisesse vê-lo?

Já deveria estar acostumado.

Atena passou o dedo por uma das madeixas escuras, ao observá-lo com um estranho olhar que revelava certa tristeza.

– Você precisa saber que eu o teria ajudado se soubesse o que aconteceu. Você era meu general preferido.

De súbito, ele compreendeu o que lhe acontecera tantos séculos atrás.

– Você me manipulou contra Príapo, não foi?

Ele viu a culpa refletida em seu rosto um instante antes de Atena ocultá-la.

– O que está feito, está feito.

Com os lábios torcendo de raiva, ele a encarou.

– É mesmo? Por que você me enviou para aquela batalha se sabia que Príapo me odiava?

– Porque eu sabia que você podia vencer, e eu odiava os romanos. Você era o único general que eu tinha que poderia derrotar Lívio, o que você fez. Nunca tive tanto orgulho de você quanto no momento em que o decapitou.

A amargura dominou-o. Não conseguia acreditar no que escutava.

– Agora você me diz que está orgulhosa?

Ela ignorou suas palavras.

– Sua mãe e eu falamos com Cloto a seu favor.

Julian deteve-se ao ouvir aquilo. Cloto era a Parca encarregada pelas vidas. A fiandeira dos destinos.

– E?

– Se conseguir romper a maldição, poderá retornar para a Macedônia, para o mesmo dia em que foi preso no pergaminho.

– Eu posso voltar? – ele repetiu, incrédulo.

– Mas não poderá mais lutar. Se fizer isso, mudará a história. Se o mandarmos de volta, terá que jurar recolher-se à sua aldeia.

Havia sempre uma armadilha. Ele deveria saber disso, em vez de pensar, mesmo por um instante, que elas o ajudariam.

– Para quê?

– Você estará em sua própria época. Em um mundo que conhece. – Olhou ao redor. – Ou pode ficar aqui, se preferir. A escolha é sua.

Julian bufou.

– Que escolha!

– Melhor isso do que não ter nenhuma.

Era mesmo? Ele não tinha mais certeza.

– E meus filhos? – ele perguntou, pedindo que sua família lhe restituísse as únicas duas pessoas que tinham significado algo para ele.

– Você sabe que não podemos desfazer isso.

Ele a amaldiçoou. Os deuses apenas tomavam dele. Nunca lhe tinham dado nada.

Atena tocou-o de leve no rosto.

– Escolha com sabedoria – ela sussurrou, e então sumiu.

– Julian? Com quem você está falando?

Ele piscou quando Grace parou na porta.

– Com ninguém. Apenas comigo mesmo.

– Oh! – Ela aceitou a mentira sem questionar. – Estava pensando em levá-lo de novo ao bairro francês hoje à tarde. Podemos visitar o aquário. O que acha?

– Claro – ele respondeu, saindo do banheiro.

Grace franziu a testa, mas não falou mais nada enquanto se dirigia às escadas.

Julian foi ao quarto trocar de roupa. Enquanto punha a calça, avistou as fotografias de Grace sobre a cômoda. Ela parecia tão feliz na infância. Tão livre. Apreciava particularmente a foto em que a mãe passava o braço pelo pescoço de Grace, enquanto ambas riam.

Naquele momento, soube a verdade. Não importava o quanto desejasse que fosse diferente, nunca poderia ficar ali com Grace. Ela mesma dissera isso na noite em que ele surgira.

Ela tinha a própria vida, que não o incluía.

Não, ela não precisava de alguém como ele. Alguém que apenas atrairia atenção indesejada dos deuses sobre ela.

Venceria a maldição e aceitaria a oferta de Atena.

Não pertencia àquele lugar. Pertencia à Macedônia antiga. E sozinho.

Capítulo 10

Grace sentia que havia algo errado enquanto dirigia até o bairro francês. Julian estava sentando ao seu lado, olhando para fora.

Tentara várias vezes fazê-lo falar, mas ele permanecia mudo. Tudo o que podia imaginar era que ele estava deprimido por causa do que acontecera no banheiro. Devia ser difícil para um homem acostumado a estar no controle perdê-lo daquela forma.

Ela estacionou o carro.

– Nossa, que calor! – exclamou ao sair, sendo imediatamente atingida pelo ar quente e pesado. Olhou para Julian, que estava deslumbrante com os óculos de sol que lhe comprara. Ele já começara a suar. – Está muito calor aqui fora para você? – indagou, pensando em como devia estar sendo horrível para ele, que estava vestido com *jeans* e uma camisa de malha.

– Não vou morrer disso, se é o que quer dizer – ele respondeu sardonicamente.

– Um pouquinho irritado, não é?

– Desculpe. – Uniu-se a ela. – Estou descontando em você coisas que não são culpa sua.

– Tudo bem. Estou acostumada a servir de bode expiatório. Na verdade, fiz disso uma profissão.

Como não podia ver seus olhos, não soube dizer se ele se divertiu ou não com seu comentário.

– É isso o que seus pacientes fazem?

Ela assentiu.

– Alguns dias, a coisa fica realmente ruim. Eu não me importo com as mulheres gritando comigo, como me importo com os homens.

– Eles já a machucaram?

O tom protetor na voz dele surpreendeu-a. E a sensação era maravilhosa. Sentia falta de ter alguém que a protegesse.

– Não – ela respondeu, tentando ignorar a tensão no corpo de Julian.

Esperava que as coisas permanecessem daquele jeito. Porém, após o telefonema de Rodney, não tinha certeza de que o homem não pudesse ser a exceção que a acabasse ferindo.

Você está sendo ridícula. Só porque ele é assustador não significa que seja perigoso.

O rosto de Julian estava duro e severo.

– Acho que você deveria encontrar uma nova ocupação.

– Talvez – respondeu, embora sem admitir a ideia. Não tinha intenção de desistir de seu trabalho. – Então, aonde você gostaria de ir primeiro?

Ele deu de ombros com indiferença.

– Tanto faz.

– Vamos ao aquário. Pelo menos lá dentro tem ar-condicionado.

Pegando o braço dele, conduziu-o pelo estacionamento e pelo calçadão até o aquário.

Julian permaneceu em silêncio enquanto ela pagava os ingressos e o levava até o interior do edifício. Ele não falou mais nada até eles chegarem ao túnel de água que permitia que observassem as diferentes espécies de criaturas marinhas em seu hábitat natural.

– Incrível! – Julian sussurrou, encantado, observando a enorme arraia que nadava sobre a sua cabeça.

O olhar dele lembrou-a o de uma criança. A luz que brilhava nos olhos azuis aqueceu o coração de Grace.

De repente, seu *pager* começou a tocar. Ela praguejou, até ver o número.

Alguém estava ligando de seu consultório em um sábado?

Estranho.

Tirando o celular da bolsa, ela telefonou para lá.

– Oi, Grace – Beth cumprimentou-a ao atender o telefone. – Escute, estou aqui no consultório. Alguém invadiu o lugar ontem à noite.

– Não! Quem faria uma coisa dessas?

Grace viu o olhar curioso que Julian dirigiu-lhe. Sorriu de leve para ele enquanto ouvia a resposta de Beth Livingston, a psiquiatra que compartilhava o consultório com ela e com Luanne.

– Não tenho ideia. Mandaram uma equipe de peritos e eles estão aqui recolhendo impressões digitais. Pelo que vi, nada importante foi levado. Você tem algo de valor na sua sala?

– Só o meu computador.

– Ainda está aqui. Algo mais? Dinheiro ou outra coisa?

– Não. Nunca deixo nada de valor aí.

– Espere um pouco. O policial quer falar com você.

Grace esperou até ouvir a voz de um homem.

– Dra. Alexander?

– Sim.

– Sou o policial Allred. Parece que alguém levou o seu arquivo de contatos e algumas pastas. Tem ideia de quem poderia querer isso?

– Não. Precisa que eu vá até aí?

– Acho que não. Basicamente, estamos recolhendo digitais, mas se pensar em algo, por favor, telefone para a gente. – Ele devolveu o telefone para Beth.

– Você precisa de mim? – Grace perguntou.

– Não. Não há nada que você possa fazer. Na verdade, é bastante chato.

– Certo. Não deixe de me ligar se precisar de alguma coisa.

– Farei isso.

Grace desligou o telefone e colocou-o na bolsa.

– Há algo errado? – Julian perguntou.

– Alguém invadiu meu consultório ontem à noite.

Ele franziu o cenho.

– Por quê?

– Não tenho ideia – Grace também franziu a testa ao pensar no assunto. – Não sei por que alguém iria querer meu arquivo de contatos. Desde que comprei o *palm top* na última primavera, nem o uso mais. É esquisito.

– Precisamos ir embora?

– Não.

Julian deixou que ela o conduzisse pelos vários tanques, lendo a escrita estranha para ele, e explicando as diferentes espécies e hábitats.

Deus, como adorava o som da voz de Grace quando lia para ele! Havia algo reconfortante nela. Envolveu-a pelos ombros enquanto caminhavam. Ela passou um braço ao redor de sua cintura, enganchando um dedo no passante de sua calça.

O gesto agradou-o. Foi então que percebeu como era fundamental para ele a sensação do corpo macio junto ao seu. O que, é claro, apreciaria muito mais se ambos estivessem nus.

Quando Grace sorriu, sentiu o coração acelerar. O que havia a respeito daquela mulher que o tocava de uma forma que ninguém jamais fizera?

Ele sabia. Era a primeira mulher a enxergá-lo. Não sua aparência, ou sua bravura de guerreiro. Ela enxergava sua alma.

Nunca imaginara que existisse uma pessoa assim.

Grace o tratava como um amigo. E estava genuinamente interessada em ajudá-lo. Ou ao menos parecia estar.

Faz parte do trabalho dela.

Fazia mesmo?

Poderia uma mulher maravilhosa e gentil como ela realmente importar-se com um homem como ele?

Grace parou diante de outra placa. Julian posicionou-se atrás dela e abraçou-a. Conforme lia, ela acariciava distraidamente seus antebraços.

Com o corpo em chamas, ele apoiou o queixo no topo da cabeça de Grace enquanto escutava a voz suave e observava os peixes nadando. O aroma da pele macia dominou seus sentidos, fazendo-o desejar voltar para casa, onde poderia despi-la.

Não se lembrava da última vez em que desejara tanto uma mulher quanto desejava Grace. Na verdade, achava que nunca quisera alguém com tamanha intensidade. Queria perder-se no interior daquele corpo feminino. Sentir as unhas marcando suas costas enquanto lhe arrancava gritos de prazer.

Que as Parcas tivessem piedade dele, mas estava louco por Grace!

Era isso o que o assustava. Com o lugar que ela ocupava em seu íntimo, poderia magoá-lo como nunca fora magoado antes.

Ela, sozinha, poderia finalmente destruí-lo.

Era quase uma hora quando saíram do aquário. Grace encolheu-se ao ser atingida pelo calor. Em dias como aquele, perguntava-se como antes tinham sobrevivido sem ar-condicionado.

Olhou para Julian e sorriu. Ele podia responder-lhe essa pergunta.

– Como vocês faziam para sobreviver a dias tão quentes?

Ele arqueou a sobrancelha de forma arrogante.

– Isto não é quente. Se quer algo quente, tente marchar com um exército por um deserto, usando uma armadura e com apenas um pouco de água para supri-la.

Grace encolheu-se.

– Isso parece mesmo quente.

Julian não respondeu.

Ela olhou para a praça, que estava repleta de gente.

– Quer ir ver Selena enquanto estamos passeando? Ela deve estar na banca. Sábado é normalmente um dia agitado.

– Estou seguindo você.

Pegando-lhe a mão, Grace desceu a rua e dirigiu-se à Jackson Square. Selena estava mesmo em seu estande, atendendo um cliente. Grace ia continuar caminhando, sem interrompê-los, quando a amiga acenou-lhe.

– Ei, Gracie, você se lembra do Ben? Ou melhor, do Dr. Lewis, da escola?

Grace hesitou quando reconheceu o corpulento homem de 40 e poucos anos.

Lembrar-se dele? Ele lhe dera uma nota baixa e prejudicara toda a sua média. Sem mencionar que ele tinha um ego do tamanho do Alasca e adorava embaraçar os alunos na sala de aula. Na verdade, ela se recordava de uma pobre garota chorando quando ele entregara aos estudantes o sádico exame final. Ele rira da reação da menina.

– Olá – Grace cumprimentou-o, tentando não demonstrar seu desagrado.

Presumia que o homem não conseguia evitar o fato de ser detestável. Doutor por Harvard, ele achava que o mundo girava ao redor dele.

– Srta. Alexander – falou o homem no mesmo tom malicioso do qual ela se recordava e que tanto odiava.

– Na verdade, é *Dra.* Alexander – ela o corrigiu, deliciando-se com a forma como ele arregalou os olhos, surpreso.

– Perdoe-me – disse ele em uma voz que sequer exprimia um distante tom de desculpa.

– Ben e eu estávamos falando sobre a Grécia Antiga. – Selena lançou um olhar malicioso para Julian. – Eu sou da opinião de que Afrodite era a filha de Urano.

Ben revirou os olhos.

– E eu continuo lhe dizendo que a opinião aceita é que ela nasceu de Zeus e Dione. Quando vai ceder e se unir ao restante de nós?

Selena ignorou-o.

– Então, me diga, Julian, quem está certo?

– Você – ele respondeu para Selena.

Ben fitou-o com altivez. Grace sabia que ele não via nada em Julian, além de um homem muito bonito que, provavelmente, conhecia apenas comerciais de cerveja e carros.

– Meu jovem, você alguma vez leu Homero? Você pelo menos sabe quem ele é?

Grace suprimiu uma risada. Mal podia esperar pela resposta de Julian.

Ele riu alto.

– Eu li muito Homero. As histórias atribuídas a ele são um amálgama de lendas contadas e recontadas, até que os fatos verdadeiros se perdessem na Antiguidade, enquanto Hesíodo escreveu a *Teogonia* com o auxílio direto de Clio[4].

Dr. Lewis disse algo em grego antigo.

– É mais do que apenas uma opinião, doutor – Julian respondeu. – É fato.

Ben fitou-o de novo, mas Grace podia dizer que ele ainda não acreditava que alguém com a aparência de Julian pudesse entender algo a respeito de seu campo de atuação.

– E como você saberia disso?

Julian respondeu em grego.

Pela primeira vez desde que conhecera o homem, uma década atrás, Grace o viu parecer assombrado.

– Meu Deus – ele murmurou –, você fala como se tivesse nascido para isso.

Julian deu um sorriso divertido para Grace.

– Eu lhe disse – Selena falou. – Ele conhece os deuses e deusas gregos melhor do que qualquer um na face da Terra.

Dr. Lewis reparou no anel na mão de Julian.

– Isso é o que eu penso que é? – ele perguntou. – É um anel de general?

Julian assentiu.

– É, sim.

– Você se importaria se eu o olhasse?

Julian tirou-o do dedo e entregou-o ao Dr. Lewis, que inspirou profundamente.

– Macedônio? Segundo século antes de Cristo, eu presumo.

– Muito bom.

– É uma reprodução impressionante. – Ben devolveu o anel.

Julian colocou-o de volta no dedo.

– Não é uma reprodução.

– Não! – Ben ofegou, descrente. – Não pode ser um original. Está em excelente estado.

---

4 Na mitologia grega, Clio é a musa da história (N.T.).

– Fazia parte de uma coleção particular – Selena interferiu.

Ben olhou de um para o outro.

– Como você o conseguiu? – perguntou a Julian.

Julian ficou em silêncio por instantes, lembrando-se do dia em que fora recompensado com o objeto. Ele e Kyrian da Trácia tinham sido promovidos juntos, após terem salvado sozinhos Temópolis dos romanos.

Fora uma luta longa, brutal e sangrenta.

O exército fugira, deixando-os para defender a cidade. Julian tinha esperado que Kyrian também o abandonasse, mas o jovem tolo apenas sorrira para ele, agarrara uma espada em cada mão e dissera: "É um lindo dia para morrer. O que me diz de matar o máximo desses bastardos que conseguirmos, antes de pagarmos o Caronte[5]?".

Um completo lunático, Kyrian sempre tivera mais coragem do que cérebro.

Mais tarde, eles tinham se embriagado em celebração. E, de manhã, ao despertarem, haviam sido promovidos.

Pelos deuses! De todas as pessoas que conhecera na Macedônia, de quem mais sentia falta era de Kyrian. Ele fora o único homem que, em batalha, se preocupara em protegê-lo.

– Foi um presente – Julian respondeu, por fim.

Ben olhou para a mão de Julian, com os olhos repletos de uma reverência ávida.

– Você consideraria vendê-lo? Estou disposto a pagar bastante por ele.

– Nunca – Julian pensou nas feridas que lhe tinham sido infligidas durante aquela batalha. – Você não tem ideia do que eu enfrentei para consegui-lo.

Ben meneou a cabeça.

– Gostaria que alguém me desse um presente desses. Você sabe quanto isso vale?

---

5 Na mitologia grega, Caronte é o barqueiro do Mundo Subterrâneo que transporta as almas dos mortos em sua barca pelo Aqueronte, o rio que delimita a região infernal, até o lugar destinado a pessoas no Hades. Os gregos costumavam colocar uma moeda sob a língua dos cadáveres para pagar Caronte pela viagem (N.T.).

– O meu peso em ouro, da última vez que chequei.

Ben riu alto, batendo a mão na mesa de tarô de Selena.

– Essa é boa! Esse era o resgate para reaver os generais capturados, certo?

– Apenas para aqueles covardes demais para morrer lutando.

Um novo respeito brilhou nos olhos de Ben, enquanto ele observava Julian.

– Tem alguma ideia de quem possuía esse anel?

– Julian da Macedônia – Selena respondeu. – Já ouviu falar dele, Ben?

O queixo do homem caiu, e os olhos se arregalaram.

– Está falando sério? *Você* sabe quem ele era?

Selena fez uma expressão estranha.

Presumindo que ela não sabia, Ben continuou falando:

– Tesius escreveu que Julian seria o próximo Alexandre, o Grande. Julian era filho de Diocles de Esparta, também conhecido como Diocles, o Açougueiro. Aquele homem fazia o Marquês de Sade parecer o Ronald McDonald. Dizem os boatos que Julian nasceu de uma união entre Afrodite e o general, depois de Diocles ter salvado um de seus templos da profanação. A opinião aceita atualmente, claro, é a de que a mãe dele era, na verdade, uma das sacerdotisas de Afrodite.

– É mesmo? – Grace perguntou.

Julian revirou os olhos, dizendo:

– Ninguém se importa com quem Julian foi. O homem morreu há muito tempo.

Ben ignorou-o ao continuar ostentando seu conhecimento.

– Conhecido entre os romanos como Augustus Julius Punitor... – Olhou para Grace e acrescentou, à guisa de explicação: – Julian, o Grande Punidor. Ele e Kyrian da Trácia abriram um caminho de matança pelo Mediterrâneo, durante a Quarta Guerra Macedônia contra Roma. Julian desprezava Roma e jurou que veria a cidade cair sob seu exército. Ele e Kyrian quase obtiveram êxito ao invadir Roma.

A mandíbula de Julian se contraiu.

– Você sabe o que aconteceu com Kyrian da Trácia?

Ben assobiou baixinho.

– Ele não teve um final bonito. Foi capturado e crucificado pelos romanos em 147 antes de Cristo.

Julian encolheu-se ao ouvir aquilo. Com os olhos perturbados, mexeu em seu anel.

– Aquele homem provavelmente foi um dos melhores guerreiros que já viveu. Ele amava a batalha como ninguém que eu tenha conhecido. – Meneou a cabeça. – Eu me lembro de uma vez em que Kyrian investiu seu coche de guerra contra os soldados inimigos, que estavam alinhados ombro a ombro, com os escudos à frente, desestruturando a formação romana. Isso permitiu que seus soldados os derrotassem, sofrendo poucas baixas. – Franziu o cenho. – Não acredito que tenham conseguido capturá-lo.

Ben deu de ombros com indiferença.

– Uma vez que Julian desapareceu, Kyrian era o único general macedônio capaz de liderar um exército. Portanto, os romanos se dedicaram a persegui-lo.

– O que aconteceu com Julian? – Grace indagou, imaginando o que os historiadores tinham a dizer sobre o assunto.

Julian encarou-a.

– Ninguém sabe – respondeu Ben. – É um dos grandes mistérios do mundo antigo. Você tem esse general que não pode ser derrotado nas armas por ninguém, e então, de repente, aos 32 anos, ele some sem deixar vestígios. – Ele bateu de novo a mão sobre a mesa de Selena. – Julian foi visto pela última vez na batalha de Conjara. Em um movimento brilhante, ele fez Lívio ceder sua posição invencível. Foi uma das piores derrotas da história de Roma.

– Quem se importa? – Julian resmungou.

Ben ignorou a interrupção.

– Após a batalha, Julian supostamente enviou uma mensagem a Cipião, o Jovem, dizendo que se vingaria pela derrota que ele infligira aos macedônios. Aterrorizado, Cipião desistiu do serviço militar na Macedônia e voluntariou-se para lutar na Espanha. – Ben meneou a cabeça. – Mas antes que Julian pudesse cumprir a ameaça, ele desapareceu. Sua família foi encontrada assassinada em casa. E é aí que as coisas ficam interessantes. – Ele olhou para Selena. – Os relatos macedônios dizem que ele foi mortalmente ferido por Lívio durante a batalha e que, sofrendo uma intolerável dor, cavalgou até sua casa para matar a família, impedindo-a de ser escravizada pelos inimigos. Já os relatos romanos dizem que Cipião enviou diversos soldados para atacar Julian no meio da noite. Eles o mataram, assim como sua família, e então destroçaram seu corpo e esconderam os pedaços.

Julian bufou.

– Cipião era um covarde. Ele nunca teria ousado atacar minha...

– Então – Grace interferiu, interrompendo Julian antes que ele se entregasse –, o tempo está agradável, não?

– Cipião não era um covarde – Ben afirmou. – Ninguém pode questionar o êxito dele na Espanha.

Grace reparou no ódio nos olhos de Julian.

Ben pareceu não notar.

– Meu jovem, esse seu anel tem um valor inestimável. Eu amaria saber como alguém pode conseguir um desses. Aliás, eu mataria para saber o que aconteceu com o proprietário original.

Grace trocou um olhar desconfortável com Selena, e Julian sorriu com malícia para Ben.

– Julian da Macedônia atraiu a fúria dos deuses e foi punido por sua arrogância.

– Essa é outra explicação, eu presumo. – O alarme do relógio de Ben soou. – Droga, preciso buscar minha esposa. – Ele se levantou e estendeu a mão para Julian. – Não fomos adequadamente apresentados. Sou Ben Lewis.

– Julian – disse, apertando-lhe a mão.

Ben riu. Até perceber que Julian não estava brincando.

– É mesmo?

– Nomeado por causa de seu general macedônio, pode-se dizer.

– Seu pai deve ter sido como o meu. Apaixonado por todas as coisas gregas.

– A fidelidade dele relacionava-se, na verdade, a Esparta.

Ben riu ainda mais e olhou para Selena.

– Por que você não o leva à nossa próxima reunião do Clube Sócrates? Adoraria que nossos colegas o conhecessem. Não encontro com frequência alguém que conheça quase tanta história grega quanto eu. – Voltou-se para Julian: – Foi um prazer conhecê-lo. Até mais – disse e acenou para Selena.

– Ora – Selena falou assim que Ben sumiu na multidão –, você, meu amigo, conseguiu o impossível. Acabou de impressionar um dos maiores estudiosos de Grécia Antiga do país.

Julian não pareceu importar-se, mas Grace, sim.

– Lanie, você acha que é possível que Julian seja um professor universitário, assim que ele romper a maldição? Eu estava pensando que ele...

– Não faça isso, Grace – ele a interrompeu.

– Não faça o quê? Você vai precisar de algo...

– Não vou ficar aqui.

O olhar frio era o mesmo que ele tinha na noite em que o evocara. E a magoava.

– O que você quer dizer? – Grace perguntou.

Ele evitou seu olhar.

– Atena me ofereceu um jeito de voltar para casa. Assim que a maldição for rompida, ela me mandará de volta para a Macedônia.

Grace esforçou-se para respirar.

– Entendo – ela falou, mesmo que por dentro estivesse morrendo. – Você vai apenas usar o meu corpo e então partirá. – Sua garganta se apertou. – Pelo menos eu não vou precisar chamar Selena para me levar para casa depois.

Julian encolheu-se, como se ela o tivesse estapeado.

– O que você quer de mim, Grace? Por que desejaria que eu ficasse aqui?

Ela não sabia como responder. Tudo o que sabia era que não desejava que ele partisse. Queria que ele ficasse.

Mas apenas se ele desejasse.

– Quer saber? – ela falou, zangada com o pensamento de que ele a abandonaria. – Eu não quero que você fique. Na verdade, por que você não vai para casa com Selena por alguns dias? – Olhou para a amiga e perguntou: – Você se importaria?

A boca de Selena se abriu e se fechou, como a de um peixe tentando respirar.

Julian estendeu a mão para tocá-la.

– Grace...

– Não me toque! – Ela afastou o braço. – Você me dá nojo.

– Grace! – Selena a repreendeu. – Não acredito que você...

– Está tudo bem – disse Julian, com a voz vazia e fria. – Pelo menos ela não cuspiu na minha cara em seu último suspiro.

Ela o magoara. Grace via isso nos olhos dele, mas Julian também a magoara. Terrivelmente.

– Vejo você mais tarde – disse para Selena, e deixou Julian em pé ali.

Selena soltou um longo suspiro, olhando para Julian enquanto ele observava Grace afastar-se. Ele tinha o corpo inteiro rígido e a mandíbula pulsava violentamente.

– Na mosca! Diretamente no coração e nos nervos.

Julian fitou-a com um olhar hostil.

– Conte-me, oráculo, o que eu deveria ter dito?

Selena embaralhou as cartas.

– Não sei – ela respondeu, pensativa. – Acho que você nunca pode errar sendo honesto.

Julian esfregou os olhos ao sentar-se na cadeira diante da mesa de Selena. Não quisera magoar Grace.

E nunca se esqueceria do olhar em seu rosto ao cuspir nele aquelas palavras.

Não me toque. Você me dá nojo.

Esforçou-se para respirar em meio à agonia que oprimia seu peito. As Parcas ainda zombavam dele.

Devia ser um dia entediante no Olimpo.

– Quer que eu leia as cartas para você? – Selena indagou, desviando seus pensamentos do passado.

– Claro. Por que não?

Ela não podia dizer-lhe nada que já não soubesse.

– Qual é a sua pergunta?

– Algum dia eu... – Julian interrompeu-se antes de perguntar a mesma coisa que uma vez indagara ao Oráculo de Delfos. – Algum dia eu vou romper a maldição?

Selena embaralhou as cartas e colocou três delas na mesa. Os olhos dela se arregalaram.

Ele não precisava que Selena as lesse. Podia ver as cartas por si mesmo: uma torre sendo atingida por um raio; três espadas penetrando um coração; um demônio segurando as correntes de duas pessoas.

– Tudo bem – disse. – Eu nunca acreditei realmente que isso aconteceria.

– Não é isso o que elas dizem – Selena sussurrou. – Mas você tem uma batalha infernal pela frente.

Ele riu com amargura.

– Com batalhas, eu posso lidar.

Mas era a dor no coração que o mataria.

Grace enxugou as lágrimas ao estacionar o carro quando chegou em casa. Cerrando os dentes, saiu e bateu a porta.

Para o inferno com Julian! Ele podia ficar preso naquele livro por toda a eternidade. Ela não era um pedaço de carne para servir às necessidades dele.

Como ele poderia...

Procurou desajeitadamente a chave.

– Como ele não poderia? – sussurrou, encontrando a chave e abrindo a porta.

Sua raiva esgotou-se. Estava sendo irracional e sabia disso. Não era culpa de Julian que Paul tivesse sido um porco egoísta, nem que ela tivesse medo de ser usada.

Estava culpando-o por algo de que ele não participara, e ainda assim...

Queria apenas alguém que a amasse. Alguém que quisesse ficar com ela.

Esperava que, ao ajudar Julian, ele permanecesse ali e...

Fechando a porta, ela balançou a cabeça. Não importava o quanto desejava que fosse diferente, aquilo não estava destinado a acontecer. Escutara o que Ben tinha dito a respeito da vida de Julian. E o que Julian mesmo contara às crianças sobre a batalha.

Lembrou-se da forma como ele atravessara a rua e salvara a vida daquele menino.

Julian nascera e fora criado para liderar exércitos. Ele não pertencia ao seu mundo.

Ele pertencia ao próprio mundo.

Era egoísmo querer mantê-lo ao seu lado, como algum animal de estimação que resgatara.

Grace arrastou-se para cima, com o coração pesado. Precisaria proteger-se dele. Era tudo o que podia fazer, pois, em seu íntimo, sabia que quanto mais o conhecesse mais se importaria com ele. E, se Julian não tinha intenção de ficar, ela terminaria magoando-se.

Estava a meio caminho na escada, quando alguém bateu na porta da frente. Por um instante, animou-se achando que poderia ser Julian... até chegar à porta e ver o vulto de um homem pequeno na varanda.

Abriu uma fresta na porta e ficou boquiaberta.

Era Rodney Carmichael.

Ele usava um terno marrom-escuro com uma camisa amarela e gravata vermelha. Os cabelos negros e curtos estavam penteados com gel para trás, e ele mostrava um sorriso radiante.

– Oi, Grace!

– Sr. Carmichael – ela falou friamente, embora seu coração batesse com força. Havia algo indefinidamente assustador naquele homem pequeno e magro –, o que está fazendo aqui?

– Eu só queria dizer um "oi". Achei que poderíamos...

– O senhor precisa ir embora.

Ele franziu a testa.

– Por quê? Só quero falar com você.

– Porque eu não atendo pacientes em casa.

– Sim, mas eu não sou...

– Sr. Carmichael – disse com firmeza –, eu realmente preciso que vá embora. Se não for, chamarei a polícia.

Impassível ante a raiva em sua voz, ele assentiu pacientemente.

– Ah, você deve estar ocupada. Entendo. Eu também tenho uma porção de coisas para fazer. E se eu vier mais tarde? Podemos jantar.

Atordoada, ela o encarou.

– Não.

Ele sorriu.

– Vamos lá, Grace. Não seja assim. Você sabe que estamos destinados um ao outro. Se você apenas me deixasse...

– Vá embora!

– Certo, mas eu voltarei. Temos um monte de coisas para falar.

Ele se virou e atravessou a varanda.

Com o coração acelerado, ela trancou a porta.

– Vou matar você, Luanne – ela murmurou, dirigindo-se à cozinha.

Ao passar pela sala de estar, uma sombra na janela chamou-lhe a atenção. Era Rodney.

Consternada, Grace pegou o telefone e chamou a polícia.

Eles levaram quase uma hora para chegar. Rodney ficou do lado de fora o tempo todo, movendo-se de janela em janela para observá-la através das fendas das cortinas. Apenas quando viu o carro da polícia parar diante da casa, ele correu pelo quintal dos fundos e sumiu.

Grace inspirou profundamente para acalmar-se e deixou os policiais entrarem.

Eles permaneceram ali tempo suficiente para lhe dizer que não havia nada que pudessem fazer para manter o homem permanentemente afastado. O melhor que ela faria seria obter uma ordem de restrição contra ele, mas isso seria inútil, uma vez que fora requisitada para tratá-lo até que Luanne retornasse.

– Sinto muito – um dos policiais disse quando ela os acompanhou até a porta –, mas ele não infringiu nenhuma lei que nos permita afastá-lo de uma vez. Você poderia registrar uma queixa por invasão de propriedade, mas, a menos que ele tenha antecedentes, não há muito que se possa fazer.

– O jovem policial lançou-lhe um olhar solidário. – Sei que não é tranquilizador. Podemos tentar patrulhar a área um pouco mais, porém o verão é realmente uma época agitada para nós. Pessoalmente, eu aconselharia que fosse passar algum tempo com uma amiga.

– Certo, obrigada.

Assim que eles partiram, Grace correu pela casa, assegurando-se de que todas as portas e janelas estivessem trancadas.

Apreensiva, olhou ao redor, como se esperasse que Rodney fosse entrar por um buraco na parede, como uma barata.

Se ao menos soubesse se ele poderia ser perigoso... O relatório do hospital estadual mencionava seu comportamento fora do padrão por intrometer-se nas vidas das mulheres, mas nunca ferira nenhuma delas fisicamente. Ele apenas amedrontava as vítimas com sua persistência irracional e, por esse motivo, fora encaminhado ao hospital para uma avaliação.

A psicóloga dentro de Grace dizia que não havia nada particularmente perigoso a respeito de Rodney, mas a mulher nela estava assustada, de qualquer forma.

A última coisa que desejava era virar estatística.

Não, ela não podia ficar ali esperando que ele voltasse e a encontrasse sozinha.

Correndo para cima, foi fazer as malas.

Capítulo 11

Selena observou Julian andar de um lado para o outro diante de sua banca, enquanto ela lia as cartas para um turista. Oh, Deus, ela seria capaz de admirar aquele homem andando o dia inteiro! Ele tinha um porte tão maravilhoso que lhe provocava o desejo de ir para casa e fazer coisas pecaminosas com o marido.

Repetidas vezes, as mulheres se aproximavam e Julian as afastava. Era até engraçado assistir às mulheres pavoneando-se ao redor dele enquanto ele permanecia alheio às suas tramas. Nunca soubera que um homem assim existia.

No entanto, até mesmo ela podia enjoar-se de chocolate se comesse em demasia.

E, a julgar pela forma como as mulheres reagiam a Julian, tinha certeza de que ele tivera cólicas por causa do abuso. E o pior era que ele parecia terrivelmente atormentado.

Selena sentia-se péssima pelo que fizera com os dois. A princípio, sua ideia parecera impecável. Se tivesse pensado um pouco melhor...

Como ela poderia saber quem fora Julian? Se pelo menos tivesse reconhecido o nome dele... Contudo, sua especialidade era a Grécia da Idade do Bronze, o que era história antiga até mesmo na época de Julian.

Além disso, ela realmente não pensara no homem no livro como uma pessoa real. Imaginara que ele fosse algum tipo de gênio da lâmpada, sem um passado ou sentimentos.

Minha nossa, quando ela se atrapalhava, era em grande estilo!

Meneando a cabeça, observou-o recusar outra oferta de uma atraente ruiva. O homem era um ímã de estrógeno.

Ela terminou a leitura de cartas e Julian aguardou alguns instantes, antes de ir até sua mesa.

– Leve-me até Grace.

Não era um pedido. Ele dissera aquilo em um tom de voz que ela tinha certeza de que ele já usara para ordenar que as tropas se preparassem para a batalha.

– Ela disse...

– Não me importa o que ela disse. Preciso vê-la.

Selena embrulhou as cartas no lenço de seda negro. Que diabos! Ela não precisava mesmo de uma melhor amiga.

– Será o seu enterro.

– Quem me dera – ele falou em um tom tão baixo que ela não teve certeza de ter escutado corretamente.

Julian ajudou-a a fechar a banca e a levar seu carrinho até o abrigo que ela alugava para guardá-lo.

Logo, dirigiam-se à casa de Grace.

Eles encostaram o veículo na calçada, ao mesmo tempo em que Grace levava uma mala até o carro.

– Ei, Gracie – Selena chamou-a. – Aonde está indo?

Grace encarou Julian.

– Ficarei fora por alguns dias.

– Onde? – Selena perguntou.

Ela não respondeu.

Julian desceu do carro e foi até ela. Iria ajeitar as coisas, não importando o quanto custasse.

Atirando a bagagem no porta-malas, Grace afastou-se dele, mas Julian agarrou-lhe o braço.

– Você não respondeu à pergunta dela.

Ela se livrou de suas mãos e apertou os olhos.

– O que você vai fazer? Vai me agredir se eu não responder?

Retraindo-se ante tanto rancor, ele disse:

– E você ainda se pergunta por que eu quero partir.

E então Julian viu, nos olhos brilhantes, as lágrimas que ela se esforçava em ocultar.

– Sinto muito, Grace – ele sussurrou, tocando-a no rosto. – Eu não pretendi magoá-la.

Grace viu o arrependimento e o anseio guerrearem no rosto dele. O toque era caloroso e gentil. Por um instante, ela quase acreditou que Julian se importava com ela.

– Eu também sinto muito – ela murmurou. – Sei que não é culpa sua.

Ele riu com amargura.

– Na verdade, tudo isso é culpa minha.

– Ei! Vocês dois estão bem? – Selena perguntou.

O olhar de Julian parecia queimar Grace, fazendo-a tremer com tamanha intensidade.

– Quer que eu vá embora? – ele perguntou.

Não, ela não queria. Todo o problema era esse. Não queria que ele a deixasse de novo. Nunca mais.

Tomando as mãos dele entre as suas, ela as baixou de sua face.

– Está tudo bem, Selena.

– Nesse caso, vou para casa. Até mais.

Grace mal a escutou se afastar, pois toda a sua atenção estava concentrada em Julian.

– Aonde você estava indo? – ele quis saber.

Pela primeira vez desde que a polícia saíra de lá, ela pôde respirar tranquilamente. Com a presença de Julian, todo o seu medo evaporou como a névoa sob a luz do sol. Sentia-se verdadeiramente segura.

– Lembra que lhe contei a respeito de Rodney Carmichael?

Ele assentiu.

– Ele veio até aqui. Ele... ele me preocupa.

A fúria fria e inflexível no rosto dele a deixou atordoada.

– Onde ele está agora?

– Não sei. A polícia chegou e ele sumiu. Por isso eu estava indo embora. Ia ficar em um hotel.

– Você ainda quer ir embora?

Ela meneou a cabeça. Com Julian ali, sentia-se protegida.

– Vou pegar a sua mala – disse.

Pegando-a no carro, fechou o porta-malas.

Grace voltou para dentro de casa, seguida por Julian.

Eles passaram o restante do dia em uma agradável tranquilidade. Naquela noite, estavam acomodados no chão diante do sofá, apoiados nas almofadas.

Grace deitava-se com a cabeça no ventre firme de Julian, enquanto lia o restante de *Peter Pan* e fazia o máximo possível para não reparar em como ele cheirava bem. E em como era bom senti-lo tão perto.

Precisou de toda a força de vontade para não se virar e explorar aquele peito musculoso com os lábios.

Ele passava a mão lentamente por seus cabelos enquanto a observava. Oh, como aquele toque a incendiava, fazendo-a desejar tirar-lhe as roupas e provar cada pedacinho dele!

– Fim – ela anunciou, fechando o livro.

O olhar ardente no rosto de Julian roubou-lhe o fôlego. Grace esticou-se, arqueando as costas de leve contra ele.

– Quer que eu leia mais alguma coisa?

– Por favor. Sua voz me acalma.

Ela o encarou por um instante, e então sorriu. Não se lembrava do último elogio que a tocara tão profundamente quanto aquele.

– Eu guardo a maioria dos livros no meu quarto. – Ela se levantou. – Venha. Vou lhe mostrar meu tesouro especial e, em seguida, vamos encontrar mais alguma coisa.

Ele a seguiu até o andar de cima. Grace não deixou de notar o olhar desejoso que ele lançou à cama, e depois a ela.

Preferindo ignorar o fato, ela abriu a porta do *closet*. Acendendo a luz, passou a mão com carinho nas prateleiras que seu pai construíra anos atrás.

Fora muito engraçado vê-lo montar as prateleiras junto com o melhor amigo. Ambos estudiosos, tinham feito uma bagunça terrível, e seu pai ficou com duas unhas pretas antes que o projeto fosse concluído. Sua mãe o provocara o tempo todo, chamando-o de "meu marceneiro profissional". Porém, ele não se importara, e o olhar que ostentava no rosto quando orgulhosamente terminara a tarefa e colocara seus livros nas prateleiras estava indelevelmente gravado em seu coração.

Ela adorava esse quarto. Era ali que realmente sentia o amor dos pais. Era para lá que ia ao fugir de qualquer problema ou aflição.

Cada livro no *closet* era uma lembrança especial, e eles significavam o mundo para Grace. À esquerda, olhou para *Shanna*, que dera início ao seu vício por romances. *The Wolfling*, que a apresentara à ficção científica. E o estimado *Bimbos of the Death Sun*, que fora seu primeiro livro de mistério.

Os romances antigos de seus pais também estavam ali, assim como três cópias dos livros didáticos que seu pai escrevera antes de ela nascer.

Aquele era seu santuário especial, e Julian era a primeira pessoa, além de seus pais, que ela deixava entrar ali.

– Você tem colecionado livros por um bom tempo – ele comentou, olhando as prateleiras repletas.

Ela anuiu.

– Eles eram meus melhores amigos enquanto eu crescia. Acho que o amor pela leitura é provavelmente o maior presente que meus pais me deram. – Ela ergueu *Peter Pan*. – Este era do meu pai quando ele era criança. É meu bem mais apreciado. – Colocou-o na prateleira e pegou uma cópia de *Beleza Negra*. – Este aqui, minha mãe leu várias vezes para mim. – Grace mostrou-lhe rapidamente alguns títulos. – *Vidas Sem Rumo* – sussurrou com reverência – era meu livro favorito na escola. Oh, e este, *Can You Sue Your Parents for Malpractice?*[6]

---

6 O nome do livro pode ser traduzido como: "Você pode processar seus pais por agirem de forma inadequada?" (N.T.).

Julian riu.

– Vejo o quanto eles significavam para você. Seu rosto inteiro está brilhando.

Algo nos olhos de Julian a levou a considerar que ele estava pensando em uma forma de fazê-la brilhar também.

Engolindo em seco ante o pensamento, ela se virou e procurou um livro na prateleira à sua direita, onde mantinha os clássicos, enquanto Julian olhava à esquerda.

– Que tal este aqui? – ele perguntou, estendendo-lhe um dos romances históricos.

Grace riu com nervosismo diante do casal seminu abraçado na capa.

– Oh, acho que não.

Ele olhou para a capa com a sobrancelha arqueada.

– Certo – ela falou, tomando o livro da mão dele. – Você descobriu meu segredo. Sou uma terrível viciada em romances históricos, mas a última coisa de que você precisa é que eu leia em voz alta uma excitante cena de amor.

Ele fitou seus lábios.

– Eu preferiria criar uma excitante cena de amor – ele sussurrou, movendo-se até parar diante dela.

Grace tremia. Com as costas junto à prateleira, não podia recuar. Ele pôs um braço sobre sua cabeça ao pressionar o corpo contra o dela, antes de tomar-lhe os lábios.

Fechando os olhos, tudo o que podia sentir ou cheirar era Julian. Ele a envolvia de uma forma perturbadora.

Desta vez, ele manteve as mãos longe dela, tocando apenas seus lábios com os dele. Não importava, pois, mesmo assim, ficou zonza.

Como a esposa dele podia ter escolhido outro homem no lugar de Julian? Como qualquer mulher em sã consciência podia não desejar este homem? Ele era o paraíso.

Julian aprofundou o beijo, explorando sua boca. Ela sentia o coração dele batendo com força conforme os músculos flexionavam-se ao seu redor.

Nunca tivera tamanha consciência de outro ser humano. Ele a levava ao limite, fazendo-a experimentar sensações que não sabia existirem.

Afastando-se um pouco, ele pressionou a face contra a dela. O hálito morno agitava seus cabelos e provocava arrepios por seu corpo.

– Desejo-a tanto, Grace... – ele sussurrou. – Quero sentir suas pernas ao meu redor, seus seios contra o meu peito, escutá-la gemer enquanto eu faço amor lento e doce com você. Quero seu cheiro no meu corpo, sua respiração na minha pele... – Tenso, ele se afastou. – Porém, estou acostumado a desejar o que eu não posso ter.

Ela o tocou no braço. Julian capturou sua mão e ergueu-a até os lábios, beijando-a com gentileza. O desejo no belo rosto afetou-a.

– Encontre um livro e eu vou me comportar.

Grace engoliu em seco de novo quando ele a deixou. Foi então que avistou sua antiga cópia da *Ilíada*. Sorriu. Tinha certeza de que ele apreciaria aquilo. Pegando-a, desceu as escadas e o encontrou sentado em frente ao sofá.

– Adivinhe o que eu achei! – ela exclamou com entusiasmo. – Não tenho ideia.

Grace estendeu o livro, sorrindo.

– A *Ilíada*!

Ele se animou de imediato, revelando as covinhas encantadoras ao sorrir.

– *"Canta-me, ó deusa."*

– Muito bom! – Ela sentou-se ao lado dele. – E você vai gostar ainda mais deste livro, pois tem a versão original em grego e a tradução.

Ela entregou-lhe o volume.

Ele parecia ter recebido o tesouro de um rei. Abriu o livro.

De imediato, seus olhos percorreram as páginas enquanto passava a mão com reverência sobre a antiga escrita grega.

Julian não conseguia acreditar que estivesse vendo seu idioma de novo. Fazia muito tempo que vira qualquer escrita pela última vez, à exceção do que estava marcado em seu braço.

Sempre amara a *Ilíada* e a *Odisseia*. Quando criança, ele passara horas escondido atrás do alojamento lendo pergaminhos ou se esgueirando para ouvir os bardos na praça da aldeia.

Compreendia bem como Grace se sentia em relação aos livros. Ele fora assim na juventude. A cada chance que tivera, escapara para o mundo da fantasia, onde heróis sempre triunfavam. Onde demônios e vilões eram aniquilados. Onde mães e pais amavam os filhos.

Nas histórias, não havia fome ou dor. Havia liberdade e esperança. Fora por meio dessas histórias que ele conhecera compaixão e bondade. Honra e integridade.

Grace ajoelhou-se ao seu lado.

– Você sente falta de sua casa, não é?

Julian desviou o olhar. Sentia saudades apenas dos filhos.

Ao contrário de Kyrian, ele nunca apreciara a batalha. O mau cheiro da morte e do sangue, os gemidos dos agonizantes. Lutara apenas porque era o que se esperava dele. E liderara porque, como dizia Platão, todos tinham, por natureza, habilidade para uma atividade em particular, que idealmente procurariam. Por sua natureza, Julian era um líder, e não alguém que seguisse os demais.

Não, na verdade, ele não sentia falta de casa, mas...

– Foi tudo o que eu conheci.

Ela o tocou no ombro, mas foi a preocupação nos olhos cinza-claros que o afetou.

– Você queria que seu filho fosse um soldado?

Julian meneou a cabeça.

– Nunca quis que a juventude dele fosse abreviada, como aconteceu com tantos dos meus soldados – disse ele, com voz rouca. – Irônico, não é? Eu nem mesmo permiti que ele ficasse com a espada de brinquedo que Kyrian lhe deu de presente de aniversário, nem deixava que ele tocasse a minha quando eu estava em casa.

Ela pôs a mão em seu pescoço e puxou-o para perto. O toque de Grace era incrivelmente reconfortante. Tão terno. E provocava nele uma dolorosa sensação de solidão.

– Qual era o nome dele?

Julian engoliu em seco. Não falava em voz alta o nome de seus filhos desde o dia em que haviam morrido. Não ousara fazer isso e, ainda assim, queria compartilhar aquilo com Grace.

– Atolycus. Minha filha era Callista.

O sorriso de Grace revelava tristeza, como se ela compartilhasse a dor de sua perda.

– Eles tinham nomes lindos.

– Eram crianças lindas.

– Se eram como você, eu tenho certeza disso.

Aquela era a coisa mais amável que alguém já lhe dissera.

Julian passou a mão pelos cabelos dela, deixando que os fios sedosos preenchessem sua palma. Fechando os olhos, desejou permanecer daquele jeito para sempre.

Foi oprimido pelo medo de perdê-la. Nunca gostara da ideia de ser sugado para dentro daquele inferno vazio, mas agora o pensamento de nunca mais vê-la, ou de nunca mais sentir o aroma daquela pele macia, de pôr sua palma na face corada...

Era mais do que podia suportar.

Pelos deuses! E ele havia pensado que estivera amaldiçoado antes!

Grace afastou-se e beijou-lhe de leve nos lábios, antes de pegar o livro.

Julian engoliu em seco outra vez. Ela queria salvá-lo e, pela primeira vez em séculos, ele queria ser salvo.

Deslizou um pouco mais no chão, para que ela voltasse a deitar a cabeça em seu abdômen. Adorava senti-la ali, com os cabelos esparramando-se sobre seus braços e peito.

Ficaram deitados no chão até as primeiras horas da manhã, enquanto ele a escutava ler sobre Odisseu e Aquiles.

Observou-a ficar cansada, mas ela prosseguiu lendo. O relógio no andar de cima soou três horas, quando ela bocejou e virou a página. Grace tentou manter os olhos abertos, mas estava exausta e, por fim, adormeceu.

Sorrindo, ele tirou o livro das mãos dela e colocou-o de lado. Tocou-a no rosto enquanto a observava.

Ele não estava com sono. Não queria perder um único segundo ao lado de Grace. Fitando-a, tocando-a, absorvendo-a. Apreciaria aqueles momentos para sempre.

Nunca passara uma noite como aquela, apenas deitado confortavelmente com uma mulher, sem que ela o apalpasse, exigindo seu toque.

Em sua época, homens e mulheres não passavam muito tempo juntos. Durante os períodos em que estava em casa, Penélope raramente falava com ele. Na verdade, nunca demonstrara muito interesse nele.

Quando a procurava à noite, ela não o rejeitava. Porém, tampouco ansiava por seu toque. Sempre conseguira extrair uma reação acalorada do corpo da esposa, mas nunca do coração.

Afagou os cabelos escuros de Grace, deliciando-se com a forma como envolviam sua mão. Seu olhar recaiu sobre o anel, que brilhava debilmente sob a luz.

Conseguia visualizá-lo coberto de sangue, sentindo o modo como se comprimia ao seu dedo quando brandia a espada em batalha. Aquele anel significara tudo para ele, e não o obtivera facilmente. Ele o conquistara com o suor de seu corpo e com as feridas infligidas à sua carne. Custara muito, mas valera a pena.

Por um tempo, se não amado, tinha sido respeitado. Em sua vida mortal, aquilo significara tudo para ele.

Suspirando, encostou a cabeça na almofada do sofá atrás de si e fechou os olhos.

Quando finalmente adormeceu, não foram as faces do passado que assombraram seus sonhos, mas sim a visão de olhos cinza-claros rindo com ele, e de cabelos escuros espalhando-se sobre seu peito, enquanto uma voz terna e suave lia palavras que lhe eram familiares e, de alguma forma, estranhas.

Grace espreguiçou-se languidamente ao despertar. Abrindo os olhos, surpreendeu-se ao perceber que sua cabeça estava sobre o ventre de Julian e que a mão direita dele estava enterrada em seus cabelos. Pela respiração profunda, sabia que ele ainda estava dormindo.

Fitou-o. Com o rosto relaxado, ele parecia quase pueril.

E foi então que percebeu que ele não fora atormentado pelo pesadelo. Julian dormira a noite inteira.

Sorrindo, ela se levantou devagar tentando não despertá-lo.

Não funcionou. Assim que se afastou, os olhos dele se abriram e a encararam ardentemente.

– Grace – ele sussurrou.

– Não queria acordá-lo.

– Não tem problema.

Grace apontou para as escadas com o polegar.

– Eu ia subir para tomar um banho. Preciso trancar a porta?

Ele a percorreu com os olhos.

– Não. Acho que consigo me comportar.

Ela sorriu.

– Acho que já ouvi isso antes.

Julian não respondeu.

Ela subiu e tomou uma ducha rápida. Quando acabou, foi ao quarto e encontrou Julian deitado na cama, folheando o exemplar da *Ilíada*.

Ao olhar para ela, Julian a viu usando apenas a toalha. Aquelas covinhas se revelaram e a luxúria refletiu-se no belo rosto, propagando ondas de calor por todo o seu corpo.

– Vou só pegar as minhas roupas e...

– Não – disse Julian em um tom autoritário.

– Não? – ela indagou, descrente.

A face de Julian suavizou-se.

– Prefiro que se vista aqui.

– Julian...

– Por favor.

Grace mexeu-se desconfortavelmente. Nunca fizera algo daquele tipo na vida.

– Por favor... – ele pediu de novo, com um leve sorriso.

Que mulher seria capaz de recusar algo a um olhar como aquele?

Ela o fitou de viés.

– Não ouse rir – avisou, abrindo a toalha de forma hesitante.

Julian encarou-a com um olhar faminto.

– Pode ter certeza de que a última coisa em que estou pensando é em rir.

Ele saiu da cama. Movendo-se como um gracioso predador, abriu a gaveta na qual ela guardava a lingerie. Um estranho tremor a percorreu ao vê-lo mover a mão por suas calcinhas, até encontrar a de seda negra que Selena lhe dera de presente, como uma brincadeira.

Tirando-a da gaveta, ele se ajoelhou diante dela. Ofegante e quente, Grace olhou para o topo da cabeça dourada e ergueu o pé, permitindo que ele a vestisse.

Conforme as mãos fortes deslizavam a seda por sua perna, os lábios trilhavam um caminho logo atrás, devastando seus sentidos. E, assim que terminou de vesti-la, acariciou-a de leve nas coxas antes de afastar-se.

Em seguida, ele pegou o sutiã negro do conjunto.

Como uma boneca sem vontade própria, Grace permitiu que ele o colocasse. As mãos roçaram seus mamilos ao prenderem o fecho à frente. Então, ele deslizou os dedos sob o tecido, fazendo uma breve e quente carícia que a arrepiou por inteiro.

Julian beijou-a, percorrido por um desejo que exigia satisfação.

Grace gemeu quando o beijo se aprofundou. Ele a ergueu e a carregou até perto da cama, onde a posicionou diante dele. Por instinto, envolveu-lhe a cintura com as pernas, murmurando de prazer ao sentir o abdômen musculoso pressionar seu corpo.

Julian acariciou-a nas costas. Tinha a imagem do corpo molhado e despido gravada em sua mente. Estava a ponto de perder o controle, quando uma luz brilhou no quarto.

Com os olhos doendo, afastou-se de Grace.

– Foi você? – ela indagou sem fôlego, fitando-o.

Divertido, ele meneou a cabeça.

– Gostaria de levar o crédito por isso, mas tenho certeza de que teve outra fonte.

Olhando ao redor, viu a cama e piscou.

Não podia ser...

– O que foi? – Grace indagou, virando-se para a cama.

– É meu escudo – ele murmurou, incapaz de crer em seus olhos.

Não via seu escudo fazia séculos. Atordoado, continuou olhando para o objeto que reluzia no meio do colchão.

Conhecia cada saliência, cada arranhão, e se lembrava dos golpes que tinham provocado cada uma das marcas.

Temendo estar sonhando, estendeu a mão para tocar o relevo em bronze de Atena e sua coruja.

– E sua espada também?

Ele agarrou a mão de Grace antes que ela a tocasse.

– Essa é a Espada de Cronos. Nunca a toque. Se alguém que não tem o sangue dele a manuseia, tem a pele queimada para sempre.

– É mesmo?

Ela se afastou da espada.

– Sim.

Grace olhou para a cama, franzindo o cenho com severidade.

– Por que estão aqui?

– Não sei.

– Quem os enviou?

– Não sei.

– Bem, isso não é muito útil.

Julian não pareceu notar o sarcasmo. Ele passou a mão pelo objeto como um pai carinhoso que encontra um filho perdido há muito tempo.

Então, ele pegou a espada e colocou-a sob a cama.

– Não se esqueça de que está aqui embaixo – disse com firmeza. – Assegure-se de nunca tocá-la. – Com a testa franzida, voltou a olhar para o escudo. – Minha mãe deve tê-la enviado. Só ela ou um de seus filhos poderia ter feito isso.

– E por que ela faria isso?

Julian estreitou os olhos ao lembrar-se do restante da lenda da espada.

– Tenho certeza de que ela a enviou para o caso de eu ter de enfrentar Príapo. A Espada de Cronos também é chamada de Espada da Justiça. Não vai matá-lo, mas vai fazê-lo ocupar o meu lugar no livro.

– Está falando sério?

Ele anuiu.

– Posso tocar o escudo?

– Claro.

Grace passou a mão pelo trabalho incrustado em negro e dourado que formava a imagem de Atena e sua coruja.

– É lindo – ela murmurou com admiração.

– Kyrian mandou fazê-lo e me deu de presente, quando me tornei comandante.

Ela tocou a inscrição sob Atena.

– O que diz aqui?

– "A morte antes da desonra" – ele respondeu, com as palavras prendendo-se em sua garganta.

Sorriu com melancolia ao lembrar-se de Kyrian em pé ao seu lado durante as batalhas.

– No escudo de Kyrian estava escrito: "O espólio ao vencedor". Ele costumava encarar-me antes da luta e dizer: "Você fica com a honra, *adelphos*, e pode deixar as recompensas para mim".

Grace reparou no tom estranho da voz de Julian. Tentando imaginar a aparência dele ao segurar o escudo, ela o puxou para mais perto.

– Kyrian? O homem que foi crucificado?

– Sim.

– Você gostava muito dele, não é?

Ele deu um sorriso triste.

– Levou algum tempo para isso acontecer. Quando eu tinha vinte e três anos, o tio dele o designou para servir sob o meu comando, com um aviso preciso do que aconteceria comigo se eu deixasse *Sua Alteza* ser ferido.

– Ele era um príncipe?

Julian assentiu.

– E ele era realmente destemido. Mal completara vinte anos e lançava-se impulsivamente em batalhas ou lutas, desafiando qualquer um a feri-lo. Parecia que, a cada vez em que eu me virava, eu o arrancava de algum percalço bizarro. Mas era difícil odiá-lo. Apesar do jeito impetuoso, ele tinha um grande senso de humor e era extremamente leal. – Ele passou a mão pelo escudo. – Eu só gostaria de ter estado lá para salvá-lo dos romanos.

Grace esfregou-lhe o braço solidariamente.

– Tenho certeza de que vocês dois poderiam ter enfrentado qualquer coisa juntos.

As palavras provocaram um brilho no olhar de Julian.

– Quando nossos exércitos marchavam juntos, éramos invencíveis. – Sua mandíbula flexionou-se ao olhar para ela. – Era uma questão de tempo até Roma ser nossa.

– Por que vocês dois queriam tanto Roma?

– Eu jurei destruir Roma depois que os romanos tomaram Prymaria. Kyrian e eu tínhamos sido chamados, mas, quando chegamos lá, era tarde demais. Eles haviam friamente arrebanhado mulheres e crianças na cidade e matado cada uma delas. Eu nunca tinha visto tamanho massacre. – Seus olhos se escureceram. – Enquanto tentávamos enterrar os mortos, os romanos nos emboscaram.

Grace gelou ao ouvir aquilo.

– O que aconteceu?

– Eu havia derrotado Lívio e estava prestes a matá-lo, quando Príapo interferiu. Ele lançou um raio em meu cavalo e eu fui atirado até os romanos. Eu tive certeza de que era um homem morto. Então, do nada, Kyrian apareceu. Ele afastou Lívio até que eu conseguisse me reerguer. Lívio bateu em retirada e sumiu antes que conseguíssemos matá-lo.

Julian estava atrás dela, tão próximo que podia sentir o calor do corpo forte. Ele apoiou um braço de cada lado seu no colchão e pressionou o peito contra as costas dela.

Grace cerrou os dentes diante da ferocidade do desejo que sentiu. Mesmo sem abraçá-la, ele perturbava todos os seus sentidos. Inclinando a cabeça, Julian tocou-a no pescoço com os lábios, disparando os hormônios em seu organismo. Ela arqueou as costas. Se não o interrompesse...

– Julian – sussurrou, mas sua voz não continha o tom de aviso que ela pretendera.

– Eu sei – ele murmurou. – Estou indo tomar um banho frio.

Ao sair do quarto, ela o ouviu resmungar, zangado:

– Sozinho.

Após tomarem o café da manhã, Grace decidiu ensiná-lo a dirigir.

– Isso é ridículo – disse Julian, enquanto ela entrava com o carro no estacionamento da escola.

– Ora, vamos lá! – ela o provocou. – Você não está curioso?

– Não.

– Não?

Ele suspirou.

– Certo. Um pouco.

– Bem, então imagine as histórias que vai poder contar aos seus homens, quando voltar para a Macedônia, a respeito da grande besta de aço que você dirigiu... dentro de um estacionamento.

Ele lhe lançou um olhar confuso.

– Isso significa que você está lidando bem com a minha partida?

Não, ela queria gritar. Em vez disso, suspirou. Em seu coração, sabia que nunca poderia pedir-lhe que desistisse de tudo em seu passado para ficar ao seu lado.

Julian da Macedônia era um herói. Uma lenda.

Nunca seria um homem de modos comedidos do século XXI.

– Sei que não posso ficar com você. Afinal, você não é um filhote perdido que me seguiu até em casa.

Julian ficou tenso ao ouvi-la. As palavras refletiam a forma de Grace agir. E era isso o que tornava tão difícil abandoná-la. Como poderia abrir mão da única pessoa que já o enxergara como um homem?

Não sabia por que ela queria ensiná-lo a dirigir, mas compartilhar seu mundo com ele parecia agradá-la. E, por algum motivo no qual não tolerava pensar, ele gostava de fazê-la feliz.

– Certo, então me mostre como domar esta besta.

Grace estacionou o carro e eles trocaram de lugar.

Assim que Julian entrou, ela se encolheu ante a visão de um homem de um metro e noventa de altura espremido em um espaço para acomodar uma mulher de um metro e cinquenta e sete.

– Eu me esqueci de empurrar o banco para trás. Desculpe.

– Não consigo respirar ou me mexer, mas está tudo bem.

Ela riu.

– Há uma alavanca sob o assento. Se puxá-la, vai conseguir empurrar o banco.

Ele tentou, mas estava imobilizado no espaço apertado e não conseguia alcançar a alavanca.

– Espere – disse Grace. – Eu faço isso.

Julian inclinou a cabeça para trás enquanto ela se debruçava sobre sua coxa, pressionando os seios em sua perna e estendendo a mão entre seus joelhos. Sentiu o corpo reagir de imediato.

Quando ela apoiou o rosto em sua virilha para se esforçar para empurrar o banco, ele achou que fosse morrer.

– Sabe, você está na posição perfeita para...

– Julian! – ela exclamou. Afastou-se e, ao notar que ele estava excitado, ficou vermelha. – Sinto muito.

– Eu também – ele sussurrou.

Infelizmente, ela ainda precisava mover o banco. Portanto, ele foi obrigado a resistir àquela posição uma vez mais.

Cerrando os entes, Julian ergueu um braço e agarrou o apoio para a cabeça, apertando-o com força e lutando contra o ardente desejo que o dominava.

– Você está bem? – ela indagou, depois que conseguiu ajeitar o assento e se endireitar.

– Oh, sim – ele respondeu com sarcasmo. – Estou ótimo, considerando que andei sobre fogueiras que me provocaram um sofrimento menor do que este que minha virilha está causando no momento.

– Eu disse que sinto muito.

Ele apenas a fitou.

Grace deu-lhe um tapinha gentil no braço.

– Certo, você consegue alcançar os pedais?

– Eu gostaria de alcançar os seus pedais...

– Julian! – ela o repreendeu. O homem era realmente lascivo. – Você pode se concentrar?

– Está bem, estou me concentrando.

– Eu não quis dizer nos meus seios.

Ele desviou o olhar ardente para seu colo.

– Aí também não.

Para seu espanto, ele brincou fazendo um beicinho que lembrava o de uma criança contrariada. A expressão incomum levou-a a rir outra vez.

– Certo. O pedal à esquerda é a embreagem, o do meio é o freio e o da direita é o acelerador. Você se lembra do que eu disse a respeito deles?

– Sim.

– Ótimo. Agora, a primeira coisa que você faz é pressionar a embreagem e engatar a marcha. – Ela colocou a mão dele no câmbio e mostrou-lhe como movê-lo.

– Sabe, Grace, você não deveria acariciar isso na minha frente. É cruel.

– Julian! Você pode se comportar? Estou só tentando mostrar como usar o câmbio.

Ele bufou.

– Eu gostaria que você mexesse no meu câmbio dessa forma.

Grace rosnou para ele.

Com um brilho malicioso no olhar, Julian não pareceu nem um pouco arrependido.

Então ele engatou a marcha, mas soltou a embreagem cedo demais, deixando o carro morrer.

– Isso não era para acontecer, certo? – ele perguntou.

– Não, a menos que queira bater o carro.

Ele suspirou e tentou outra vez.

Uma hora mais tarde, quando Julian ainda não havia conseguido dirigir dentro do estacionamento sem bater na guia ou fazer o motor morrer, Grace admitiu o fracasso.

– Ainda bem que você era melhor como general do que é como motorista.

– Ha, ha – riu com sarcasmo. Porém, o brilho em seus olhos revelava que ele não estava verdadeiramente ofendido. – Tudo o que posso dizer em minha defesa é que meu primeiro carro era um coche de guerra.

Grace sorriu.

– Bem, não estamos em guerra nessas ruas.

Parecendo cético, ele retrucou:

– Eu não diria isso. Não se esqueça de que eu assisto aos noticiários da noite. – Ele desligou o motor. – Acho que vou deixá-la dirigir um pouco.

– É uma atitude sábia. Eu não tenho condições de comprar um carro novo no momento.

Ela saiu para que trocassem de lugar de novo. Ao se encontrarem atrás do carro, Julian agarrou-a e deu-lhe um beijo ardente que a deixou tonta. Pegou suas mãos e pressionou-as de encontro aos quadris delgados enquanto mordiscava seus lábios.

Por Deus! Uma mulher podia acostumar-se com aquilo. Acostumar-se de verdade.

Julian afastou-se.

– Quer me levar para casa e me deixar mordiscar outras coisas?

Sim, ela queria, e era por isso que não se atreveria. Na realidade, estava tão atordoada com aquele beijo que não conseguia nem falar.

Julian sorriu ao ver o olhar confuso e desejoso nos belos olhos. Ela fitava seus lábios como se ainda os saboreasse. Naquele momento, ele a desejou ainda mais do que antes. Acima de tudo, queria desatar o rabo de cavalo e deixar os cabelos sedosos esparramarem-se sobre seu peito.

Como queria que estivessem em casa, onde poderia despi-la e escutar os doces murmúrios de prazer enquanto ele...

– O carro – disse Grace, piscando como se estivesse despertando de um sonho. – Estávamos entrando no carro.

Julian deu-lhe um beijo leve na bochecha.

Após ambos entrarem e afivelarem os cintos de segurança, Grace olhou-o de viés.

– Sabe, acho que há duas coisas em Nova Orleans que você ainda precisa experimentar.

– Primeiro, eu ainda tenho que tomá-la em um...

– Pare com isso!

Ele pigarreou.

– Certo, qual é a sua lista?

– Bourbon Street e música moderna. De um dos dois eu posso cuidar agora mesmo – Grace ligou o rádio e riu ao reconhecer *Hot Blooded*[7], do Foreigner. Era bem apropriado, tendo em vista seu passageiro.

Julian escutou, mas não pareceu impressionado.

Grace mudou de estação e ele franziu o cenho.

– O que você fez?

– Mudei de estação. Precisa apenas apertar esses botões.

Ele brincou com aquilo por vários minutos até encontrar uma estação tocando *Love Hurts*[8], do Nazareth.

– Sua música é interessante.

– Faz você sentir falta da sua?

– Uma vez que a maioria das músicas que eu ouvia era dos gaiteiros e tocadores de tambores nos incitando à batalha, não. Acho que posso apreciar isso.

– Apreciar o quê? – ela perguntou com petulância. – A música ou o fato de que o amor machuca?

O humor abandonou o rosto dele.

– Como eu nunca conheci o amor, não sei se machuca ou não. Mas não posso imaginar como ser amado poderia machucar tanto quanto não ser.

---

7 Hot Blooded: de sangue quente (N.T.).

8 Love Hurts: o amor machuca (N.T.).

Grace sentiu o peito se apertar.

– Então – ela falou, querendo mudar de assunto –, o que você planeja fazer assim que chegar em casa?

– Não sei.

– Você provavelmente vai detonar Cipião, certo?

Ele riu.

– Gostaria de fazer isso.

– Por quê? O que ele fez para você?

– Ele entrou no meu caminho.

Certo, não era o que ela esperava ouvir.

– E você não gosta que ninguém entre no seu caminho?

– Você gosta?

Ela pensou naquilo.

– Acho que não.

Quando chegaram à Bourbon Street naquela tarde de domingo, o lugar fervilhava de gente. Grace abanou o rosto, tentando combater o calor opressivo.

Olhou para Julian. Ele até transpirava de forma atraente. Os cabelos úmidos encaracolavam-se ao redor do rosto e, com aqueles óculos escuros... oh, céus!

Claro que o visual era complementado pela camiseta branca que enfatizava a largura dos ombros e o abdômen definido. Quando deslizou o olhar pelo *jeans* com botões, desejou ter optado por calças mais largas.

Porém, considerando-se o andar sedutor e confiante, duvidava que um *jeans* largo poderia ocultar a evidente sensualidade.

Julian se deteve diante de um clube de *striptease*. Para crédito dele, não ficou boquiaberto ante as mulheres de calcinha na vitrine, mas Grace sentiu-lhe o choque.

Encarando-o como se quisesse devorá-lo, a dançarina exótica mordeu o lábio inferior e depois o lambeu sugestivamente enquanto apalpava os seios. Chamou-o com o dedo.

Julian virou-se.

– Nunca viu nada assim, não é? – Grace indagou, tentando disfarçar seu desconforto com as atitudes da mulher e seu alívio com a reação de Julian.

– Roma – ele falou simplesmente.

Ela riu.

– Eles não eram tão decadentes, eram?

– Você ficaria surpresa. Pelo menos, ninguém está participando de uma orgia no... – Ele se interrompeu ao passarem por um casal fazendo sexo na esquina. – Deixa para lá.

Grace riu.

– Oh, querido – uma prostituta chamou Julian, quando passaram diante de outro clube. – Entre e farei de graça com você.

Ele meneou a cabeça, sem interromper a caminhada.

Grace pegou-o pela mão e o fez parar.

– As mulheres agiam assim antes da maldição?

– Sim. Por isso Kyrian era meu único amigo. Os homens ao meu redor não suportavam a atenção que eu recebia, e as mulheres me seguiam para todos os lugares aonde eu ia, tentando enfiar as mãos embaixo da minha armadura.

Ela refletiu por um instante.

– E você tem certeza de que nenhuma dessas mulheres amava você?

Ele lhe lançou um olhar zombeteiro. – Amor e luxúria não são a mesma coisa. Como você pode amar alguém que não conhece?

– Acho que tem razão.

Eles prosseguiram a caminhada.

– Então, me fale a respeito desse seu amigo. Por que ele não se importava com o modo como as mulheres olhavam para você?

Julian sorriu.

– Kyrian estava profundamente apaixonado pela esposa e não se importava com nenhuma outra mulher. Ele nunca me viu como um rival.

– Você conheceu a esposa dele?

Ele meneou a cabeça.

– Embora nunca tivéssemos discutido isso, acho que ambos sabíamos que não seria uma boa ideia.

Grace observou a face de Julian mudar. Sabia que ele estava se lembrando de Kyrian.

– Você está se culpando pelo aconteceu com ele, não é?

Julian cerrou os dentes ao pensar no que o amigo devia ter sentido ao ser capturado. Considerando o quanto os romanos queriam os dois, imaginava o que tinham feito com Kyrian antes de matá-lo.

– Sim – ele falou baixinho. – Sei que é culpa minha. Se eu não tivesse provocado a raiva de Príapo, eu estaria lá para ajudar Kyrian a enfrentá-los.

E quase não havia dúvida em sua mente de que parte do destino de Kyrian decorria do fato de ele ter sido tolo o suficiente para ser seu amigo.

Julian suspirou.

– É um desperdício de uma vida brilhante. Se tivesse aprendido a dominar o atrevimento, Kyrian teria sido um ótimo governante algum dia.

Ele segurou a mão de Grace e apertou-a de leve.

Caminharam em silêncio, enquanto ela tentava pensar em uma forma de animá-lo.

Ao passarem pela Casa do Vodu de Marie Laveau, ela parou e arrastou-o para dentro. Explicou-lhe as origens do vodu enquanto passeavam pelo museu em miniatura.

– Oh... – Ela pegou um boneco vodu de uma prateleira. – Quer vesti-lo como Príapo e espetá-lo com alfinetes?

Julian riu.

– Quer fingir que ele é Rodney Carmichael?

Ela conteve um sorriso.

– Isso seria bem inadequado profissionalmente, não é? Mas, com certeza, é tentador.

Grace devolveu o boneco à prateleira e avistou o mostrador de vidro, dentro do qual havia talismãs diversos e joias. Viu um colar com linhas negra, azul e verde, trançadas tão intrincadamente que davam a impressão de ser um fino fio negro.

– Traz sorte para quem o usa – disse a vendedora, notando seu interesse. – Gostaria de ver?

Grace assentiu.

– Funciona?

– Ah, sim. Esse tipo de trançado é magia forte.

Grace não sabia se acreditava naquilo. Contudo, há uma semana nunca teria acreditado que duas mulheres embriagadas poderiam evocar um general macedônio.

Ela pagou a mulher e virou-se para Julian.

– Incline-se – pediu-lhe.

Ele pareceu espantado.

– Vamos – ela provocou. – Divirta-me.

A vendedora riu para eles enquanto Grace prendia o adereço no pescoço de Julian.

– Esse rapaz não precisa de um amuleto da sorte, *chère*, ele precisa é de um feitiço para afastar a atenção daquelas mulheres que olharam para o traseiro dele quando se inclinou para a frente.

Olhando para trás de Julian, Grace viu as três mulheres que o estavam cobiçando e, pela primeira vez, sentiu uma pontada de ciúme.

A sensação evaporou quando Julian beijou-a carinhosamente no rosto, antes de se endireitar. Com um olhar malicioso, ele envolveu seus ombros de forma possessiva.

Quando passaram pelas mulheres, Grace não conseguiu conter um impulso travesso. Parando diante delas, disse:

– A propósito, ele fica ainda melhor sem roupas.

– E você certamente sabe disso, querida – Julian falou, colocando os óculos escuros antes de envolver de novo seus ombros.

Grace deslizou a mão ao redor da cintura dele, colocando-a no bolso dianteiro enquanto ele a abraçava.

– Sabe – Julian sussurrou –, se quiser mover essa mão um pouco mais para baixo dentro do meu bolso, não vou me importar nem um pouco.

Ela o apertou de leve, mas manteve a mão onde estava.

Os olhares invejosos das mulheres os acompanharam pela rua.

Para o jantar, Grace levou-o ao Mike Anderson's Seafood, um restaurante especializado em frutos do mar. Ela se encolheu quando as ostras que Julian pedira foram colocadas sobre a mesa.

– Eca! – disse ao vê-lo comer uma.

Ofendido, ele fez uma carranca.

– São deliciosas.

– Não acho.

– Apenas porque você não sabe comê-las.

– Claro que sei. Você abre a boca e deixa a coisa viscosa escorregar pela sua garganta.

Ele tomou um gole de cerveja.

– Essa é uma forma de fazer isso.

– É como *você* acabou de fazer.

– É verdade. Mas você gostaria de tentar de outro jeito?

Ela mordeu o lábio, indecisa. Algo no comportamento de Julian a alertava de que poderia ser perigoso aceitar o desafio.

– Não sei.

– Confia em mim?

– Acho que não – zombou.

Ele deu de ombros e tomou outro gole de cerveja.

– Não sabe o que está perdendo.

– Oh, está bem – ela cedeu, curiosa demais para continuar recusando. – Mas, se eu vomitar, lembre-se de que eu avisei.

Julian enganchou os calcanhares nos pés da cadeira dela e puxou-a para tão perto dele que suas coxas se pressionaram. Secou a mão no *jeans* e pegou a menor ostra no prato.

– Certo – ele murmurou em seu ouvido, passando o braço por seus ombros –, incline a cabeça para trás.

Ela obedeceu. Julian acariciou-lhe o pescoço com os dedos, provocando arrepios em todo o seu corpo. Grace engoliu em seco, maravilhada com a ternura do toque e com o quanto era bom senti-lo ao seu lado.

– Abra a boca – ele sussurrou, afagando seu pescoço com o nariz.

Quando ela voltou a obedecer, ele pôs a ostra em sua boca. Conforme o molusco deslizava por sua garganta, Julian passou a língua de baixo para cima em seu pescoço.

Grace estremeceu com as sensações inesperadas. Milhares de arrepios a percorreram. Era incrível! E, pela primeira vez, ela não se importou com o sabor da ostra.

Ruborizou-se ao lembrar onde estavam. Abrindo os olhos, sentiu-se imediatamente grata por estarem sentados em um canto escuro.

– Gostou? – ele indagou em tom brincalhão.

Ela não conteve o sorriso.

– Você é incorrigível.

– Eu me esforço para ser.

– E consegue um êxito admirável.

Antes que ele pudesse responder, seu celular tocou.

– Ah!

Ela pegou o aparelho. Era melhor que aquilo fosse importante.

Ela atendeu a ligação.

– Grace?

Sobressaltou-se ao ouvir a voz de Rodney.

– Sr. Carmichael, como conseguiu este número?

– Estava em seu arquivo de contatos. Vim vê-la de novo, mas você não está em casa. – Ele suspirou. – Estava tão ansioso para ficar com você hoje. Ainda precisamos ter aquela conversa. Mas, tudo bem, eu posso ir até você. Está no bairro francês de novo, visitando sua amiga paranormal?

O medo a percorreu.

– Como sabe a respeito da minha amiga?

– Eu sei de muitas coisas a seu respeito, Grace. Hum – ele murmurou –, você perfuma sua lingerie com essência de rosas.

Grace ficou paralisada, enquanto seu terror assumia proporções titânicas. Suas mãos começaram a tremer.

– Você está na minha casa?

Ela ouvia as gavetas fechando e abrindo do outro lado da linha. De repente, ele praguejou.

– Sua vagabunda! – ele rosnou. – Quem é ele? Com quem diabos você está dormindo? Agora, isso é...

A linha ficou muda.

Grace tremia tanto que mal conseguiu desligar o telefone.

– O que aconteceu? – Julian indagou, franzindo o cenho, preocupado.

– Rodney está na minha casa – ela respondeu, com a voz trêmula.

Imediatamente, ligou para a polícia.

– Encontramos você lá – disse o policial. – Não entre na casa até chegarmos.

– Não se preocupe.

Julian segurou suas mãos.

– Você está tremendo.

– É mesmo? Eu tenho um psicopata na minha casa cheirando a minha roupa íntima e me xingando. Por que eu deveria estar tremendo?

Os profundos olhos azuis a acalmaram, protetores. Julian apertou suas mãos.

– Você sabe que não vou permitir que ele a machuque.

– Eu aprecio o pensamento, Julian, mas esse homem é...

– Um homem morto, se chegar perto de você. Sabe que não vou abandoná-la.

– Não até a próxima lua cheia, pelo menos.

Ele desviou o olhar e Grace deu-se conta daquela realidade.

– Está tudo bem – ela afirmou corajosamente. – Eu posso lidar com isso. Estou por conta própria há anos. Ele não é o primeiro paciente a me incomodar, e duvido que seja o último.

Os olhos de Julian emitiam uma chama azul ao encontrar os dela.

– E exatamente quantas dessas pessoas a incomodam?

– Não é problema seu. Mas meu.

Ele pareceu querer estrangulá-la.

Capítulo 12

Grace chegou em casa ao mesmo tempo que a polícia.

O jovem e corpulento policial lançou um olhar suspeito para Julian.

– Quem é ele?

– Um amigo – ela respondeu.

O oficial estendeu a mão.

– Certo, me dê as chaves e espere que eu faça uma busca no local. O policial Reynolds vai ficar aqui fora com você até que eu termine.

Grace obedientemente entregou-lhe as chaves da casa e mordeu a unha do polegar ao vê-lo entrar.

Por favor, permita que Rodney esteja lá.

Ele não estava. O policial saiu pouco depois, balançando a cabeça.

– Droga! – ela sussurrou.

Reynolds acompanhou-a até a casa, com Julian logo atrás.

– Precisamos que você entre e olhe a casa, para verificar se algo está faltando.

– Ele fez uma bagunça? – Grace perguntou.

– Apenas nos quartos.

Triste, ela entrou e subiu as escadas até seu quarto.

Julian seguiu-a, observando a forma como ela se mantinha rígida. A palidez da face era tamanha que as sardas se destacavam. Ele mataria o homem responsável por aquilo. Nenhuma mulher deveria sentir medo daquele jeito, principalmente em sua própria casa.

Quando chegaram ao topo das escadas, ele viu a porta no final do corredor entreaberta. Grace correu até lá.

– Não! – ela ofegou.

Julian seguiu-a e enfureceu-se com o pesar no rosto delicado. Sentia a dor de Grace em seu coração.

Lágrimas corriam pelo rosto dela, enquanto olhava para o lugar destruído. A cama fora quebrada e as gavetas reviradas, como se Zéfiro[9] tivesse passado por ali.

– Como ele pôde fazer isso com o quarto deles? – ela murmurou.

– Quarto de quem? – indagou o policial Reynolds. – Achei que morasse sozinha.

– Eu moro. Este era o quarto dos meus pais antes da morte deles.

Olhou ao redor com descrença. Uma coisa era ir atrás dela, mas por que ele teria feito *aquilo*?

Viu as roupas espalhadas, roupas que a faziam lembrar momentos maravilhosos. As camisas do pai, que ele usara todos os dias para trabalhar. O suéter favorito da mãe, que ela costumava pedir emprestado. Os brincos que o pai dera à mãe no último aniversário de casamento. Tudo jogado, como se não valesse nada.

Mas para ela tudo ali era valioso. Era tudo o que lhe restara deles. Sentia-se apunhalada no coração.

– Como ele pôde fazer isso? – ela perguntou, enraivecida.

Julian abraçou-a com força.

– Está tudo bem, Grace – ele sussurrou perto de seus cabelos.

Mas não estava tudo bem. Grace duvidava que tudo ficasse bem de novo. Não suportava a ideia de que aquele animal tivesse passado as mãos pelas roupas da sua mãe. De que tivesse tirado os lençóis da cama deles. Como ousara!

---

9 Na mitologia grega, Zéfiro é o vento do oeste (N.T.).

Julian olhou para o policial.

– Não se preocupe – disse o homem –, nós vamos achar o sujeito.

– E depois? – Julian perguntou.

– Depois, a decisão é do tribunal.

Julian o fitou com desprezo. Tribunal. Os tribunais modernos seriam inúteis se deixassem solto um animal como aquele.

– Sei que isso é difícil – o policial prosseguiu –, mas nós realmente precisamos que olhe ao redor, Dra. Alexander, para ver se ele levou alguma coisa.

Ela anuiu.

Julian surpreendeu-se com a coragem de Grace, quando ela se afastou de seus braços e enxugou o rosto antes de começar a olhar aqueles escombros. Julian ajoelhou-se ao seu lado, desejando estar perto se ela precisasse dele de novo.

Após uma busca completa, ela cruzou os braços e olhou para o policial.

– Não está faltando nada – disse e se dirigiu ao seu quarto.

Grace entrou no aposento de forma hesitante. Uma rápida avaliação revelou o mesmo tipo de dano ali. Tanto as roupas dela quanto as de Julian haviam sido reviradas. Roupas íntimas estavam jogadas por todo o lugar, os lençóis tinham sido retirados de sua cama e o colchão estava torto.

Como ela desejava que o sujeito tivesse encontrado a espada de Julian embaixo da cama e tivesse cometido o erro de tocá-la. Aquilo teria sido bastante justo.

Mas Rodney não a encontrara. Na verdade, o escudo de Julian estava onde ele o deixara, apoiado na parede ao lado da cama.

Olhando ao redor, para as roupas espalhadas, Grace sentiu-se violada. Como se as mãos nojentas de Rodney tivessem tocado seu corpo.

Então, ela viu a porta do *closet* entreaberta. Seu coração pareceu parar enquanto ela caminhava até lá e abria a porta. Naquele instante, ela sentiu como se Rodney realmente tivesse arrancado seu coração e o pisoteado.

– Meus livros – ela sussurrou.

Julian atravessou o quarto para ver o que ela fitava. Perdeu o fôlego ao parar atrás de Grace.

Cada livro que ela tinha fora despedaçado.

– Não os meus livros – ela murmurou, ajoelhando-se.

A mão de Grace tremia enquanto ela tocava as páginas dos livros que seu pai escrevera. Eram insubstituíveis. Nunca mais ela poderia abri-los e ouvir a voz dele falando com ela sobre o passado. Nem poderia abrir *Beleza Negra* e escutar a débil lembrança de sua mãe lendo-o para ela.

Tudo se fora.

Em um único ato, Rodney Carmichael matara seus pais de novo.

Seu olhar recaiu sobre os pedaços retalhados da *Ilíada*. Lágrimas assomaram aos seus olhos ao recordar a expressão de Julian quando vira o livro. Das horas que haviam passado juntos enquanto liam.

Aquelas horas haviam sido especiais. Mágicas. Deitados diante do sofá, perdiam-se nas palavras da história. Era o reino particular deles. O próprio céu.

– Ele dizimou todos eles – Grace sussurrou. – Oh, Deus, ele deve ter ficado horas aqui.

– Senhorita, são apenas...

Julian agarrou o policial Reynolds pelo braço e puxou-o de volta para o quarto.

– Não são apenas livros para ela – disse por entre os dentes. – Não zombe da dor que está sentindo.

– Oh – ele falou, embaraçado –, desculpe.

Julian retornou até Grace no *closet*.

Ela soluçava incontrolavelmente, passando a mão pelas páginas rasgadas.

– Por que ele faria isso?

Ele a ergueu e a carregou para fora do *closet*, deitando-a na cama. Grace abraçou-o com tanta força que ele mal conseguia respirar, soluçando como se o coração estivesse partindo-se.

Naquele momento, Julian desejou matar o homem que lhe fizera aquilo.

O telefone tocou.

Grace gritou e esforçou-se para ficar em pé.

– Calma – Julian falou, enxugando-lhe as lágrimas enquanto a segurava. – Está tudo bem. Estou aqui com você.

O policial entregou-lhe o aparelho.

– Atenda, caso seja ele.

Julian encarou o homem. Como ele podia ser insensível a ponto de pedir a ela que falasse com o cão raivoso?

– Oi, Selena – Grace falou, irrompendo de novo em lágrimas ao contar à amiga o que acontecera.

Os pensamentos de Julian estavam em um turbilhão, enquanto ele ponderava sobre o homem que invadira a casa de Grace, magoando-a tão profundamente. O que mais o preocupava era o fato de o sujeito saber do que ir atrás. Ele conhecia Grace e tinha consciência do que era importante para ela.

Aquilo o tornava ainda mais perigoso do que a polícia imaginava.

Grace desligou.

– Sinto muito pela explosão. – Ela enxugou as lágrimas. – Foi um dia longo.

– Sim, senhorita, nós entendemos.

Julian observou-a recompor-se com uma força de vontade que poucos homens possuíam.

Ela conduziu os policiais pelo restante da casa.

– Ele não deve ter visto este livro – disse um dos homens ao entregar-lhe o livro de Julian.

Ele o pegou das mãos de Grace. Ao contrário do policial, ele não tinha tanta certeza. Se o bastardo tentara rasgá-lo, tivera uma surpresa desagradável.

O livro não podia ser destruído. Ao longo dos séculos, Julian tentara fazer isso incontáveis vezes. Nem mesmo o fogo podia arruiná-lo. Mas o livro servia para lembrá-lo de como as palavras que Grace lhe dissera mais cedo eram verdadeiras. Dentro de alguns dias, ele partiria e ela não teria quem a protegesse.

Aquele pensamento lhe fazia mal.

A polícia estava, por fim, indo embora quando Selena parou o carro diante da casa. Saiu do jipe com um homem alto, de cabelos escuros e com o braço engessado, e foi correndo até a porta.

– Você está bem? – ela perguntou a Grace, abraçando-a.

– Sim. – Grace olhou por sobre o ombro de Selena. – Oi, Bill.

– Oi, Grace. Viemos ajudar.

Grace apresentou-o a Julian e os quatro entraram na casa.

Assim que entraram, Julian puxou Selena de lado.

– Você pode mantê-la aqui embaixo por algum tempo?

– Por quê?

– Preciso resolver uma coisa.

Selena franziu o cenho.

– Está bem.

Julian esperou que Selena e Bill acompanhassem Grace ao sofá. Então, foi até a cozinha, pegou alguns sacos de lixo e dirigiu-se ao *closet*.

O mais rapidamente possível, passou a arrumar a bagunça para que Grace não fosse obrigada a rever aquilo. A cada pedaço de papel que tocava, sua raiva aumentava.

Repetidas vezes, visualizava o olhar carinhoso enquanto ela fitava a coleção, procurando um livro para ler. Fechando os olhos, ele podia ver os cabelos sedosos caindo sobre seu peito enquanto lia para ele.

E, naquele instante, ele quis sangue.

– Nossa! – exclamou Bill da porta. – Ele fez tudo isso?

– Sim.

– Que maluco!

Sem dizer nada, Julian continuou enfiando os papéis no saco. Conseguia concentrar-se apenas no grito em sua alma que exigia vingança, com tanta intensidade que chegava a ridicularizar aquele que desafiava Príapo.

Uma coisa era feri-lo. Mas magoar Grace...

Era melhor que as Parcas tivessem piedade do homem, porque ele não teria.

– Então, está saindo com Grace faz muito tempo?

– Não.

– Eu achei que não fazia muito tempo mesmo. Selena não me falou de você, mas ela não tem se mostrado tão preocupada com o fato de Grace estar sozinha desde o aniversário dela. Você deve ter conhecido Grace naquela ocasião.

– Sim.

– Sim, não, sim. Você não é de falar muito, é?

– Não.

– Bem, eu entendo uma indireta. Até mais tarde.

Julian deteve-se quando sua mão roçou a capa de *Peter Pan*. Pegando-a, cerrou os dentes, sentindo-se assaltado pela dor. Ela amara este livro acima de todos.

Apertou o livro com força antes de lançá-lo no saco.

Grace não sabia quanto tempo ficara imóvel no sofá. Tudo o que sabia era o quanto estava ferida. Rodney desferira um golpe profundo, ao violá-la daquela maneira.

Selena entregou-lhe uma xícara de chocolate quente.

Ela tentou beber, mas suas mãos ainda tremiam tanto que, com medo de derrubar o líquido, colocou-o de lado.

– Acho que eu preciso ir arrumar a bagunça.

– Julian já fez isso – disse Bill da poltrona, enquanto mudava os canais da TV.

Ela franziu o cenho.

– O quê? Quando?

– Ele estava lá em cima limpando o *closet*.

Surpresa, Grace foi encontrá-lo.

Julian estava no quarto de seus pais. Da porta, ela o observou arrumar o resto da bagunça. Ele dobrou as calças de seu pai de uma forma desajeitada, colocou-as na gaveta e a fechou.

Grace foi dominada pela ternura daquela visão de um legendário general pondo em ordem sua casa, para evitar que ela tivesse de enfrentar aquilo. A bondade de Julian tocou seu coração.

Ao olhar para cima, ele encontrou o olhar dela. A afetuosa preocupação nos profundos olhos azuis enterneceu-a.

– Obrigada – disse.

Ele deu de ombros.

– Eu não tinha nada mais para fazer.

Apesar de ele dizer aquilo casualmente, havia um tom em sua voz que contradizia a indiferença.

– Ainda assim, sou grata.

Ela entrou no quarto, olhando todo o trabalho duro que ele fizera. Com a garganta apertada, apoiou a mão na cama de mogno.

– Esta era a cama da minha avó. Ainda posso ouvir minha mãe me contando como meu avô a fez para ela. Ele era marceneiro.

Com a mandíbula rígida, ele fitou a mão dela.

– É duro, não é?

– O quê?

– Deixar aqueles que amamos ir.

Ela sabia que Julian falava do coração. Do coração de um pai que tinha saudades dos filhos.

Embora ele não se agitasse mais violentamente à noite, ela ainda o ouvia sussurrar os nomes de ambos e se perguntava se ele sabia com que frequência sonhava com eles.

Também imaginava quantas vezes por dia ele devia pensar neles e sofrer com a perda.

– Sim – disse baixinho. – E você sabe disso melhor do que eu, não?

Ele não respondeu.

Grace deixou o olhar vagar pelo quarto.

– Acho que está na hora de eu seguir em frente, mas juro que ainda posso escutá-los, senti-los.

– É o amor deles que você sente e que ainda a aquece.

– Acho que tem razão.

– Ei – disse Selena da porta, interrompendo-os –, Bill quer pedir pizza. Vocês querem comer?

– Acho que sim – disse Grace.

– E você? – Selena indagou a Julian.

Julian lançou um olhar malicioso para Grace.

– Eu adoraria comer pizza.

Grace riu ao lembrar-se de Julian pedindo pizza a ela na noite em que o evocara.

– Certo – Selena falou. – Então, comeremos pizza.

Julian entregou a Grace as alianças de casamento dos pais dela.

– Encontrei-as no chão.

Grace ia colocá-las de volta na penteadeira, mas não conseguiu. Em vez disso, colocou-as na mão direita e, pela primeira vez em anos, sentiu-se confortada por elas.

Ao deixarem o quarto, Julian começou a fechar a porta.

– Não – Grace disse suavemente. – Deixe aberta.

– Tem certeza?

Ela assentiu.

Ao entrar em seu quarto, notou que ele também o arrumara. Porém, ao ver as prateleiras onde seus livros tinham estado vazias, seu coração partiu-se de novo.

Desta vez, quando Julian fechou a porta, ela não discutiu.

Horas mais tarde, após terminarem de comer, Grace finalmente convenceu Bill e Selena a partirem.

– Estou bem, de verdade – ela assegurou aos dois pela milionésima vez à porta. Pôs a mão no braço de Julian, grata pela força da presença dele. – Além disso, eu tenho Julian.

Selena lançou-lhe um olhar severo.

– Ligue para mim se precisar de alguma coisa.

– Está bem.

Ainda incapaz de sentir-se completamente tranquila, ela trancou a porta e levou Julian para o seu quarto. Deitou-se na cama com ele ao seu lado.

– Eu me sinto tão vulnerável – ela sussurrou.

Julian acariciou-lhe os cabelos.

– Eu sei. Feche os olhos e saiba que estou aqui. Vou manter você segura.

Ele a abraçou e Grace suspirou com o conforto que ele lhe dava. Nunca ninguém a acalmara daquela forma.

Ficaram deitados durante horas, antes que ela finalmente caísse em um sono exausto.

Grace acordou com um grito preso na garganta.

– Estou aqui, Grace.

Ao ouvir a voz de Julian, ela se acalmou de imediato.

– Graças a Deus é você – ela sussurrou. – Eu tive um pesadelo.

Ele a beijou de leve no ombro.

– Eu entendo.

Grace apertou-lhe a mão antes de sair da cama para aprontar-se para o trabalho.

Enquanto tentava se vestir, suas mãos tremiam tanto que ela não conseguia abotoar a camisa.

– Espere. – Julian afastou suas mãos e abotoou a camisa para ela. – Você não precisa ter medo, Grace. Não vou permitir que ele a machuque.

– Eu sei. Sei que a polícia vai prendê-lo e que tudo vai acabar.

Ele não disse nada enquanto terminava de ajudá-la a se vestir.

Assim que se aprontaram, dirigiram-se ao consultório, na área central da cidade. Grace sentia o estômago tão apertado que mal conseguia respirar. Porém, ela precisava fazer aquilo. Não permitiria que Rodney controlasse sua vida. Estava no comando e ninguém lhe tiraria isso. Não sem uma briga.

Ainda assim, estava feliz com a presença de Julian. Sentia-se confortada de uma forma na qual não queria nem pensar.

– Como se chama isto? – Julian indagou quando ela o conduziu ao enorme e antigo elevador do prédio, que era do final do século XIX.

Grace mostrou-lhe como fechar a porta e notou seu desconforto imediato ao ficarem fechados ali.

– É um elevador – ela explicou. – Você aperta esses botões para ir ao andar que quiser. Fico no último, que é o oitavo.

Ela pressionou o botão antigo.

Julian ficou ainda mais tenso quando o elevador se moveu.

– É seguro?

Ela arqueou a sobrancelha com curiosidade.

– Com certeza o homem que derrotou exércitos romanos não está assustado com um elevador, não é?

Ele a fitou com irritação.

– Os romanos, eu compreendo; essas coisas, não.

Ela passou seu braço pelo dele.

– É simples. – Apontou para o alçapão acima. – Do lado de fora daquela portinha existem cabos que o conduzem para cima e para baixo, e ali há um telefone. – Indicou o aparelho sob os botões. – Se você ficar preso em um elevador, só precisa pegar o fone que será diretamente conectado a uma equipe de emergência.

Os olhos de Julian escureceram.

– E é comum ficar preso no elevador?

– Na verdade, não. Meu consultório é aqui há quatro anos e até hoje isso nunca aconteceu.

– Se você não estava nele, como sabe se alguém ficou preso ou não?

– Elevadores emitem um alarme quando param. Confie em mim, se alguém ficasse preso, saberia.

Ele olhou para o amplo espaço do elevador e, pela luz nos belos olhos, ela soube que ideias impróprias estavam passando pela cabeça de Julian.

– Você poderia fazê-lo parar de propósito?

Ela riu.

– Sim, mas eu realmente não quero ser pega em flagrante no trabalho.

Ele a beijou de leve no rosto.

– Mas isso poderia ser bem divertido.

Grace abraçou-o. O que havia a naquele homem que a fazia sentir-se melhor? Ele sempre tornava as coisas mais divertidas. Mais luminosas.

– Você é mau – disse, relutante em soltá-lo.

– É verdade, mas você adora isso em mim.

Ela riu de novo.

– Tem razão. Eu adoro.

As portas se abriram e Grace conduziu-o até seu consultório.

Ao entrarem, Lisa fitou-os e arregalou os olhos. Um sorriso se abriu em seu rosto ao examinar Julian rapidamente.

– Dra. Grace – ela provocou, enrolando no dedo uma mecha de cabelo loiro –, seu namorado é lindo!

Meneando a cabeça, Grace apresentou-os e depois levou Julian até sua sala. Ele ficou na janela enquanto ela ligava o computador e guardava a bolsa. Deteve-se ao notar que ele a encarava.

– Você vai mesmo passar o dia todo no meu consultório?

Ele deu de ombros.

– Não tenho nada melhor para fazer.

– Vai ficar entediado.

E Grace sabia quanta experiência ele tinha no assunto. Colocou a mão na face de Julian ao pensar nele dentro do livro, sozinho, envolvido pela escuridão. Ficando nas pontas dos pés, beijou-o com carinho.

– Obrigada por vir comigo hoje. Acho que não conseguiria estar aqui sem você.

Ele mordiscou seu lábio.

– O prazer é meu.

Lisa interfonou para ela.

– Dra. Grace, seu paciente das oito horas chegou.

Grace apertou a mão de Julian antes de deixá-lo sair.

Durante a hora seguinte, ela mal prestou atenção ao que era dito. Seus pensamentos estavam concentrados no homem que aguardava do lado de fora, e no quanto Julian significava para ela.

Pensava em como odiava a ideia de vê-lo partir.

Assim que terminou a sessão, acompanhou o paciente até a saída.

Lisa estava mostrando a Julian como jogar paciência no computador.

– Ei, Dra. Grace, sabia que Julian nunca jogou paciência? – ela indagou ao vê-la.

Grace trocou um sorriso divertido com Julian.

– É mesmo?

Lisa olhou a agenda.

– A propósito, seu paciente das três horas cancelou. E a das nove telefonou dizendo que vai se atrasar um pouco.

– Certo. – Grace apontou para a porta com o polegar. – Enquanto vocês dois jogam, eu vou dar uma corridinha até o carro e pegar meu *palm top*.

Julian fitou-a.

– Eu vou.

Grace meneou a cabeça.

– Posso fazer isso.

Ele deu a volta na mesa de Lisa e estendeu a mão, querendo as chaves.

– Eu vou – disse, e seu tom de voz indicava que ele não cederia.

Sem querer discutir, ela lhe entregou as chaves.

– Está embaixo do banco do motorista.

– Certo. Volto logo.

Grace fez uma continência para ele.

Sem achar graça, Julian saiu do consultório e dirigiu-se ao elevador no final do corredor.

Apertou o botão, mas se deteve. Deus, como odiava aquela coisa apertada! E pensar em entrar ali sozinho...

Olhando ao redor, ele viu um lance de escadas. Decidido, foi até lá.

Grace estava tentando encontrar o arquivo de Rachel em sua pasta, quando se lembrou de ter deixado alguns papéis no banco traseiro do carro.

– Onde estou com a cabeça? – indagou a si mesma.

Porém, ela sabia onde. Seus pensamentos estavam divididos entre os dois homens que haviam alterado completamente sua vida.

Irritada consigo mesma por não conseguir se concentrar, pegou a pasta e foi atrás de Julian.

– Aonde está indo, Dra. Grace? – Lisa perguntou.

– Deixei alguns arquivos no carro. Volto já.

Lisa anuiu.

Grace foi até o elevador. Ainda estava buscando os arquivos faltantes na pasta quando as portas se abriram. Sem desviar o olhar, ela entrou e automaticamente apertou o botão do térreo. Apenas quando as portas se fecharam, percebeu que não estava sozinha.

Rodney Carmichael estava do outro lado, encarando-a.

– Então, quem é ele?

Grace ficou paralisada, dominada por ondas de medo e raiva. Queria acabar com ele! Mas, mesmo sendo pequeno para um homem, ainda era mais alto do que ela.

E muito inconstante.

Ocultando seu pânico crescente, ela indagou com calma:

– O que está fazendo aqui?

Os lábios dele se curvaram.

– Você não respondeu à minha pergunta. Eu quero saber de quem são aquelas roupas na sua casa.

– Não é da sua conta.

– Bobagem! – ele gritou.

O homem estava no limite da insanidade, e a última coisa de que ela precisava era que ele enlouquecesse de vez enquanto estivessem presos no elevador.

– Tudo o que diz respeito a você é da minha conta – ele prosseguiu.

Grace tentou controlar a situação.

– Agora, me escute, Sr. Carmichael. Eu não o conheço e o senhor não me conhece. Não consigo imaginar por que está fixado em mim, mas quero que pare com isso.

Ele apertou o botão para deter o elevador.

– Agora *você* vai me escutar, Grace. Somos perfeitos um para o outro. Sabe disso tão bem quanto eu. Estamos destinados a ficar juntos.

– Certo – disse ela, tentando acalmá-lo. – Vamos discutir esse assunto no meu consultório. – E pressionou o botão para liberar o elevador.

Ele o deteve outra vez.

– Vamos conversar aqui mesmo.

Grace respirou fundo quando suas mãos começaram a tremer. Precisava sair dali sem deixá-lo ainda mais zangado.

– Ficaríamos mais à vontade no meu consultório.

Quando ela tentou novamente apertar o botão, ele agarrou sua mão.

– Por que você não fala comigo? – ele indagou.

– Estamos conversando. – Grace aproximou-se um pouco do interfone.

– Aposto que você fala com ele, não? Aposto que passa horas rindo e fazendo só Deus sabe o que com ele. Agora, me diga quem ele é.

– Sr. Carmichael...

– Rodney! – ele gritou. – Maldição, meu nome é Rodney!

– Certo, Rodney. Vamos...

– Aposto que ele colocou as mãos imundas em todo o seu corpo, não é? – Ele a encurralou perto do painel. – Quantas vezes dormiu com ele desde que me conheceu?

Grace tremia ante o olhar selvagem nos olhos arregalados. O homem estava perdendo a razão. Ela estendeu a mão para trás, a fim de pegar o fone, mas antes que pudesse levá-lo ao ouvido ele o agarrou.

– O que diabos você está fazendo? – ele indagou.

– Você precisa de ajuda.

Ele bateu o fone no painel.

– Eu não preciso de ajuda. Preciso apenas que você fale comigo. Está me escutando? Eu só preciso que você fale comigo!

Ele pontuou cada palavra golpeando o fone no painel de controle.

Aterrorizada, Grace viu o aparelho se estilhaçar. Então, ele começou a puxar os próprios cabelos.

– Ele beijou você. Eu sei disso.

Ele repetia as palavras, arrancando tufos de cabelos.

Oh, Deus! Ela estava presa com um lunático.

E não havia saída.

Julian voltou ao consultório com o *palm top*.

– Onde está Grace? – perguntou para Lisa quando não a encontrou à mesa.

– Você não a viu? Ela desceu até o carro alguns minutos depois que você saiu.

Ele franziu o cenho.

– Tem certeza?

– Sim. Ela disse que esqueceu lá alguns arquivos.

Antes que ele pudesse perguntar mais alguma coisa, uma atraente mulher afro-americana entrou no consultório. Ela vestia um terninho preto conservador e segurava uma pasta. Parou para tirar um sapato e esfregar o calcanhar.

– É mesmo segunda-feira! – disse para Lisa. – Eu acabei de subir os oito andares pela escada porque o elevador está preso entre dois andares. Agora, que notícias maravilhosas você tem para mim?

– Olá, Dra. Beth – Lisa cumprimentou-a animadamente, consultando a agenda. – Seu paciente das nove horas é Rodney Carmichael.

Julian gelou.

– Oh, não, espere – Lisa corrigiu-se. – Esse é paciente da Dra. Grace. O seu...

– Você disse Rodney Carmichael? – Julian perguntou.

– Sim. Ele ligou para remarcar...

Ele não a esperou terminar. Largando o *palm top* na mesa de Lisa, correu até o elevador. Com o coração martelando, pensava apenas em alcançar Grace o mais rápido possível.

Foi então que percebeu que o zunido que estivera escutando era o soar de um alarme. Um calafrio percorreu sua espinha, quando seus instintos lhe disseram o que acontecera. Rodney parara o elevador com Grace dentro. Tinha certeza disso.

De repente, escutou um grito abafado atrás das portas fechadas do elevador. Com a visão nublando-se de raiva e medo, Julian abriu a porta.

E ficou paralisado.

Não conseguia enxergar a cabine. Tudo o que via era uma caverna negra. E era igual à do livro. Descer ali seria como ser sugado para o seu inferno. De escuridão. Fechado. Apertado.

Esforçou-se para respirar, lutando contra a onda de terror.

Em seu coração, sabia que Grace estava lá embaixo. Sozinha com um homem louco, sem ninguém para ajudá-la.

Rangendo os dentes, ele deu um passo para trás e pulou para os cabos.

Grace empurrou Rodney com força, afastando-o.

– Não vou dividir você! – ele rosnou, agarrando seus braços de novo. – Você é minha!

– Eu não sou de ninguém.

Ela lhe deu uma joelhada na virilha, derrubando-o.

Desesperada, Grace tentou subir na barra lateral para alcançar o alçapão. Se conseguisse chegar lá...

Porém, Rodney agarrou-a pela cintura, empurrando-a para o canto. Com o rosto retorcido de raiva, ele a prendeu, pondo os braços de ambos os lados de seu corpo.

–Diga-me o nome do homem que esteve dentro de você, Grace! Diga-me para que eu saiba quem eu terei de matar.

Com os olhos vazios e apavorantes, ele começou a arranhar o próprio rosto e o pescoço com tanta violência que arrancou sangue dos vergões.

– Você não sabe que é minha mulher? Nós ficaremos juntos. Eu sei tomar conta de você. Sei do que precisa. Sou muito melhor do que *ele*!

Grace esquivou-se dele e conseguiu tirar os sapatos de salto alto, segurando-os nas mãos. Não eram armas tão boas, mas eram melhores do que nada.

– Quero saber com quem você esteve! – ele exigiu em voz alta.

Ao mesmo tempo em que Rodney deu um passo adiante, a porta do alçapão se abriu. Grace olhou para cima.

Julian saltou pelo buraco e aterrissou agachado como um predador. Uma aura de perigosa calma o cercava, mas os olhos eram aterrorizantes. Lançando chamas e fúria do inferno, eles focalizaram Rodney com uma intenção homicida.

Lentamente, Julian se levantou.

Rodney ficou paralisado ao se dar conta do tamanho dele.

– Quem diabos é você?

– Sou o homem com quem ela está.

Rodney ficou boquiaberto.

Julian examinou-a rapidamente, a fim de verificar se ela estava bem antes de virar-se para Rodney com um urro.

Ele lançou o sujeito contra a parede com tanta força que Grace surpreendeu-se que o impacto não tivesse abaulado o painel de madeira.

Julian agarrou-o pela camisa e segurou-o de encontro à parede. Quando falou, a frieza na voz dele foi arrepiante.

– É uma pena que você não seja grande o suficiente para que eu o mate, porque eu quero você morto. – Apertou-o com mais força. – Mas, pequeno ou não, se eu encontrá-lo perto de Grace de novo, se você a fizer derramar mais uma lágrima, não haverá força nesta Terra ou no além que evitará que eu o aniquile. Você entendeu?

Rodney lutava inutilmente para livrar-se.

– Ela é minha! Vou matá-lo se ficar no caminho.

Julian inclinou a cabeça, como se não conseguisse acreditar no que ouvia.

– Você é louco?

Rodney chutou-o no estômago.

Com os olhos escurecendo, Julian desferiu-lhe um soco forte no queixo, derrubando-o.

Enquanto ele se ajoelhava ao lado de Rodney, Grace tremia, aliviada com o fim daquilo.

– É melhor você ficar inconsciente – disse Julian de forma nefasta a Rodney.

Levantando-se, ele abraçou Grace com força.

– Você está bem, Grace?

Ela não conseguia respirar, mas, naquele momento, não se importava.

– Estou bem. E você?

– Melhor agora que sei que você está bem.

Alguns minutos mais tarde, quando a polícia finalmente abriu a porta do elevador, Grace notou que eles estavam presos entre dois andares.

Julian ergueu-a pela cintura. Ela agarrou a mão estendida do policial, sendo puxada para o andar de cima.

Assim que saiu do elevador, franziu a testa para os três policiais que estavam ajudando Julian com o corpo inconsciente de Rodney.

– Como vocês vieram parar aqui?

O policial mais velho afastou-se um pouco, enquanto os outros dois retiravam Rodney da cabine.

– A operadora do telefone de emergência nos chamou. Ela disse que parecia haver uma guerra no elevador.

– Havia – ela falou com nervosismo.

– Então, quem nós precisamos algemar?

– O que está inconsciente.

Enquanto esperava que Julian se juntasse a ela, Grace reparou na escuridão do poço do elevador, por onde ele descera pelos cabos para alcançá-la. Notou o espaço apertado.

E lembrou-se do olhar de Julian na noite em que apagara as luzes. Do olhar nervoso quando eles haviam subido até seu consultório.

Ainda assim, Julian fora até ela.

Sentiu lágrimas nos olhos. *Ele enfrentou isso para me proteger.*

Assim que ele saiu do elevador, Grace abraçou-o com força.

Julian tremia com a intensidade das emoções. Estava tão grato por Grace estar viva e ilesa! Abraçando-a, ele a beijou.

– Não!

Julian soltou-a no mesmo instante em que Rodney chutou o policial para longe. Tendo as algemas penduradas em um dos pulsos, ele agarrou a arma do policial e mirou.

Com a destreza aprimorada nas batalhas, Julian puxou Grace para o lado esquerdo, quando a arma foi disparada.

O tiro de Rodney não os acertou, e foi seguido por outros dois do policial mais velho que atirou nele.

Grace tentou se soltar, mas Julian recusou-se a largá-la. Manteve o rosto dela contra seu peito enquanto via Rodney morrer.

– Não olhe, Grace – ele sussurrou. – Algumas lembranças não são necessárias.

Capítulo 13

– Sim, Selena – Grace disse ao telefone enquanto se vestia para o trabalho. – Faz uma semana. Estou bem.

– Você não está soando bem – Selena comentou com ceticismo. – Ainda parece abalada.

Era verdade. Mas, graças a Julian, estava ilesa e não vira o pobre Rodney após o que acontecera.

Depois de a polícia ter tomado seus depoimentos, Julian a levara para casa e ela tinha feito o máximo para não se estender no assunto.

– Estou bem mesmo.

Julian entrou no quarto.

– Você está se atrasando. – Ele pegou o fone de sua mão e entregou-lhe um pedaço de torta doce. – Termine de se vestir – ele falou antes de voltar a atenção para Selena.

Grace franziu o cenho ao vê-lo sair do quarto. Não conseguia mais escutar o que ele dizia.

Enquanto se aprontava, deu-se conta de como se sentia confortável com Julian. Amava tê-lo por perto. Adorava tomar conta dele, e amava que ele fizesse o mesmo por ela. A reciprocidade do relacionamento era maravilhosa.

– Grace – disse ele, enfiando a cabeça de volta no quarto –, você ainda está se atrasando.

Ela riu ao colocar os sapatos de salto alto.

– Estou indo, estou indo.

Quando chegaram à porta da frente, ela percebeu que Julian estava descalço.

– Você não vai comigo hoje?

– Você precisa que eu vá?

Grace hesitou. Ela apreciava poder contar com a companhia de Julian para o almoço e passar o tempo entre as sessões ao lado dele. Porém, para ele era entediante ficar sentado no consultório durante horas, esperando-a.

– Não.

Ele lhe deu um beijo ardente.

– Vejo você à noite.

Com relutância, ela se afastou e caminhou até o carro.

Foi um dos dias mais longos da história. Grace ficou sentada à mesa, contando os segundos para poder dispensar os pacientes.

Às cinco horas, ela acompanhou a pobre Rachel até a porta, juntou rapidamente suas coisas e foi para casa.

Chegou logo, e estranhou ao ver Selena esperando-a na varanda.

– Algo errado? – ela indagou ao se aproximar da amiga.

– Não. Mas vou lhe dar um conselho. Quebre a maldição. Julian é um homem valioso.

Grace estranhou ainda mais quando Selena virou-se e caminhou até o jipe. Confusa, abriu a porta de casa.

– Julian? – chamou.

– Estou no quarto.

Ela subiu as escadas. Encontrou-o deitado na cama, com a cabeça apoiada em um dos braços e uma rosa vermelha no colchão diante dele. Estava tão incrivelmente deslumbrante e sedutor... Especialmente com aquelas covinhas iluminando seu rosto e o brilho travesso nos celestiais olhos azuis.

– Você está parecendo o gato que comeu o canário – ela comentou. – O que vocês dois fizeram hoje?

– Nada.

– Nada – ela repetiu em tom de dúvida.

Por que não acreditava naquilo? *Porque ele parece travesso demais.* Olhou para a rosa.

– É para mim?

– Sim.

Sorrindo diante das respostas breves, ela deixou os sapatos ao lado da cama antes de retirar a meia-calça.

Olhando para cima, notou o olhar interessado de Julian quando ele estendeu o pescoço para observá-la. Ele sorriu de novo.

Grace pegou a rosa e aspirou a agradável fragrância.

– É uma surpresa boa – ela disse, beijando-o no rosto. – Obrigada.

– Fico feliz que tenha gostado – ele sussurrou, passando a mão por seu rosto.

Com relutância, Grace afastou-se e atravessou o quarto. Pôs a rosa sobre a cômoda e abriu a primeira gaveta.

Ficou paralisada. Em cima das suas roupas, havia um volume de capa dura de *Peter Pan*, envolto em uma grande fita vermelha.

Ofegando, ela o pegou e retirou o laço. Ao abri-lo, sentiu o coração falhar uma batida.

– Oh, meu Deus... É uma primeira edição autografada!

– Você gostou?

– Se eu gostei? – Os olhos dela se encheram de lágrimas. – Oh, Julian! – Atirou-se sobre ele, beijando-o por todo o rosto. – Você é maravilhoso! Obrigada!

Pela primeira vez, ele pareceu embaraçado.

– Isto é...

A voz de Grace sumiu quando ela relanceou os olhos para o *closet*. A porta estava entreaberta, e a luz, acesa.

Com certeza ele não tinha...

Lentamente, ela foi até lá. Abriu totalmente a porta e olhou para dentro.

Lágrimas de alegria se formaram em seus olhos e uma deliciosa sensação de calor espalhou-se por todo o seu corpo. Suas prateleiras estavam repletas outra vez. Com a mão trêmula, tocou as lombadas dos livros de sua nova coleção.

– Estou sonhando? – ela sussurrou.

Sentiu Julian atrás de si. Mesmo que ele não a tocasse, podia senti-lo com cada poro de seu corpo. Não era algo físico. Era uma sensação perturbadora que a deixou sem fôlego.

– Não conseguimos encontrar todos, especialmente aqueles em brochura, mas Selena garantiu que achamos os mais importantes.

Uma única lágrima correu por sua face, quando Grace viu cópias dos livros de seu pai. Como eles haviam conseguido encontrá-las?

Seu coração acelerou-se ao avistar todas as suas obras favoritas: *Os Três Mosqueteiros*, *Beowulf*, *A Letra Escarlate*, *O Lobo e a Pomba*, *Mestre do Desejo*, além dos diversos romances e suspenses, e de todos os outros livros...

Encantada e um pouco tonta, ela deixou as lágrimas escorrerem por seu rosto. Virando-se, lançou os braços ao redor de Julian.

– Obrigada – disse, chorando. – Mas como? Como você fez isto?

Ele deu de ombros e estendeu a mão para enxugar seu rosto. Foi então que Grace reparou nos dedos dele.

E no que estava faltando ali.

– Seu anel – ela sussurrou, vendo a marca na mão direita, onde ele costumava usá-lo. – Diga-me que você não fez isso...

– Era só um anel, Grace.

Não, não era. Lembrava-se da expressão de Julian quando o Dr. Lewis quisera comprá-lo.

Nunca, Julian havia dito. *Você não tem ideia do que eu enfrentei para consegui-lo.*

Contudo, após ouvir as histórias do passado dele, Grace tinha uma boa ideia. E Julian o vendera por *ela*.

Tremendo, ergueu-se nas pontas dos pés e beijou-o ardentemente.

Julian ficou imobilizado, em choque, quando sentiu os lábios de Grace. Ela nunca o tocara daquela forma. Fechando os olhos, segurou-lhe os cabelos, deixando-os se espalhar por seu antebraço enquanto gemia junto à boca suave.

O sabor de Grace o inebriava, assim como a sensação de tê-la entre os braços e a forma como ela o beijava, como jamais fora beijado...

Com todo o coração.

Essa percepção abalou sua alma amaldiçoada.

Naquele momento, realmente desejou que o tempo parasse. Não queria viver outro segundo sem ela. Não podia imaginar um dia em que não a tivesse ao seu lado.

Julian sentiu que perdia o controle. A dor da loucura percorria sua cabeça e sua virilha ao mesmo tempo.

Ainda não!, sua mente gritava. Não queria que o momento terminasse. Não agora. Não quando estava tão perto.

Tão perto...

Mas não tinha escolha.

Com relutância, afastou-se dela.

– Presumo que você tenha gostado disso também, não?

Ela riu.

– Claro que sim, seu maluco.

Grace passou os braços por sua cintura, apoiando a cabeça em seu peito.

Julian estremeceu quando emoções desconhecidas o percorreram. Envolveu-a nos braços, sentindo o coração descompassado junto ao seu.

Se pudesse, ficaria daquele jeito, abraçando-a, para sempre.

Mas não podia.

Afastou-se.

Ela olhou para cima, com a testa franzida.

Julian desfez o franzir de sua testa com um carinho.

– Não a estou rejeitando, querida – ele sussurrou. – Só não estou me sentindo eu mesmo no momento.

– A maldição?

Ele anuiu.

– Há alguma coisa que eu possa fazer?

– Apenas me dê um minuto para que eu a combata.

Grace mordeu o lábio ao vê-lo dirigir-se à cama rigidamente. Pela primeira vez, os movimentos dele não eram completamente graciosos e elegantes. Ele aparentava mal conseguir respirar, como se sentisse uma dor horrível na boca do estômago. Agarrou a coluna da cama com tanta força que os nós dos dedos se destacaram.

A visão deixou-a triste. Grace desejava confortá-lo. Mais do que nunca, desejava ajudá-lo.

Na realidade, desejava...

Ela o desejava. Era isso.

Ficou boquiaberta ao se conscientizar plenamente do que estava acontecendo.

Ela o amava.

Amava-o profundamente.

E como poderia ser diferente?

Com o coração martelando, ela correu os olhos pelos livros no *closet* e foi assaltada pelas lembranças. Julian surgindo e se oferecendo para ela; Julian amando-a no chuveiro; Julian confortando-a e fazendo-a rir; Julian chegando ao teto do elevador para resgatá-la; Julian deitado na cama com a rosa enquanto a observava achar os presentes que lhe comprara.

Selena tinha razão. Ele era valioso e não queria deixá-lo ir.

Estava prestes a revelar seus sentimentos, quando decidiu conter-se. Aquele não era o momento. Não quando ele enfrentava tamanha agonia; não quando estava tão vulnerável.

Ele desejaria saber.

Será?

Grace considerou a repercussão de contar-lhe. Julian não gostava da época em que ela vivia e queria voltar para casa. Se lhe dissesse como se sentia, ele poderia ficar por essa razão. E, caso ele não tivesse um motivo próprio para permanecer ali, poderia ressentir-se dela por distanciá-lo de tudo o que conhecera. De tudo o que ele fora.

Pior ainda, e se não desse certo?

Como psicóloga, ela conhecia melhor do que ninguém todos os problemas que podiam surgir em um relacionamento e destruí-lo.

Um dos maiores motivos de rompimentos era a falta de uma base comum construída entre duas pessoas que não compartilhavam nada além de atração física.

Ela e Julian eram muito diferentes. Ela era uma psicóloga comum do século XXI, e ele era um lindo general macedônio do segundo século antes de Cristo. Eram como um peixe e um pássaro tentando encontrar um lugar onde pudessem viver juntos!

Nunca houvera um encontro entre duas pessoas tão diferentes.

No momento, estavam ambos desfrutando a novidade da relação. Mas não se conheciam tão bem. E se, dentro de um ano, descobrissem que não estavam realmente apaixonados?

Além disso, e se ele mudasse assim que a maldição fosse rompida?

Julian lhe dissera que fora um homem diferente na Macedônia. E se parte do encanto atual dele ou da atração por ela decorresse da maldição? De acordo com Cupido, a maldição o impelia a ela.

E se a maldição fosse rompida e ele se tornasse alguém totalmente diferente? Alguém que não a desejasse mais?

E então?

Assim que desistisse da oportunidade de ir para casa, certamente nunca mais teria outra.

Grace esforçou-se para respirar ao perceber que nem poderia dizer-lhe: "Vamos tentar e ver o que acontece". Porque, quando ele se decidisse, não haveria uma segunda chance.

Engoliu em seco, desejando poder ver o futuro, como Selena fazia. Porém, mesmo a amiga errava às vezes. Pelo bem de Julian, Grace não poderia errar.

Não. Haveria apenas um motivo aceitável para que Julian ficasse. Ele teria que amá-la tanto quanto ela o amava.

E isso era tão provável quanto o céu desabar em sua cabeça dentro de dez minutos.

Fechando os olhos, estremeceu, dando-se conta da verdade. Julian nunca seria seu. De uma forma ou de outra, precisaria deixá-lo ir.

E isso a mataria.

Julian inspirou profundamente e soltou a coluna da cama, mostrando-lhe um sorriso débil.

– Isso doeu – ele disse.

– Eu vi. – Grace estendeu a mão para tocá-lo, mas ele deu um passo para trás, como se estivesse prestes a ter contato com uma cobra. Ela baixou a mão. – Vou preparar o jantar.

Julian observou-a sair do quarto. Queria tanto ir atrás dela que mal conseguiu controlar-se. Mas não ousou.

Precisava de um pouco mais de tempo para se recompor. Mais tempo para dominar o fogo que ameaçava dominá-lo.

Balançou a cabeça. Como o toque de Grace podia dar-lhe tanta força e, ao mesmo tempo, torná-lo tão incrivelmente frágil?

Grace acabara de preparar uma sopa enlatada e sanduíches, quando Julian juntou-se a ela na cozinha.

– Está se sentindo melhor?

– Sim – ele respondeu, sentando-se à mesa.

Ela girava a colher no prato, observando-o comer. A fraca luz do sol incidia nos cabelos dourados, realçando-os. Ele se sentava de forma ereta na cadeira e, a cada vez que se movia, Grace era percorrida por uma onda de desejo. Seria capaz de olhar para ele o dia inteiro sem se cansar.

Desejava levantar-se, ir até ele e sentar-se em seu colo. Depois, correr a mão pelas mechas onduladas enquanto o beijava até que ambos ficassem sem fôlego.

Pare com isso! Se não se controlasse, sucumbiria àquela ânsia!

– Sabe – ela começou a falar, hesitante –, eu estive pensando... E se você ficasse aqui? Seria tão ruim viver no meu tempo?

O olhar que ele lhe lançou subjugou-a.

– Já tivemos essa discussão. Eu não pertenço a este lugar. Não entendo o seu mundo, seus costumes. Eu me sinto deslocado, e odeio isso.

Grace pigarreou. Certo, não mencionaria aquilo outra vez.

Suspirando, comeu o sanduíche, mesmo que, na verdade, quisesse discutir o assunto.

Após terminarem de jantar, Julian ajudou-a a limpar a cozinha.

– Quer que eu leia para você? – ela indagou.

– Claro – ele respondeu, mas Grace sentia que havia algo errado. Julian estava distante, quase frio.

Não o via daquela forma desde que ele aparecera pela primeira vez.

Ela foi até o andar de cima e pegou sua nova cópia de *Peter Pan*, antes de voltar para baixo. Julian já estava no chão, empilhando as almofadas.

Grace deitou-se perpendicularmente a ele, apoiando a cabeça em seu abdômen. Então, abriu o livro e começou a ler.

Julian escutava a voz suave e ritmada, observando os belos olhos dançarem pela página enquanto ela lia.

Prometera a si mesmo que não a tocaria, mas, contra a própria vontade, percebeu que acariciava-lhe os cabelos. O contato dos fios sedosos em sua pele deixou-o em chamas, e sua virilha contraiu-se com o desejo de possuí-la.

Enquanto as mechas macias acariciavam seus dedos, ele permitiu que a voz doce o transportasse para longe. Para um lugar tão reconfortante que quase parecia o lar ilusório que ele passara a eternidade procurando.

Um lugar onde apenas os dois existiam. Sem deuses, sem maldições.

Apenas eles.

E era maravilhoso.

Grace arqueou a sobrancelha ao sentir a mão de Julian deixar seus cabelos e tatear o botão superior de sua camisa. Prendeu o fôlego, em expectativa, mas ainda assim hesitou.

– O que você está...

– Continue lendo – ele disse, abrindo o primeiro botão.

Com o corpo se aquecendo, ela leu o parágrafo seguinte. Julian abriu o segundo botão.

– Julian...

– Leia.

Ela leu mais um parágrafo enquanto a mão dele deslizava para o terceiro botão. As ações de Julian a estavam enlouquecendo. Sua respiração estava acelerada, seu coração batia com força.

Ao fitá-lo, viu o olhar ardente no belo rosto.

– O que é isso? Uma espécie de leitura com *striptease*? Eu leio um parágrafo, você abre um botão?

A resposta à pergunta foi o correr da mão quente sobre o sutiã. Ele tomou seu seio com gentileza na palma, fazendo-a gemer ao massageá-lo sobre o cetim. O calor da mão forte em sua pele provocava arrepios em seus braços.

– Leia – ele ordenou outra vez.

– Oh, sim, como se eu conseguisse fazer isso enquanto você está...

Ele abriu o fecho frontal do sutiã, envolvendo delicadamente o seio.

– Julian!

– Leia para mim, Grace. Por favor.

Como se aquilo fosse possível!

Porém, o apelo na voz atingiu-lhe o coração. Ela se obrigou a voltar a atenção para o livro enquanto Julian deslizava a mão por sua pele nua.

O toque era suave, gentil. Sublime. Não era a carícia ardente que ele usava para seduzi-la e inflamá-la. Era algo totalmente diferente e que ultrapassava os limites da pele, chegando ao coração.

Após algum tempo, Grace acostumou-se aos pequenos círculos que ele desenhava ao redor de seus seios e por seu ventre. Deixou-se envolver completamente por aquele momento, pela sensação de proximidade que compartilhava com Julian.

Quando terminou o livro, eram quase dez horas. Ele a afagou uma vez mais enquanto ela punha o livro de lado.

– Você tem seios lindos.

– Fico feliz que pense assim. – Escutou o estômago de Julian roncar sob seu ouvido. – Parece que você está faminto.

– A comida não vai saciar o tipo de fome que estou sentindo.

Grace ruborizou.

Julian passou a mão por seu umbigo e depois a deslizou até o pescoço, o rosto e os cabelos. Traçou o contorno de seus lábios com o polegar.

– É estranho – ele comentou. – É o seu beijo que me empurra para o precipício.

– O quê?

Ele pôs a mão de novo em seu ventre.

– Eu adoro a sensação da sua pele, do seu corpo macio sob as minhas mãos – disse em voz baixa. – Mas é apenas quando nossos lábios se tocam que eu sinto minha sanidade se esvaindo. Por que acha que isso acontece?

– Não sei.

O telefone tocou, arrancando impropérios de Julian.

– Eu realmente odeio essa coisa.

– Eu também estou começando a odiar.

Ele afastou a mão para que Grace pudesse levantar-se. Pegando-lhe a mão, ela a levou de volta ao seu corpo.

– Deixe tocar.

Julian sorriu e abaixou a cabeça em direção à dela. Seus lábios estavam tão próximos que ela podia sentir o hálito quente em seu rosto. De repente, ele recuou bruscamente.

A angústia e o desejo se refletiram nos belos olhos, um instante antes de ele fechá-los e cerrar os dentes, como se estivesse lutando para se controlar.

– Vá atender seu telefone – ele sussurrou, soltando-a.

Com as pernas trêmulas, Grace levantou-se e atravessou a sala para pegar o telefone sem fio, enquanto fechava a blusa.

– Oi, Selena.

Julian escutou-a conversar com a amiga com o coração pesado, enquanto combatia o fogo que o dilacerava.

A última coisa que desejava era abandonar aquele refúgio. Até conhecer Grace, nunca apreciara muito qualquer coisa. Agora, cobiçava cada segundo do tempo dela.

– Espere um pouco, vou perguntar para ele. – Grace retornou para o seu lado. – Selena e Bill querem saber se queremos sair com eles no sábado.

– Você é quem sabe – ele respondeu, esperando que ela recusasse.

Grace sorriu e voltou a falar ao telefone.

– Parece ótimo, Selena. Vamos nos divertir... Certo, nos vemos então. – Ela desligou. – Vou tomar um banho rápido antes de dormir, certo?

Julian anuiu. Vendo-a subir as escadas, desejou mais do que nunca ser mortal outra vez.

Daria qualquer coisa para segui-la até o quarto, deitá-la na cama e perder-se no corpo tentador.

Fechando os olhos, quase pôde sentir o calor de Grace envolvendo-o.

Cerrou o punho. Quantos dias mais suportaria a tortura?

Estava mais do que disposto a combatê-la. Recusava-se a entregar sua sanidade um segundo antes de as Parcas a exigirem.

Grace sentiu a presença de Julian. Virando-se, ela o viu do lado de fora do chuveiro, nu.

Seu olhar deleitou-se com cada centímetro do corpo dourado, mas foi o sorriso caloroso e encantador que roubou seu coração, deixando-a sem fôlego.

Sem dizer nada, Julian uniu-se a ela.

– Sabe – ele disse de uma forma casual que a surpreendeu –, eu descobri algo interessante hoje de manhã.

A água corria sobre ele, alisando os cabelos para trás, até que caíssem em madeixas curtas e molhadas ao redor do rosto.

– É mesmo? – ela indagou, resistindo ao impulso de tomar um dos cachos entre os dedos.

– Hum... – Ele estendeu a mão até o chuveiro, retirando-o do suporte e ajustando o jato para uma suave massagem. – Vire-se.

Grace hesitou antes de obedecer.

Julian deslizou o olhar pelas costas molhadas. Em toda a sua vida, nunca vira uma mulher mais convidativa.

Ela era tudo o que ele almejara ter e, ainda assim, não ousava ter esperança. Não se atrevia a sonhar.

Abaixou o olhar para as curvas voluptuosas dela. As pernas levemente afastadas geravam imagens eróticas em sua mente.

Respirando com dificuldade, ele voltou o jato para os ombros de Grace.

– Isso é tão gostoso – ela sussurrou.

Julian não conseguia falar. Contraiu a mandíbula, recusando-se a ceder à exigência voraz de seu corpo pelo do dela. Sua necessidade de tocá-la era tão intensa que zombava daquela que sentia por comida e água enquanto estava preso no livro.

Grace virou-se para ele, com o rosto brilhando, e ensaboou a toalhinha que usava para tomar banho.

Julian permaneceu imóvel enquanto ela o banhava. As mãos delicadas deslizaram por seu peito e abdômen, incitando-o ainda mais. Prendeu o fôlego, ansioso, conforme as mãos de Grace se moviam para baixo.

Ela mordeu o lábio ao tocar os músculos firmes do abdômen. Olhando para cima, viu que Julian a observava. Com os olhos semicerrados, ele parecia estar saboreando seu toque.

Desejando agradá-lo, ela passou a toalhinha pelos caracóis cor de café no centro do corpo de Julian e sorriu ao vê-lo arrepiar-se. A expressão de prazer no rosto másculo deliciou-a. Com o coração acelerado, continuou banhando-o.

Ela escutou a ducha chocar-se contra a lateral da banheira um segundo antes de Julian envolvê-la nos braços e mergulhar os lábios em seu pescoço.

Grace tremia com a intensidade das sensações provocadas pelos corpos molhados entrelaçados. O amor que sentia por ele preenchia seu peito, implorando que um milagre lhes permitisse construir uma vida juntos.

Naquele instante, ela desejou senti-lo intimamente. Desejou que Julian tomasse posse do seu corpo, como fizera com seu coração.

Enquanto a torturava com os lábios, ele inseriu a coxa entre suas pernas, provocando-a de uma forma que dissolvia sua vontade.

Febrilmente, Grace pressionou-se ao corpo dele, apreciando o contato com os músculos fortes, enquanto Julian continuava beijando seu pescoço. Oh, como ela amava esse homem! Como desejava escutá-lo dizer que ela significava o mesmo para ele!

Julian passou as mãos por suas costas e, incendiando-a com o olhar, abaixou-a e deitou-a na banheira.

– O que você...

As palavras terminaram em um arfar, quando ele mordiscou o lóbulo de sua orelha.

Sentiu o flexionar dos músculos de Julian conforme ele estendia o braço para pegar a ducha e levá-la até seu corpo, acariciando-a com o calor pulsante do jato de água. Ele a moveu em círculos lentos e sensuais sobre seus seios e ventre. Em chamas pelo estímulo simultâneo da água e do corpo masculino, ela se esforçou para recobrar o fôlego.

Julian tremia como resultado do desejo desesperado. Queria agradá-la como nunca quisera agradar ninguém. Desejava vê-la contorcendo-se sob ele, ouvi-la gritando de prazer.

Afastando-lhe um pouco as coxas, ele moveu a ducha para seu ponto mais íntimo, fazendo-a ofegar com o indescritível prazer que a percorreu.

– Julian?

Ela estremeceu ao senti-lo acariciá-la com os dedos, em movimentos que eram intensificados pela água.

Nunca experimentara algo semelhante. Ele prosseguiu com os carinhos até que ela não pudesse mais se conter. Instantes depois, gritou ao atingir o clímax.

Julian sorriu, mantendo o corpo rigidamente imóvel para dominar o ímpeto de possuí-la. Mesmo assim, não tinha terminado com ela. Sentia que nunca seria o suficiente.

Continuando com as carícias, levou-a ao êxtase mais cinco vezes.

– Por favor, Julian – ela implorou, por fim. – Tenha compaixão. Eu não consigo mais.

Decidindo que havia torturado a ambos o bastante, ele desligou a água.

Grace não conseguia se mexer. Qualquer mínima sensação a abalava. Observou-o levantar e encará-la com um leve sorriso no rosto.

– Você me matou – ela sussurrou. – Agora, precisa esconder o corpo.

Ele riu. Saindo da banheira, pegou-a no colo.

Ela saboreou a sensação da pele nua contra a sua, enquanto Julian a carregava até a cama e a secava.

Lentamente, com cuidado, ele deu um novo sentido ao uso da toalha. Deslizou-a com sensualidade por seus braços, seios e ventre, em movimentos vagarosos e atormentadores.

Ela gemeu ao sentir o tecido na pele sensível e pulsante entre suas coxas, antes que Julian o substituísse pelos dedos.

– Julian, por favor... Acho que não consigo fazer isso de novo.

Ele não escutou. Nem seu corpo. Para seu espanto, ela atingiu o êxtase outra vez.

Logo depois, ele se inclinou sobre ela e sussurrou em seu ouvido:

– Eu poderia fazer isso a noite toda.

Fitando-o nos olhos, ela se deu conta da total extensão da maldição. O corpo de Julian ainda revelava excitação e a testa estava coberta de suor.

Como ele suportava vê-la ter tanto prazer, sabendo que era incapaz de atingir o clímax?

Pensando apenas no amor que sentia por ele, sentou-se e beijou-o.

Julian afastou-se violentamente. Caindo no chão, contorceu-se como se estivesse sendo espancado.

Aterrorizada com o que fizera, Grace saiu da cama.

– Desculpe. – Estendeu a mão até ele. – Eu esqueci.

Julian virou-se para ela, seus olhos apresentavam uma horrível e estranha cor escura. Ele tremia ao lutar contra a loucura.

Foi o medo no rosto de Grace que finalmente conseguiu acalmá-lo.

Distanciou-se dela, como se ela fosse venenosa.

Grace o observou apoiar-se na cama para se levantar.

– Está piorando – ele disse com a voz trêmula.

Ela não conseguiu falar. Não suportava vê-lo sofrendo. E odiava a si mesma por levá-lo ao limite.

Sem fitá-la, Julian pegou as roupas e saiu do quarto.

Grace precisou de alguns instantes para mover-se de novo. Quando, por fim, conseguiu ficar em pé, foi se vestir. Abriu a gaveta, e seus olhos recaíram sobre a caixa que continha as algemas.

Quantos dias mais eles teriam antes que ela o perdesse para sempre?

Capítulo 14

Os dias seguintes foram os melhores da vida de Grace. Assim que se acostumou à regra estabelecida por Julian, de toques íntimos e quentes e sem beijos, eles passaram a ter um relacionamento tranquilo que a surpreendia e deleitava.

Passava os dias no trabalho, com frequência encontrando Julian e Selena para almoçar, e as noites deitada nos deliciosos braços dele.

Porém, a cada dia, a consciência de que ele partiria no final no mês a machucava ainda mais.

Como suportaria essa situação?

Embora o assunto nunca estivesse distante de sua mente, recusava-se a abordá-lo outra vez. Viveria apenas para o momento, e se preocuparia com o futuro quando chegasse a hora.

Sábado à noite, eles foram ao bairro francês encontrar Selena e Bill no Tipitina's. Apesar de o lugar estar mais turístico do que originalmente fora, era noite da típica música zydeco, e ela queria que Julian conhecesse o ritmo que Nova Orleans tornara famoso.

– Ei! – disse Selena, quando se aproximaram das mesas ao fundo. – Eu estava começando a achar que vocês não viriam.

Grace ruborizou ao lembrar-se do motivo do atraso. Um dia, aprenderia a trancar a porta do banheiro quando fosse tomar banho.

– Oi, Julian, Grace – Bill cumprimentou-os.

Grace sorriu ao ver o gesso de Bill, que Selena pintara com cores fluorescentes.

Julian cumprimentou Bill com um gesto de cabeça ao puxar a cadeira para Grace, e depois ocupou o lugar ao seu lado. Assim que o garçom se aproximou, eles pediram cerveja e nachos. Selena acompanhava o ritmo da música batendo as mãos na mesa.

– Vamos, Lane – Bill falou, impaciente –, é melhor irmos dançar antes que eu mate você por causa desse barulho incessante.

Com um pouco de inveja, Grace os viu se afastar.

– Você gostaria de dançar? – Julian perguntou.

Ela adorava dançar, mas não queria embaraçá-lo. Não havia dúvida de que ele não tinha ideia de como funcionava a dança moderna. Ainda assim, o convite era incrivelmente gentil.

– Não, obrigada.

Ele não escutou. Levantando-se, estendeu-lhe a mão.

– Você quer, sim.

Assim que chegaram à pista, Grace constatou o incrível talento de Julian. Ele conhecia cada passo, como se tivesse nascido sabendo. Na verdade, executava movimentos perfeitos e graciosos, que ao mesmo tempo eram incrivelmente masculinos e sensuais. Ela nunca vira algo parecido. E, a julgar pelos olhares invejosos das mulheres ao redor, o mesmo acontecia com elas.

Quando a banda terminou a música, ela estava ofegante e com calor.

– Como você...

– Foi um presente de Terpsícore – Julian explicou, passando o braço sobre seus ombros e mantendo-a ao seu lado.

– Quem?

– A musa da dança.

Grace sorriu.

– Lembre-me de enviar-lhe uma nota de agradecimento.

Quando a música seguinte começou, Julian olhou para o lado esquerdo e franziu o cenho.

– Algo errado? – ela indagou, acompanhando-lhe o olhar.

Ele meneou a cabeça e esfregou os olhos.

– Devo estar vendo coisas.

– Vendo o quê?

Julian olhou de novo através da multidão, procurando o homem alto e loiro que avistara de relance. Embora mal o tivesse vislumbrado, poderia jurar que se tratava de Kyrian da Trácia.

Com cerca de um metro e noventa e cinco, Kyrian tinha um andar confiante característico e não era o tipo de homem que passava despercebido em meio à multidão.

No entanto, era impossível que ele estivesse ali, naquela época. Devia ser a loucura retornando... fazendo-o ver coisas.

– Nada – disse, por fim.

Tirando o assunto da cabeça, sorriu para Grace.

A música seguinte era lenta. Ele a puxou para seus braços e a manteve bem perto enquanto se moviam devagar, acompanhando o ritmo. Grace passou os braços pelo pescoço dele e apoiou a cabeça no peito largo, inspirando o aroma de sândalo. Ela não sabia o que havia no cheiro de Julian que a atordoava, provocando-lhe um desejo intenso.

Com o rosto apoiado no topo da cabeça de Grace, Julian acariciava seus cabelos enquanto ela ouvia-lhe o coração batendo. Poderia permanecer daquele jeito para sempre.

Porém, cedo demais, a música acabou. E, após dançar duas outras de ritmo rápido, ela precisava sentar-se. Não tinha a mesma resistência de Julian.

Enquanto se dirigiam à mesa, percebeu que ele não estava com a respiração alterada, embora sua testa suasse.

Julian puxou a cadeira para ela, sentou-se ao seu lado e tomou um grande gole de cerveja.

– Julian! – Selena exclamou, rindo. – Não tinha ideia de que dançava assim.

Bill revirou os olhos.

– Entregando-se à luxúria de novo, Lane?

Selena golpeou o marido no abdômen.

– Você sabe que não. Você é o único brinquedinho sexual que eu desejo.

Bill lançou um olhar cético a Julian.

– Sei...

Notando a sombra de tristeza na expressão de Julian, Grace indagou:

– Você está bem?

Ele sorriu, revelando as encantadoras covinhas, e a fez esquecer a pergunta.

Os quatro ficaram sentados em silêncio, escutando a banda enquanto ela e Julian alimentavam um ao outro com nachos.

Quando Grace afastou a mão dos lábios dele, Julian capturou-a e levou-a de volta à boca para lamber um pouquinho do queijo que ficara nas pontas dos dedos. A língua dele roçou sua pele, inflamando seu corpo.

Ela riu ao ser assolada pela onda de desejo. Queria que tivessem permanecido em casa. Adoraria tirar as roupas de Julian e lamber queijo no corpo maravilhoso pelo resto da noite!

Definitivamente, acrescentaria queijo cremoso à lista de compras.

Com os olhos brilhando, Julian pôs a mão dela sobre o colo e afagou de leve seu pescoço, antes de recostar-se à cadeira e tomar outro gole de cerveja.

– Tome, Selena – disse Bill, chamando a atenção de Grace ao entregar à esposa um guardanapo. – Talvez queira limpar a baba do queixo.

Selena revirou os olhos.

– Gracie, preciso ir ao banheiro. Vamos.

Julian inclinou-se para trás para que Grace pudesse levantar-se e observou-a sumir na multidão. Então, quase como uma deixa, as mulheres começaram a se aproximar.

Seu estômago se apertou. Por que elas sempre tinham de gravitar em torno dele? Apenas uma vez, gostaria de poder sentar-se em paz, sem precisar defender-se das mãos das mulheres, que nem mesmo se preocupavam em perguntar seu nome antes de começar a apalpá-lo.

– Ei, querido – uma loira atraente arrulhou ao se aproximar. – Gosto do modo como dança. Por que não...

– Estou com alguém – Julian interrompeu-a, estreitando os olhos em uma advertência.

– Você e *ela*? – A mulher riu, indicando com o polegar a direção em que Grace desaparecera. – Ora! Achei que você tivesse perdido uma aposta ou algo parecido.

– Achei que tivesse saído com ela por compaixão – outra mulher falou ao juntar-se a eles, acompanhada por uma amiga morena.

Dois homens surgiram em meio à multidão.

– O que vocês três estão fazendo aqui? – eles perguntaram às acompanhantes.

As mulheres lançaram um olhar pesaroso a Julian.

– Nada – a loira ronronou, lançando um último olhar para Julian, antes de se virar e sair dali.

Os homens o encararam.

Julian arqueou a sobrancelha de forma afrontosa para eles, bebendo casualmente um gole de cerveja. Provavelmente percebendo a estupidez de enfrentá-lo, os dois reuniram as mulheres e foram embora.

Ele suspirou de desgosto. Não importava a época, algumas coisas nunca mudavam.

– Ei – Bill inclinou-se sobre a mesa –, eu sei que você tem passado muito tempo com a minha mulher ultimamente, então é melhor não estar invadindo o meu território. Você me ouviu?

Julian respirou fundo. Ele também não!

– No caso de você não ter reparado, meu único interesse é Grace.

– Sei! – Bill zombou. – Não me entenda mal. Eu gosto da Grace, mas não sou um idiota. Não posso acreditar você seja o tipo de sujeito que prefere um cheeseburger quando há tantos filés à disposição.

– Sinceramente, eu não ligo a mínima para o que você pensa!

Grace hesitou quando ela e Selena se reuniram a Julian e Bill. A tensão ao redor de Julian era palpável. Ele apertava a garrafa de cerveja com tanta força que ela não sabia como o vidro ainda estava intacto.

– Bill – Selena falou, envolvendo o pescoço do marido com os braços –, você não se importaria se eu dançasse com Julian, não é?

– Diabos! Eu me importaria, sim.

De imediato, Julian pediu licença e dirigiu-se ao bar.

Grace seguiu-o.

Ele pedia outra cerveja quando ela se aproximou.

– Você está bem? – ela perguntou.

– Sim.

Ele não soava bem. E, definitivamente, não aparentava estar bem.

– Sabe, posso ver que você não está sendo honesto comigo. Agora, desembuche, Julian. Qual é o problema?

– Deveríamos ir embora.

– Por quê?

Ele lançou um olhar para Selena e Bill.

– Eu só acho que seria sensato.

– Por quê?

Ele rosnou baixinho, mas, antes que pudesse responder, três homens se aproximaram. Pela expressão deles, Grace soube que não estavam felizes. E o pior era que Julian parecia ser a fonte da ira deles.

O maior era um fisiculturista monstruoso, alguns centímetros mais baixo do que Julian, porém bem mais corpulento. Ele curvou o lábio ao correr o olhar pelas costas de Julian. E foi apenas então que Grace o reconheceu.

Paul.

Seu coração se acelerou. Fisicamente, ele mudara bastante ao longo dos anos. O rosto estava mais largo, com rugas prematuras ao redor dos olhos, e ele perdera bastante cabelo. Mas ainda tinha aquele mesmo olhar de escárnio.

– Era ele que estava mexendo com Amber – um dos lacaios de Paul falou.

Sentindo a calma mortal que tomava conta de Julian, Grace arrepiou-se. Não havia como saber o que ele poderia fazer e, como estava percebendo, Paul não mudara tanto por dentro como mudara por fora. Do tipo valentão e encrenqueiro, ele sempre era acompanhado por um séquito. Acreditava em demonstrações de força em tudo o que fazia. Aquele ego de macho não permitiria que ele fosse embora sem envolver Julian em uma briga.

Ela apenas esperava que seu general tivesse juízo suficiente para não cair na provocação.

– Você precisa de algo? – Julian perguntou, sem fitar Paul ou os amigos dele.

Paul riu, dando um tapa no peito de um dos acompanhantes.

– Que tipo de sotaque gay é esse? Você me disse que o menino bonito aqui estava atrás da minha garota, mas, pela cara e pela voz dele, eu diria que ele está atrás de um de vocês.

Julian virou-se e lançou a Paul um olhar cortante, que faria qualquer pessoa com bom-senso recuar.

Paul, é claro, não tinha bom-senso. Nunca tivera.

– Qual é o problema, menininho bonito? – Paul zombou. – Eu ofendi você? – Olhou para os amigos e meneou a cabeça. – Como eu pensei, ele não é nada mais do que um gay bonitinho e covarde.

Julian riu de um jeito mais cruel do que divertido.

– Vamos, Julian.

Grace pegou-o pelo braço. Queria sair dali antes que a situação piorasse.

– Vamos embora.

Virando aquele olhar de escárnio para ela, Paul reconheceu-a.

– Ora, ora! Grace Alexander... Faz algum tempo.

Ele bateu nas costas do homem moreno e baixo ao seu lado.

– Ei, Tom, você se lembra da Grace, da faculdade, não é? As pequenas calcinhas brancas dela me colocaram na liderança da nossa aposta.

Ao ouvir aquilo, Julian imobilizou-se.

Grace sentiu a antiga dor se agitar em seu peito, mas se recusou a demonstrar. Nunca mais daria a Paul aquele poder sobre ela.

– Não é de admirar que ele estivesse atrás de Amber – Paul prosseguiu. – Ele provavelmente queria experimentar uma mulher que não ficasse chorando durante o sexo.

Julian girou na direção de Paul com tanta rapidez que Grace mal acompanhou o movimento. Paul desferiu um golpe, mas Julian se esquivou e o acertou nas costelas com força, lançando-o a mais de um metro de distância no meio da multidão.

Praguejando, ele correu de volta até Julian, que se moveu para o lado e o fez tropeçar, arremessando-o no ar.

Paul caiu de costas e, antes que conseguisse mexer-se, Julian apoiou o pé em sua garganta. Grace arrepiou-se ao ver o sorriso frio nos lábios dele.

Agarrando o sapato de Julian com as duas mãos, Paul tentou removê-lo de seu pescoço. Embora tremesse com o esforço, não obteve sucesso.

– Você sabia – Julian indagou em um tom casual verdadeiramente apavorante – que são necessários apenas dois quilos para esmagar completamente o seu esôfago?

Os olhos de Paul se arregalaram ao sentir a pressão aumentar.

– Por favor, cara – Paul implorou, tentando empurrar o pé de Julian. – Por favor, não me machuque.

Grace prendeu o fôlego, horrorizada, quando Julian aumentou ainda mais a pressão.

Tom deu um passo para a frente.

– Faça isso – Julian avisou-o –, e eu vou arrancar o seu coração e dar para o seu amigo comer.

O olhar mortal de Julian imobilizou Grace. Aquele não era o homem carinhoso que fazia amor com ela à noite. Aquela era a face do general que há tempos devastara os melhores de Roma.

Para ela, não havia dúvida de que Julian poderia, e iria, cumprir a ameaça. E, pela palidez de Tom ao recuar, ele também sabia disso.

– Por favor – Paul implorou de novo, com lágrimas escorrendo pelo rosto. – Por favor, não me machuque.

Grace engoliu em seco quando as palavras a atingiram. Eram as mesmas que ela gritara na cama de Paul.

Nesse instante, o olhar de Julian encontrou o seu, revelando a fúria e o desejo dele de matar Paul por ela.

– Solte-o, Julian – pediu suavemente. – O corpo inteiro dele não vale uma molécula do seu.

Virando-se para Paul, Julian estreitou os olhos.

– De onde eu venho, nós abatemos covardes imprestáveis como você apenas para treinar.

Quando Grace tinha certeza de que Julian o mataria, ele se afastou.

– Levante-se.

Esfregando o pescoço, Paul lentamente se pôs em pé. O olhar frio e letal de Julian fez com que se encolhesse.

– Você deve desculpas à minha garota.

Paul limpou o nariz no dorso da mão.

– Desculpe.

– Peça com vontade – Julian falou calmamente.

– Desculpe, Grace. Eu sinto muito mesmo.

Sem dar tempo para Grace responder, Julian envolveu-a pelos ombros de forma possessiva e saiu com ela do lugar.

Eles não disseram nada até chegarem ao carro, mas Grace sentia que havia algo profundamente errado. O corpo inteiro de Julian estava tenso, como uma mola muito esticada.

– Gostaria que você tivesse me deixado matá-lo – disse enquanto Grace procurava as chaves no bolso da calça.

– Julian...

– Você não tem ideia do quanto me machuca ter que virar as costas para ele e ir embora. Eu não sou o tipo de homem que vai embora. – Ele bateu a mão no teto do carro. Depois se virou e rosnou como um leão acossado. – Diabos, Grace! Eu já me alimentei das entranhas de homens como ele. E eu passei disso a...

Julian hesitou, sendo inundado por dois mil anos de memórias reprimidas. Viu-se como o respeitado líder que fora. O herói da Macedônia. O homem que fizera legiões inteiras de romanos se renderem assim que reconheceram seu estandarte.

E então viu no que tinha se transformado. Uma concha vazia. Um animal de estimação cobiçado, à disposição de quem o evocava.

Por dois mil anos, vivera sem emoções, sem pronunciar mais do que algumas palavras. Entrara no modo de sobrevivência, e nele se perdera.

Até que Grace o alcançasse e descobrisse seu lado humano...

Grace observou a miríade de emoções que cruzavam o rosto de Julian. Raiva, confusão, horror e, por fim, agonia. Aproximou-se, mas ele não permitiu que ela o tocasse.

– Você não percebe? – ele indagou, revelando as emoções em um tom áspero. – Eu não sei mais quem sou. Eu sabia quem era na Macedônia. E então me tornei isto. – Estendeu o antebraço, mostrando as palavras ali queimadas por Príapo. – E agora você mudou tudo.

Ele a encarou.

A angústia refletida nos olhos azuis a magoou.

– Por que você me mudou, Grace? Por que você não me deixou como eu era? Eu havia aprendido a não sentir mais nada. Eu apenas vinha, fazia o que mandavam e ia embora. Não desejava mais nada. E agora...

Ele olhou ao redor, como um homem preso em um pesadelo do qual não podia escapar.

Grace estendeu a mão.

– Julian...

Meneando a cabeça, ele se esquivou de seu toque.

– Não! – Passou a mão pelos cabelos. – Eu não sei mais a que lugar eu pertenço. Você não entende.

– Então me explique – ela implorou.

– Como eu posso lhe dizer como é andar entre dois mundos? E ser desprezado por ambos? Eu não sou nem homem nem deus, sou uma abominação híbrida. Você não tem ideia de como eu cresci. Minha mãe me entregou para o meu pai, que me entregou para a esposa dele, que me entregava para qualquer um que pudesse me tirar da frente dela. E, pelos últimos vinte séculos, eu tenho sido trocado e vendido. Passei minha vida inteira procurando um lugar que eu pudesse chamar de lar. Procurando alguém que *me* quisesse, e não quisesse apenas meu rosto ou meu corpo.

O olhar atormentado dele a dilacerava.

– Eu quero você, Julian.

– Não, não quer. Como poderia querer?

Ela ficou pasma com a pergunta.

– Como eu poderia não querer? Meu Deus, durante a minha vida inteira eu nunca quis estar com alguém tanto quanto quero estar com você.

– É luxúria o que você sente.

Aquilo a zangou. Como ele ousava descartar seus sentimentos, classificando-os como algo tão trivial? O que sentia por ele era muito mais profundo do que luxúria; atingia sua alma.

– Não me diga o que eu sinto. Não sou uma criança.

Julian meneou a cabeça, incapaz de acreditar nas palavras de Grace. Era a maldição. Tinha que ser. Ninguém podia amá-lo. Ninguém nunca o amara desde o momento em que havia nascido.

Grace amá-lo...

Seria um milagre. Seria...

Puro êxtase. E ele não nascera para provar isso.

Você sofrerá como nenhum homem sofreu.

Aquilo era apenas outro truque dos deuses. Mais uma brincadeira cruel para puni-lo.

Estava cansado. Aborrecido e exausto por causa da briga. Queria apenas paz, alívio da dor. Um refúgio dos sentimentos assustadores que experimentava toda vez em que a fitava.

Grace cerrou os dentes ao identificar a negação nos olhos de Julian. Porém, quem poderia culpá-lo? Ele fora magoado muitas vezes.

Contudo, de alguma forma, ela lhe provaria o quanto ele significava para ela.

Precisava fazer isso. Porque perdê-lo a mataria.

Capítulo 15

Julian manteve certa distância dela pelo restante do fim de semana. Não importava o que Grace tentasse fazer para romper a parede invisível ao redor de Julian, ele a afastava.

Nem mesmo permitia que lesse para ele.

Desalentada, foi trabalhar na segunda-feira de manhã, mas não deveria ter ido, pois não conseguia concentrar-se em nada além dos celestiais olhos azuis repletos de aflições não compartilhadas.

– Grace Alexander?

Ao erguer o olhar de sua mesa, viu uma loira de 20 e poucos anos incrivelmente bonita parada à porta. Parecendo ter acabado de sair de um desfile de moda na Europa, a majestosa beldade estava vestida com um terninho Armani de seda vermelha, meias-calças e sapatos combinando.

– Sinto muito – Grace disse –, já encerrei o expediente. Se quiser ligar amanhã...

– Eu pareço precisar de uma terapeuta sexual?

De imediato, não. Porém, Grace aprendera havia muito tempo a não fazer julgamentos rápidos a respeito dos problemas das pessoas.

Sem ser convidada, a mulher saracoteou para dentro do consultório, com passos graciosos e arrogantes que eram estranhamente familiares para Grace. Ela foi até a parede na qual estavam pendurados os diplomas de Grace.

– Impressionante – ela comentou, mas o tom estava em desacordo com as palavras.

Virando-se, ela a examinou rapidamente de cima a baixo e, pela expressão de desprezo no rosto adorável, Grace notou que a mulher a considerava desprovida de atrativos.

– Você não é bonita o bastante para ele. Baixa demais, cheia demais. E onde você achou *esse* vestido?

Ofendida, Grace enrijeceu-se.

– Como?

A mulher ignorou-a.

– Diga-me uma coisa... Não se sente aflita de estar perto de um homem com a aparência de Julian sabendo que, se ele tivesse escolha, nunca desejaria estar com *você*? Ele é tão delgado e gracioso. Forte e impetuoso. Sei que nunca foi desejada por um homem como ele, e sei também que isso nunca mais vai acontecer.

Atordoada, Grace ficou muda, mas não era necessário que falasse, uma vez que a mulher prosseguiu. Sem parar:

– O pai dele também era assim. Imagine Julian com cabelos negros. Um pouco mais baixo e sólido, e nem um pouco refinado. Ainda assim, o homem tinha uma forma de usar as mãos que era... hum... – Afrodite sorriu, pensativa e com o olhar distante. – Claro, Diocles tinha muitas cicatrizes de batalha. Tinha uma marca horrível que atravessava a face esquerda. – O olhar dela se estreitou de raiva. – Nunca vou me esquecer do dia em que ele cortou o rosto de Julian com uma adaga, tentando deixá-lo marcado como ele. Eu diria que Diocles viveu para arrepender-se dessa transgressão, mas eu me assegurei para que isso não acontecesse. Julian é a perfeição física, e eu nunca permitirei que desfigurem a beleza que eu lhe dei.

O olhar frio e calculista de Afrodite fez com que calafrios percorressem todo o corpo de Grace.

– Eu *não* vou dividir o meu filho com você.

A possessividade das palavras de Afrodite inflamou a raiva de Grace. Como ela ousava aparecer agora e dizer algo assim?

– Se Julian significa tanto para você, por que o abandonou?

Afrodite encarou-a.

– Você acha que eu tive escolha? Zeus recusou-se a dar-lhe ambrosia, e nenhum mortal pode viver no Olimpo. Antes que eu pudesse protestar, Hermes tomou-o dos meus braços e o levou até o pai.

Grace viu a expressão horrorizada de Afrodite, ao recordar aquele momento.

– Minha tristeza pela perda dele ultrapassou qualquer medida humana. Inconsolável, eu me isolei de tudo e, quando finalmente fiquei pronta para ressurgir, quatorze anos haviam se passado na Terra. Mal reconheci o bebê que eu amamentara. E ele me *odiava*. – Os olhos dela brilharam, como se ela estivesse contendo as lágrimas. – Você não tem ideia de como é, para uma mãe, ser amaldiçoada pela criança que carregou no ventre.

Grace compreendia o pesar de Afrodite, mas era Julian que ela amava, e era a dor dele que a preocupava.

– Você pelo menos tentou dizer-lhe como se sentia?

– Claro que sim – ela respondeu com rispidez. – Eu enviei Eros até ele, oferecendo-lhe meus presentes. Ele o enviou de volta, com palavras que nenhum filho deveria proferir a respeito de sua mãe.

– Ele estava magoado.

– Eu também – Afrodite gritou, com o corpo inteiro tremendo de raiva.

Apreensiva e assustada com o que uma deusa zangada poderia fazer com ela, Grace observou-a fechar os olhos, respirar fundo e acalmar-se. Quando ela falou de novo, seu tom e seu corpo estavam rígidos e frios.

– Ainda assim, eu mandei Eros de novo, com mais oferendas para Julian. Ele rejeitou cada uma. E eu fui forçada a vê-lo prometer, de forma vingativa, sua lealdade e seu serviço a Atena. – Ela cuspiu o nome, como se o desprezasse. – Foi em nome *dela* que ele conquistou cidades com as dádivas que eu lhe concedi no nascimento: o poder de Ares, a temperança de Apolo, as bênçãos das Musas e das Graças. Eu até mesmo o banhei no rio Estige, para garantir que nenhuma arma mortal pudesse matá-lo ou marcá-lo. E, ao contrário do que Tétis fez com Aquiles, eu cobri seus calcanhares para que ele não tivesse nenhum ponto vulnerável. – Ela meneou a cabeça, como se ainda não conseguisse crer na atitude do filho. – Eu fiz tudo ao meu alcance por aquele garoto, e ele não demonstrou gratidão a mim. Nem respeito. Por fim, desisti de tentar. Já que ele recusou meu amor, eu me assegurei de que ninguém *nunca* o amasse.

O coração de Grace falhou ao ouvir palavras tão egoístas.

– O que você fez?

Afrodite ergueu o queixo com altivez, como uma rainha orgulhosa de sua guerra a sangue-frio.

– Eu o amaldiçoei, do mesmo jeito que ele me amaldiçoou. Eu me assegurei de que nenhuma mulher mortal pudesse olhar para ele sem desejar apenas o seu corpo, e de que nenhum homem mortal pudesse estar perto dele sem sentir o coração inchar de inveja.

Grace não acreditava em seus ouvidos. Como uma mãe podia ser tão cruel? Assim que esse pensamento passou por sua cabeça, outro, ainda mais horrível, ocorreu-lhe.

– Você é a razão de Penélope ter morrido, não é?

– Não. Julian fez isso sozinho. Certo, eu fiquei furiosa quando Eros me contou o que tinha feito pelo irmão, com o fato de Julian ter procurado ele, e não eu. Como não podia desfazer o efeito da flecha de amor de Eros, decidi mitigar seus efeitos. O que Julian tinha com Penélope era vazio, e ele sabia disso. – Ela foi até a janela para olhar a cidade. – Se Julian tivesse me procurado, eu teria revertido a situação. Mas ele não foi. Eu o observei ir até ela noite após noite, possuindo-a repetidas vezes, e senti sua inquietação e sua angústia com o fato de ela não amá-lo realmente. Ainda assim, ele me negou e me amaldiçoou. Foram as minhas lágrimas por essa traição que, a princípio, colocaram Príapo contra ele. Príapo sempre foi o mais leal dos meus filhos. Assim que percebi que ele queria vingar-se de Julian, eu deveria tê-lo impedido. Mas não fiz isso. Tinha esperança de que a raiva de Príapo levasse Julian a me procurar. A pedir minha ajuda. – Ela cerrou os dentes e disse: – Mas ele não fez isso.

Grace compadeceu-se de Afrodite, o que não mudava o que ela fizera com o próprio filho.

– Como Julian foi amaldiçoado?

Afrodite engoliu em seco.

– Começou na noite em que Atena disse a Príapo que não contava com nenhum homem tão corajoso e forte como Julian. Ela o desafiou a opor seu melhor general contra o dela. Dois dias depois, eu vi Julian cavalgar para a batalha e soube que ele não perderia. Quando ele rechaçou os romanos, Príapo enfureceu-se. Assim que Eros deixou escapar o que fizera por Julian, Príapo imediatamente foi atrás de Jasão e Penélope. Eu não tinha ideia de quais seriam as consequências disso. – Ela cruzou os braços trêmulos. – Eu nunca quis que as crianças morressem. Você não pode imaginar quantas vezes por dia eu sofro por causa do que permiti que acontecesse.

– Não havia como você ter impedido esse desfecho?

Ela meneou a cabeça com tristeza.

– Até mesmo os meus poderes são limitados pelas Parcas. Quando Julian foi ao meu templo após a morte das crianças, eu fiquei na expectativa achando que ele finalmente se voltaria para mim. Então, ele viu aquela vagabunda usando o manto de Príapo. Ela se atirou em cima dele, implorando que ele a desvirginasse antes da cerimônia em que Príapo a reivindicaria. Julian tentou passar por ela, mas a mulher não o largou. Se ele estivesse pensando com clareza, sei que a teria rejeitado. – A face de Afrodite revelou a raiva que sentia. – Se não fosse por Alexandria, meu filho teria voltado para mim aquele dia. Sei que ele teria recorrido a mim. Mas era tarde demais. Assim que eles terminaram, era tarde demais.

– E, ainda assim, você se recusou a ajudar Julian?

– Como eu poderia escolher um filho em detrimento do outro?

Grace chocou-se com a pergunta.

– Não foi o que você fez quando permitiu que Julian fosse preso em um pergaminho?

Os olhos de Afrodite brilharam com tanta maldade que Grace recuou um passo.

– Foi Julian quem *me* rejeitou. Tudo o que ele precisava fazer era pedir minha ajuda, e eu a teria dado.

Inacreditável! Para uma deusa, Afrodite era incrivelmente egoísta e limitada.

– Toda essa tragédia aconteceu porque vocês dois se recusam a reconhecer um ao outro. Não consigo acreditar que você tornou Julian forte e, então, o amaldiçoou pela força que lhe deu. Em vez de esperá-lo ou de enviar representantes, alguma vez lhe ocorreu ir até ele pessoalmente?

O olhar de Afrodite revelou indignação.

– Eu sou a deusa do amor! Você queria que eu rastejasse? Você tem alguma ideia de como é embaraçoso para mim que meu próprio filho me odeie?

– Embaraçoso para você? Você tinha o mundo inteiro para amá-la. Julian não tinha ninguém.

Afrodite avançou um passo, com raiva.

– Fique longe dele. Estou avisando.

– Por quê? Por que você me avisaria, se não avisou Penélope?

– Porque ele não a amava.

Grace ficou paralisada.

– Você está dizendo...

Afrodite sumiu.

– Oh, vamos lá! – Grace gritou para o teto. – Você não pode desaparecer no meio de uma conversa!

– Grace?

Ela se sobressaltou ao ouvir a voz de Beth. Virando-se, viu-a espiando pela porta.

– Com quem você está falando?

Grace fez um gesto indicando o aposento, mas, pensando melhor, decidiu não contar a verdade.

– Comigo mesma.

Beth fitou-a com ceticismo.

– Você sempre grita consigo mesma?

– Às vezes.

A colega arqueou a sobrancelha.

– Parece que precisamos marcar uma sessão – disse, retirando-se da sala.

Não a levando em consideração, Grace não perdeu tempo reunindo seus pertences. Queria voltar logo para Julian.

Assim que abriu a porta, ela soube que havia algo errado. Julian não estava lá para cumprimentá-la.

– Julian? – ela chamou.

– Aqui em cima.

Grace deixou as chaves e a correspondência na mesa e subiu a escada de dois em dois degraus.

– Você não vai acreditar quando souber quem foi até o meu...

Ela parou de falar ao chegar à porta do quarto e avistar Julian com uma das mãos algemadas à cama. Ele estava deitado no meio do colchão, sem camisa, com a testa úmida de suor.

– O que você está fazendo? – ela indagou, consumida pelo medo.

– Não consigo mais lutar contra isso, Grace – ele respondeu, ofegante.

– Você precisa.

Ele meneou a cabeça.

– Preciso que você algeme minha outra mão. Não consigo alcançar.

– Julian...

Ele a interrompeu com uma risada áspera e amarga.

– Não é irônico? Eu preciso implorar para que você me acorrente, enquanto as outras faziam isso logo depois que eu encarnava. – O olhar de Julian fixou-se no seu. – Faça isso, Grace. Eu não me perdoaria se a machucasse.

Com a garganta apertada, ela atravessou o quarto. Quando se aproximou, Julian estendeu a mão livre e tocou-a no rosto. Puxando-a, deu-lhe um beijo tão intenso que ela achou que fosse desmaiar.

Era um beijo ardente, exigente, desejoso. Um beijo que continha uma promessa.

Ele mordiscou seu lábio antes de afastar-se.

– Faça isso.

Grace obedeceu, e só então Julian relaxou. Até aquele instante, não percebera o quanto ele estivera tenso na última semana. Ele deitou a cabeça nos travesseiros e inspirou fundo.

Ela pôs a mão na testa úmida de Julian.

– Meu Deus! – A temperatura era tão alta que ela praticamente sentiu sua pele queimar. – Eu posso fazer alguma coisa?

– Não, mas obrigado por perguntar.

Grace foi até a cômoda pegar suas roupas. Começou a desabotoar a blusa, mas Julian a impediu de prosseguir.

– Por favor, não faça isso na minha frente. Se eu vir o seu corpo...

Ele lançou a cabeça para trás, como se alguém o tivesse queimado com um ferro quente.

Naquele instante, ela se deu conta do quanto se sentia confortável com ele.

– Desculpe – ela disse.

Foi ao banheiro trocar de roupa e preparou uma compressa fria. Voltando ao quarto, ela passou a mão pelos cabelos suados de Julian.

– Você está pegando fogo.

– Eu sei. Parece que estou deitado em uma cama com carvões acesos.

Ele sibilou ao sentir o tecido frio em contato com a pele.

– Você não me contou como foi o seu dia – ele falou, ofegante.

Grace sentiu-se sufocar com a felicidade e o amor que a preencheram. Todos os dias, ele lhe perguntava aquilo. Todos os dias, ela esperava ansiosamente o momento de voltar para casa e encontrá-lo.

Não tinha ideia do que faria quando Julian fosse embora.

Forçando-se a não pensar nisso, concentrou-se em cuidar dele.

– Não há muito para contar – ela sussurrou.

Grace não queria sobrecarregá-lo com o que a mãe dele dissera. Não enquanto ele estivesse daquele jeito. Fora ferido o suficiente na vida, e ela não queria piorar a situação.

– Você está com fome? – Grace perguntou.

– Não.

Ela se acomodou ao lado dele. Passou a noite lendo para ele e banhando a pele febril.

Julian não dormiu aquela noite. Não conseguiu. Tudo o que conseguia era sentir a pele de Grace na sua, aspirar o doce aroma floral que invadia sua mente e perturbava seus sentidos. Todos os nervos de seu corpo clamavam por ela.

Rangendo os dentes, agarrou as algemas prateadas e lutou contra o turbilhão que ameaçava engolfá-lo na escuridão. Não queria se render.

Não queria fechar os olhos e perder um único minuto da companhia de Grace, enquanto ainda estava são. Se permitisse que a escuridão o dominasse, talvez não despertasse até estar no livro de novo. Sozinho.

– Não posso perdê-la – ele sussurrou.

O simples pensamento despedaçava o pouco que restara de seu coração.

O relógio do corredor marcou três horas. Grace adormecera havia pouco tempo. Estava deitada com a cabeça e a mão em seu abdômen, e ele sentia a respiração suave em seu estômago. Os cabelos macios faziam cócegas em sua pele e o calor do corpo feminino penetrava sua alma.

Daria tudo para poder tocá-la.

Fechando os olhos, descansou a cabeça no travesseiro e permitiu-se sonhar pela primeira vez em séculos. Sonhou com noites passadas ao lado de Grace; com dias rindo ao lado dela.

Sonhou com um dia em que pudesse amá-la como ela merecia ser amada. Um dia em que seria livre para entregar-se a ela. Sonhou com um lar ao seu lado. E, especialmente, sonhou com crianças de felizes olhos cinza e sorrisos meigos e travessos.

Ainda estava sonhando com essas coisas, quando a luz da manhã irrompeu no quarto. O relógio marcou seis horas e Grace despertou.

Ela esfregou o rosto em seu peito, afagando-o de um jeito que era pura tortura.

– Bom-dia – ela falou, sorrindo.

– Bom-dia.

Ela mordeu o lábio ao percorrê-lo com o olhar, a testa enrugada de preocupação.

– Tem certeza de que precisa fazer isso? Eu não posso soltá-lo um pouquinho?

– Não! – ele recusou com veemência.

Ela pegou o telefone e ligou para Beth.

– Não vou poder trabalhar por alguns dias. Você pode assumir alguns dos meus pacientes?

Julian franziu o cenho.

– Você não vai trabalhar? – ele perguntou assim que ela encerrou a ligação.

Grace não acreditava que ele lhe perguntara aquilo.

– E deixá-lo aqui desse jeito?

– Eu ficarei bem.

Ela o fitou como se ele tivesse perdido o juízo.

– E se algo acontecer?

– O que, por exemplo?

– A casa pegar fogo, ou alguém entrar e fazer sabe-se lá o que com você enquanto está impotente para defender-se.

Julian não discutiu. Apenas apreciou o fato de ela estar disposta a permanecer ao seu lado.

No meio da tarde, Grace notou como a maldição havia piorado. Cada centímetro do corpo de Julian estava coberto de suor. Os músculos dos braços estavam tensos, e ele mal falava. Quando o fazia, era por entre os dentes cerrados.

Ainda assim, ele sorria para ela com os olhos calorosos e encorajadores, enquanto ela observava seus músculos se contraírem ao enfrentar o que parecia estar corroendo-o.

Continuou banhando-o. Porém, assim que o tecido entrava em contato com a pele dele, ficava tão quente que ela mal conseguia tocá-lo.

Ao anoitecer, Julian estava delirante.

Impotente, viu-o contorcer-se e praguejar, como se uma pessoa invisível estivesse esfolando cada centímetro de seu corpo. Nunca testemunhara algo semelhante. Ele lutava com tamanha intensidade que ela temeu que a cama se quebrasse.

– Não posso suportar isso – ela sussurrou.

Correndo para baixo, ligou para Selena.

Uma hora depois, Grace deixou Selena e a irmã, Tiyana, entrarem em sua casa. Com cabelos negros e olhos azuis, Tiyana se parecia muito pouco com Selena. Uma das poucas grandes sacerdotisas vodu brancas, ela era dona de uma loja dedicada ao vodu e conduzia passeios noturnos pelos cemitérios às sextas-feiras à noite.

– Não consigo agradecê-las o bastante por terem vindo – disse Grace, fechando a porta.

– Sem problemas – falou Selena.

Tiyana segurava um tambor sob o braço e usava um vestido marrom simples.

– Onde ele está?

Grace as levou para cima.

Tiyana deu um passo para dentro do quarto e imobilizou-se ao ver Julian contorcendo-se na cama, enquanto praguejava contra todo o panteão grego.

Ela empalideceu.

– Não posso fazer nada por ele.

– Tiyana – Selena a repreendeu –, você precisa tentar.

Com os olhos arregalados de medo, ela meneou a cabeça.

– Quer um conselho? Tranque este quarto e deixe-o aí até que volte para onde veio. Há um mal tão forte ao redor dele que eu não ouso mexer com isso. – Olhou para Selena. – Você não consegue sentir a maldade?

Grace tremia, com o coração acelerado.

– Selena? – ela chamou, precisando desesperadamente encontrar uma forma de acalmá-lo. Tinha de haver algo que pudessem fazer.

– Você sabe que eu não posso ajudar – Selena falou. – Meus feitiços nunca funcionam.

Não!, a mente de Grace gritou. Elas não podiam deixá-lo daquele jeito. Olhou para Julian, que lutava contra as algemas.

– Existe mais alguém que podemos chamar?

– Não – Tiyana respondeu. – Na verdade, eu não posso ficar aqui. Sem ofensa, mas isso me provoca calafrios. – Olhou para Selena, dizendo: – E você sabe o tipo de coisas esquisitas com as quais eu lido diariamente.

– Sinto muito, Grace. – Selena passou a mão no braço da amiga. – Vou pesquisar e ver o que descubro, certo?

Com a garganta apertada, Grace não teve escolha a não ser acompanhá-las até a saída.

Fechando a porta, apoiou-se nela, cansada.

O que iria fazer?

Não podia aceitar que não houvesse nada a ser feito por Julian. Devia haver algo que aliviasse a dor que ele estava sentindo. Algo no que não tinha pensado.

Subindo de novo, aproximou-se dele.

– Grace?

O grito de agonia comprimiu seu coração.

– Estou bem aqui, querido. – Ela o tocou na testa.

Julian emitiu um rosnado selvagem, como o de um animal preso em uma armadilha, ao investir o corpo na direção dela.

Terrificada, Grace afastou-se da cama. Com as pernas trêmulas, foi até o *closet* e encontrou uma cópia da *Odisseia*. Pôs a cadeira de balanço perto da cama e começou a ler.

Isso pareceu acalmá-lo, pois ele deixou de se contorcer com tanta violência.

Conforme os dias passavam, a esperança de Grace fenecia. Julian estivera certo. Não havia como romperem a maldição, se ele não emergisse daquela loucura.

Além disso, ela não suportava vê-lo sofrer, hora após hora, sem alívio algum. Não a surpreendia que ele odiasse a mãe. Como Afrodite podia permitir que ele enfrentasse aquilo sem ajudá-lo?

E ele sofrera daquela forma por séculos.

Grace não sabia mais o que fazer.

– Como vocês conseguem? – ela gritou, irada, olhando para o teto. – Eros! – ela chamou. – Você pode me ouvir? Atena? Alguém? Como vocês podem deixá-lo passar por isso sem fazer nada? Se vocês têm algum amor por ele, por favor, me ajudem a ajudá-lo.

Como esperava, ninguém respondeu.

Apoiando a cabeça na mão, tentou pensar em algo mais que pudesse tentar. Com certeza, havia...

De repente, uma luz brilhou no quarto.

Assustada, ela ergueu o rosto e viu Afrodite materializar-se perto da cama. Não poderia ter ficado mais atordoada se tivesse encontrado um jumento em sua casa.

Com o rosto pálido e contraído, Afrodite via seu filho convulsionando-se em absoluto sofrimento. Estendeu a mão até ele, mas a puxou de volta bruscamente e, cerrando o punho, baixou-a ao lado do corpo. Foi então que olhou para Grace e disse:

– Eu o amo.

– Eu também.

Afrodite olhou para o chão, mas ainda assim Grace notou seu tumulto interior.

– Se eu o libertar, você vai tomá-lo de mim para sempre. Se eu não o libertar, nós duas o perderemos. – Afrodite encarou Grace e continuou: – Pensei no que me disse, e você tinha razão. Eu o tornei forte e nunca deveria tê-lo punido por isso. Tudo o que eu sempre quis foi que ele me chamasse de mãe. – Olhou para o filho. – Eu apenas queria que você me amasse, Julian. Só um pouco.

Grace engoliu em seco ao avistar a dor no rosto de Afrodite, quando ela tocou a mão de Julian.

Ele sibilou, como se o toque queimasse sua pele.

Afrodite afastou-se.

– Grace, prometa que você vai cuidar bem dele.

– Pelo tempo que ele permitir, eu vou. Prometo.

Anuindo, Afrodite colocou a mão na testa do filho. Julian lançou a cabeça para trás, como se tivesse sido atingido por um raio. Ela se inclinou sobre ele e deu-lhe um beijo leve nos lábios.

Instantaneamente, o corpo de Julian ficou flácido. As algemas se abriram, mas ele não se moveu.

O coração de Grace pareceu parar quando ela percebeu que ele não estava respirando. Aterrorizada, estendeu a mão trêmula até ele.

Nesse instante, Julian inspirou profundamente.

Os olhos de Afrodite refletiam um anseio familiar, conforme ela esticava a mão para um filho que sequer tinha consciência de sua presença. Era o mesmo olhar que Grace identificava com tanta frequência em Julian, quando ele não sabia que estava sendo observado.

Como duas pessoas podiam necessitar uma da outra tão desesperadamente e, ainda assim, não serem capazes de se entender?

No momento em que Julian abriu os olhos, Afrodite sumiu.

Grace aproximou-se dele. Julian tremia tanto que seus dentes batiam. Sem febre, a pele estava fria como o gelo.

Ela pegou os cobertores no chão e ajeitou-os sobre ele.

– O que aconteceu? – ele perguntou, com a voz trêmula.

– Sua mãe o libertou.

Julian encarou-a, estupefato.

– Minha mãe? Ela esteve aqui?

Grace anuiu.

– Ela estava preocupada com você.

Julian não acreditava no que estava ouvindo. Aquilo seria possível?

Mas por que sua mãe o ajudaria agora, após todas as vezes em que virara as costas ao seu sofrimento e o abandonara? Não fazia sentido.

Franzindo o cenho, ele começou a sair da cama.

– Não faça isso – ela disse bruscamente. – Eu acabei de tê-lo de volta, e eu...

– Eu realmente preciso ir ao banheiro – ele a interrompeu.

– Oh... – Grace ajudou-o a se levantar.

Com as pernas fracas, ele precisou do apoio dela para andar pelo corredor. Julian fechou os olhos ao inalar o doce perfume de Grace. Temeroso em machucá-la, tentou não pôr muito de seu peso nos ombros delicados. Seu coração se aqueceu com o modo como Grace o ajudava, com a sensação de ter os braços dela ao redor de sua cintura enquanto ela o acompanhava pelo corredor.

Sua Grace... Como poderia algum dia desistir dela?

Depois que ele se aliviou, ela lhe preparou um banho quente e o ajudou a entrar na banheira.

Julian encarou-a enquanto ela o banhava. Não conseguia acreditar que ela ficara ao seu lado o tempo todo. Não se lembrava muito dos últimos dias, mas recordava o som da voz de Grace acalmando-o em meio à escuridão.

Ele a escutara chamando-o. E tinha certeza de que algumas vezes sentira a mão dela em sua pele, arrancando-o da loucura.

O toque de Grace fora sua salvação.

Fechando os olhos, desfrutou da sensação das mãos delicadas deslizando por seu corpo. Por seu peito, braços, abdômen. Como a desejava!

– Beije-me – ele sussurrou.

– É seguro?

Ele sorriu.

– Se eu pudesse me mexer, você já estaria nesta banheira comigo. Eu lhe asseguro que, no momento, estou impotente como um bebê.

Ela lambeu os lábios ao roçar a mão direita sobre a dele. O toque era suave e quente, e ela fitou sua boca como se pudesse devorá-lo. Aquele olhar fez milagres banindo o frio que ele estava sentindo.

Inclinando-se, ela o beijou profundamente. Julian gemeu, desejando mais. Precisando de mais. Para seu espanto, ele obteve.

Grace afastou-se de seus lábios apenas o suficiente para despir-se. Devagar e sedutoramente, ela entrou na banheira, posicionando-se sobre sua cintura.

Julian emitiu outro gemido ao sentir o corpo feminino junto ao seu. Ela deu-lhe mais um beijo tão ardente que o incendiou.

Diabos! Não conseguia nem ao menos abraçá-la! Seus braços não saíam do lugar. E desejava desesperadamente apertá-la com força junto a si.

Ela devia ter sentido sua frustração, pois se afastou com um sorriso.

– É a minha vez de cuidar de você – ela sussurrou, antes de beijá-lo no pescoço.

Ele fechou os olhos, sentindo-a baixar a boca até seu peito. Quando ela chegou ao seu mamilo, Julian abandonou-se ao prazer despertado pelas carícias dos lábios de Grace. Nunca algo o tocara tão profundamente quanto aquilo. Não se lembrava da última vez em que alguém realmente fizera amor com ele.

E nunca com tanta intensidade. Tanta generosidade.

Arfou quando ela passou a acariciá-lo com a mão.

– Gostaria de poder fazer amor com você – ele sussurrou.

Erguendo a cabeça, ela o fitou.

– Você faz isso cada vez que me toca.

De alguma forma, ele encontrou forças para passar seus braços trêmulos ao redor dela e puxá-la de encontro ao peito, tomando-lhe os lábios.

Escutou-a tirar o tampão da banheira com o pé ao aprofundar o beijo, enquanto as mãos o atormentavam com carinhos por todo o corpo. Sua cabeça girava com as sensações que ela despertava. O toque de Grace lhe era fundamental. Almejava-o de uma forma que era incapaz de definir.

Assim que a água escorreu, Grace abandonou seus lábios e traçou um caminho de fogo por seu corpo. Inclinando a cabeça para trás, ele se apoiou na borda da banheira enquanto ela passava a língua por seu abdômen.

Então, para seu choque, ela deslizou mais para baixo, envolvendo seu corpo entre os lábios. Ele emitiu um ruído áspero de prazer e estendeu a mão para tocá-la, desfrutando da maravilhosa sensação. Nenhuma mulher fizera aquilo antes. Elas tinham apenas tomado tudo dele; nenhuma delas nunca lhe oferecera nada.

Não até Grace.

Aquele toque despedaçava os resquícios de sua vontade, de sua resistência a ela. Seu corpo inteiro tremia com o calor daquela atitude.

– Desculpe – ela disse, recuando. – Você está com frio. Está tremendo de novo.

– Não estou tremendo por sentir frio – ele falou com voz rouca. – Estou tremendo por você.

Com um lindo sorriso que o atingiu no coração, ela retomou a implacável investida. Quando Grace terminou, ele não estaria mais satisfeito se tivesse atingido o clímax.

Ela o ajudou a sair da banheira. Seus membros ainda tremiam, e ele precisou de ajuda para chegar ao quarto.

Grace deitou-o com gentileza na cama e cobriu-o. Depositou um beijo terno em sua testa, ajeitando as cobertas ao seu redor.

– Você está com fome?

Julian anuiu.

Ela foi esquentar um prato de sopa. Porém, ao voltar ao quarto, encontrou-o profundamente adormecido.

Deixou o prato no criado-mudo e acomodou-se na cama. Aninhando-se junto a ele, adormeceu também.

Julian levou três dias para recuperar-se. E, o tempo todo, Grace ficou com ele. Ajudando-o.

Ele achava difícil compreender tamanha força e devoção. Esperara por ela toda a sua vida. E, conforme os dias passavam, percebia o quanto a amava. O quanto precisava dela.

– Preciso dizer a ela – ele sussurrou, ao enxugar-se após o banho.

Ele não podia permitir que ela ficasse mais um dia sem saber o quanto significava para ele.

Saindo do banheiro, dirigiu-se ao quarto, onde Grace falava ao telefone com Selena.

– Claro que eu não contei o que a mãe dele disse. Nossa!

Julian recuou, apoiando-se na parede enquanto ela prosseguia com a conversa.

– O que você queria que eu dissesse? Oh, Julian, a propósito, sua mãe ameaçou minha vida?

Ele se sentiu como se alguém o tivesse golpeado com força no plexo solar. Com a visão escurecendo, entrou no quarto.

– Quando você falou com a minha mãe? – ele exigiu saber.

Grace fitou-o, chocada.

– Ah, Lanie, preciso ir. Tchau.

Ela desligou o telefone.

– Quando você falou com ela? – ele perguntou de novo.

Grace deu de ombros com indiferença.

– No dia em que você ficou maluco.

– O que ela disse?

Ela se encolheu, embaraçada.

– Não foi realmente uma ameaça. Ela apenas disse que não o dividiria comigo.

Julian foi tomado pela ira. Como ela ousava! Quem diabos sua mãe pensava que era para exigir algo dele ou de Grace? Que tolo ele fora por chegar a pensar que o coração de sua mãe havia se abrandado em relação a ele! Quando aprenderia?

– Julian... – Grace levantou-se e foi até ele, diante da cama. – Ela mudou de ideia. Quando ela veio aqui para libertá-lo...

– Pare, Grace – ele a interrompeu. – Eu a conheço muito melhor do que você.

E ele sabia do que sua mãe era capaz. A crueldade de seu pai parecia de brinquedo em comparação à de Afrodite.

Com o coração pesado, ele se deu conta de que nunca poderia revelar a Grace o que sentia.

Sabia também que não poderia ficar com ela. Nunca. Se ele tinha aprendido alguma coisa, era que os deuses nunca permitiriam que vivesse em paz.

Quanto tempo até que um deles a ferisse? Quanto tempo até que Príapo a usasse para vingar-se dele? Ou que sua mãe descarregasse o ódio em ambos?

Mais cedo ou mais tarde, ele pagaria por sua felicidade. Não duvidava disso. E a ideia de Grace sofrendo...

Não. Esse era um risco que não correria.

Os dias voaram, ao passarem juntos o máximo de tempo possível.

Julian ensinou a Grace cultura grega clássica e formas muito interessantes de apreciar chantili e calda de chocolate, e Grace o ensinou a jogar Banco Imobiliário de um modo criativo e sensual e a ler em seu idioma.

E, após diversas aulas ao volante e uma nova embreagem, ela perdeu as esperanças de que Julian se tornasse um bom motorista.

Ela tinha a impressão de que haviam passado poucos dias. Mesmo assim, o último dia do mês chegou com uma rapidez apavorante.

E o pior de tudo era que, na noite anterior, ela fez uma descoberta alarmante.

Julian era a única pessoa sem a qual não poderia viver.

Quando pensou em sua vida voltando ao que era antes dele, sentiu uma dor tão profunda em seu coração que teve certeza de que morreria.

Mas, no final, sabia que a escolha era unicamente dele.

– Por favor, Julian – ela sussurrou enquanto ele dormia ao seu lado.
– Não me abandone.

Capítulo 16

Nenhum deles falou muito o dia todo. Na verdade, Julian evitou-a completamente.

Aquilo, mais do que qualquer outra coisa, revelou a decisão que ele tomara.

Seu coração estava partido. Como ele poderia abandoná-la após tudo o que haviam enfrentado juntos? Após tudo o que tinham compartilhado?

Não conseguia suportar a ideia de perdê-lo. A vida sem ele seria intolerável.

Ao poente, Grace encontrou-o sentado na cadeira de balanço, no deque, olhando para o sol como se o visse pela última vez. O rosto estava tão rígido que ela mal o reconheceu como sendo do homem divertido que passara a amar tanto.

Por fim, não suportou mais o silêncio.

– Eu não quero que você me abandone. Quero que você fique aqui na minha época. Posso cuidar de você, Julian. Eu ganho bem e posso ensiná-lo o que você quiser saber.

– Não posso ficar – disse por entre os dentes. – Você não entende? Todos os que já foram próximos a mim acabaram punidos pelos deuses. Jasão, Penélope, Callista, Atolycus. – Fitou-a, atordoado. – Por Zeus, eles *crucificaram* Kyrian!

– Desta vez será diferente.

Ele se levantou e encarou-a com severidade.

– Sim, será mesmo diferente. Eu não vou ficar aqui e vê-la morrer por minha causa.

Passando por ela, Julian entrou na casa.

Grace cerrou os punhos, com vontade de estrangulá-lo.

– Seu teimoso!

Como ele podia ser tão difícil?

Foi então que ela sentiu o diamante da aliança de casamento da mãe pressionar sua palma. Abrindo o punho, olhou-o fixamente. Estava cansada de permitir que o passado a assombrasse. Pela primeira vez em um longo tempo, ansiava por um futuro. Um futuro que a enchesse de felicidade.

E não permitiria que Julian o jogasse fora.

Mais determinada do que nunca, abriu a porta da casa e sorriu com maldade.

– Você não vai escapar de mim, Julian da Macedônia. Pode ter acuado os romanos, mas eu lhe asseguro, eles eram fracos se comparados a mim.

Julian sentou-se na sala de estar com seu livro no colo. Passou a mão pela escrita antiga, desprezando-a ainda mais do que antes.

Fechando os olhos, pensou na noite em que Grace o evocara e se lembrou de como era não ter uma identidade verdadeira. Ser apenas um escravo sexual grego.

Muito tempo atrás, ele se perdera em um doloroso lugar de sombria obscuridade e, mesmo assim, Grace o encontrara.

Com sua força e bondade, ela enfrentara corajosamente o pior dele e o trouxera de volta à humanidade. Ela, sozinha, vira seu coração e o considerara valioso.

Fique com ela.

Deus, aquilo soava tão natural! Tão simples! Mas ele não ousaria. Já perdera seus filhos. A única parte de seu coração que ainda vivia era Grace, e perdê-la por causa de seu irmão... Isso seria um sofrimento maior do que era capaz de suportar.

Até mesmo ele tinha um ponto fraco. E agora conhecia o rosto e o nome do que podia aniquilá-lo.

Grace.

Pelo bem dela, precisava ir.

Sentiu-a entrar na sala. Abrindo os olhos, viu-a parada à porta, encarando-o.

– Gostaria de poder destruir esta coisa – ele falou com rispidez, colocando o livro sobre a mesinha de centro.

– Depois desta noite, não precisará mais dele.

As palavras dela o faziam sofrer. Como ela podia fazer aquilo por *ele*? O pior medo de Grace era ser usada, e ele a usaria da mesma forma que ele fora usado tantas vezes.

– Você ainda vai permitir que eu possua o seu corpo apenas para que possa abandoná-la?

A sinceridade no olhar dela o abateu.

– Se isso significa a sua liberdade, sim.

A pergunta seguinte fez sua garganta arder, mas ele precisava saber a resposta.

– Você vai chorar quando eu for?

Ela desviou o olhar, mas não antes de ele identificar a verdade naqueles olhos. Ele não era melhor do que Paul. Era um canalha egoísta.

Porém, era filho de seu pai. Mais cedo ou mais tarde, o sangue ruim se revelaria.

Grace virou-se e deixou-o sozinho com seus pensamentos. Julian percorreu o aposento com o olhar. Quando avistou o espaço diante do sofá, seu peito se apertou ainda mais. Sentiria falta daquelas noites em que escutava a voz de Grace. A risada suave. E, acima de tudo, teria saudades de seu toque.

Ficar era tentador demais. Contudo, ele não ousaria. Se não conseguira proteger seus filhos, como seria capaz de protegê-la?

– Julian?

Ele se sobressaltou ao ouvir a voz de Grace, que vinha do andar de cima.

– Sim?

– São onze e meia. Você não deveria estar aqui?

Julian reparou em seu corpo excitado. Finalmente, ele a teria. Deveria estar deliciado, pois isso era tudo o que desejava desde a primeira vez em que a vira.

Ainda assim, por algum motivo, afligia-o pensar em possuí-la agora.

Pelo menos você não vai machucá-la.

Será que não?

Na verdade, duvidava que Paul tivesse feito no coração de Grace a metade do estrago que ele estava prestes a fazer.

– Julian?

– Estou indo.

Ele se forçou a levantar-se do sofá.

Chegando à porta, olhou ao redor pela última vez.

Conseguia visualizar Grace deitada no sofá, com os seios cobertos de chantili enquanto ele lentamente removia o creme com a língua. Escutou a risada alegre e viu os olhos cinzas iluminados quando a levou ao clímax.

Não me abandone, Julian. As palavras sussurradas o haviam abrasado na noite anterior quando ela as pronunciara, ao pensar que ele estava dormindo. Agora, elas dilaceravam seu coração.

– Julian?

Virando-se, ele foi até as escadas e tocou o corrimão. Seria a última vez em que subiria aquelas escadas. A última vez em que andaria pelo corredor até o quarto.

E a última vez em que a veria na cama...

Seu peito comprimiu-se, dificultando a respiração.

Por que as coisas tinham que ser daquele jeito?

Riu com amargura. Quantas vezes fizera a si mesmo essa pergunta?

Deteve-se ao chegar à porta. O quarto estava fracamente iluminado por velas, mas o que chamou sua atenção foi Grace usando o *baby-doll* vermelho que ele tinha escolhido.

Ela estava excitante...

Percebendo que estava boquiaberto, recompôs-se.

– Você não vai facilitar isso para mim, vai? – ele indagou com voz rouca.

Ela sorriu com malícia.

– Eu deveria?

Paralisado, ele permaneceu no lugar enquanto ela se aproximava.

– Você não está vestido demais?

Antes que ele pudesse responder, Grace retirou sua camisa. Depois de largá-la no chão, pôs a mão em seu peito, bem acima do coração. Naquele instante, ela era a mulher mais linda do mundo para ele. Nem mesmo a beleza de sua mãe era páreo para a dela.

Julian continuou imóvel, sentindo-a passar as mãos por sua pele, fazendo-o arrepiar-se por inteiro.

Não, ela não facilitaria nem um pouco...

Quando ela começou a mexer nos botões de sua calça, afastou-lhe as mãos.

– Grace...

– Hum? – ela indagou, os olhos escurecidos pelo desejo.

– Nada.

Ela se dirigiu até a cama, e Julian ofegou ao avistar as nádegas arredondadas através do tecido transparente.

Grace deitou-se de lado e o encarou.

Terminando de se despir, uniu-se a ela. Ao virá-la de costas, o *baby-doll* abriu-se, presenteando-o com o seio direito, com o qual ele se deliciou.

– Oh, Julian... – ela gemeu.

Ela tremia com suas carícias. Seu corpo era fogo líquido, bramindo a necessidade que sentia dela. No entanto, não era apenas o corpo de Grace que ele queria. Ele *a* queria.

E abandoná-la o destruiria.

Julian engoliu em seco, recuando. Esperara uma eternidade por aquela noite, por aquela mulher.

Com carinho, roçou a mão na face delicada, gravando em sua memória cada detalhe.

Sua preciosa Grace.

Nunca a esqueceria.

Com a alma pranteando pelo que estava prestes a fazer com ela, afastou-lhe as pernas com o joelho.

Estremeceu com a intensidade da maravilhosa sensação de tê-la sob si, de tocar-lhe a pele macia. E então ele cometeu o erro de fitá-la nos olhos.

O pesar ali refletido deixou-o sem fôlego.

Você nunca teve nada na vida que não tivesse roubado de alguém.

Julian enrijeceu-se ao recordar as palavras de Jasão. A última coisa que queria era tomar algo da mulher que tanto lhe dera.

Como posso fazer isso com ela?

– O que você está esperando? – Grace indagou.

Ele não sabia. Tudo o que sabia era que não conseguia deixar de fitar aqueles tristes olhos cinzas. Olhos que chorariam se ele a usasse e partisse. Olhos que verteriam lágrimas de felicidade se ele ficasse.

Porém, se ele ficasse, sua família a destruiria.

E, naquele momento, soube o que precisava fazer.

Grace envolveu sua cintura com as pernas.

– Julian, tem que se apressar. Nosso tempo está acabando.

Ele não falou. Não conseguiu falar. Na verdade, não confiava em si mesmo para falar, com medo de mudar de ideia.

Ao longo dos séculos, ele fora muitas coisas: órfão, ladrão, marido, pai, herói, lenda e, finalmente, escravo.

Ainda assim, nunca fora covarde.

Julian da Macedônia nunca havia sido medroso. Era o comandante que havia encarado uma legião inteira de romanos e, rindo, os desafiara a decapitá-lo.

Era esse homem que Grace encontrara, e era esse homem que a amava. Era esse homem que se recusava a magoá-la.

Grace tentou mover os quadris para aproximá-lo de seu corpo, mas ele não cedeu.

– Você sabe do que eu sentirei mais saudade? – ele perguntou.

– Não.

– Do cheiro de seus cabelos ao mergulhar meu rosto neles. Da forma como você me agarra e grita meu nome ao atingir o êxtase. Da sua risada. Mas, acima de tudo, da sua aparência logo de manhã, com a luz do sol incidindo em seu rosto. Nunca me esquecerei disso.

Julian roçou os quadris nos dela. Porém, em vez de deslizar para dentro do corpo dela, o movimento terminou em uma carícia gloriosa que os fez gemer.

Aproximando o rosto de seu ouvido, ele acariciou seu pescoço.

– Vou amá-la para sempre – sussurrou.

Grace escutou-o inspirar profundamente junto aos seus cabelos, ao mesmo tempo em que o relógio soava meia-noite.

Em um clarão, ele desapareceu.

Por alguns instantes, ela permaneceu imóvel. Horrorizada, esperou despertar. Contudo, ao continuar escutando o relógio, soube que não era um sonho.

Julian se fora.

Ele tinha realmente ido embora.

– Não! – ela gritou, sentando-se.

Não era possível.

– Não! – gritou novamente.

Com o coração acelerado, correu para fora do quarto e desceu as escadas, indo até a mesinha de centro sobre a qual se encontrava o livro. Ao abri-lo, viu Julian em pé, como estivera originalmente. A diferença era que o sorriso malicioso sumira e os cabelos estavam curtos.

Não, não, não!, sua mente repetia. Por que ele teria feito aquilo? Por quê?

– Como você pôde fazer isso? – ela perguntou, aninhando o livro junto ao peito. – Eu teria lhe dado sua liberdade, Julian. Eu não teria me importado. Oh, Deus, Julian, por que você faria isso a si mesmo? – Ela chorava. – Por quê?

Mas, em seu coração, ela sabia. O olhar carinhoso no rosto dele revelara tudo. Ele fizera aquilo para evitar magoá-la como Paul a magoara.

Julian a amava. E, desde o momento em que surgira em sua vida, ele não fizera nada além de defendê-la. De protegê-la.

Mesmo no final. Mesmo quando isso significava trocar a liberdade por prisão e tormento eternos, ele a colocara em primeiro lugar.

Grace sofria com a verdade e com o sacrifício que ele tinha feito. Conseguia pensar apenas em Julian sendo condenado à escuridão. Sozinho. Em agonia.

Ele lhe contara a respeito da fome e da sede que sentia, quando estava preso no livro. E ela recordou a forma como ele fora torturado em sua cama. No entanto, acima de tudo, lembrou-se do que ele lhe dissera: *A dor na cama não era nada se comparada à de dentro do livro.*

E agora ele estava lá. Sofrendo.

– Não! Eu não vou permitir que faça isso a si mesmo. Está me ouvindo, Julian?

Mantendo o livro junto aos seios, correu até o fundo da casa. Abriu a porta de vidro e posicionou-se sob a luz da lua.

– Volte para mim, Julian da Macedônia, Julian da Macedônia, Julian da Macedônia!

Repetiu as palavras diversas vezes, implorando que ele surgisse.

Mas nada aconteceu. Nada!

– Não! Por favor, não!

Com o coração partido, ela voltou para dentro de casa.

– Por quê? Por quê? – Ela soluçava ao ajoelhar-se balançando o corpo para a frente e para trás. – Oh, Julian! – sussurrou.

Foi assolada pelas lembranças. Julian rindo com ela, abraçando-a ou apenas sentado em silêncio ao seu lado. A sensação do coração descompassado batendo junto ao seu.

Ela o queria de volta.

Ela *necessitava* dele de volta.

– Não quero viver sem você – ela murmurou contra o livro. – Você não entendeu isso, Julian? Eu não posso viver sem você.

De repente, um clarão tomou a sala.

Ofegando, Grace olhou para cima esperando que Julian tivesse retornado.

Mas não era ele. Era Afrodite.

– Dê-me o livro – disse, estendendo a mão.

Grace puxou-o para trás.

– Por que você faria isso com ele? – exigiu saber. – Ele não sofreu o bastante por sua causa? Eu não teria ficado com ele. Eu preferiria que ele ficasse com você a ficar preso desse jeito. – Ela enxugou as lágrimas. – Ele está sozinho lá. Sozinho na escuridão – sussurrou. – Por favor, não o deixe dessa forma. Mande-me para o livro com ele, por favor. Por favor!

Afrodite abaixou a mão.

– Você faria isso por ele?

– Eu faria qualquer coisa por ele.

Os olhos de Afrodite se estreitaram.

– Dê-me o livro.

Cega pelas lágrimas, Grace obedeceu, rezando para que Afrodite a ajudasse a unir-se a Julian.

Respirando fundo, ela abriu o livro.

– Vou levar uma bronca enorme por causa disso.

De repente, outro clarão brilhou, ferindo os olhos de Grace. Sua cabeça girou em um borrão vertiginoso e ela sentiu enjoo. Tudo à sua volta rodava.

Era isso o que Julian enfrentava cada vez que alguém o evocava? Não sabia, mas aquilo já era uma tortura apavorante.

De repente, tudo ficou sinistramente negro.

Grace sentiu-se caindo em um buraco profundo, onde a escuridão a pressionava, comprimindo seus pulmões e fazendo seus olhos arder.

Estendeu as mãos para impedir a queda e sentiu uma maciez peculiar sob si. As luzes voltaram e ela se viu deitada na cama, com Julian sobre seu corpo.

Ele olhou ao redor, atordoado.

– Como...

– É melhor vocês dois não estragarem tudo desta vez – disse Afrodite da porta. – Se eu fizer isso de novo, não há como saber o que pode acontecer comigo – ao falar isso, sumiu.

Julian voltou o olhar da porta para Grace.

– Grace, eu...

– Cale-se, Julian – ela disse, impedindo-o de desperdiçar mais tempo –, e me mostre como os deuses pretendiam que uma mulher conhecesse um homem.

Então, ela puxou a cabeça dele e deu-lhe um beijo ardente. Correspondendo com paixão, Julian penetrou-a com uma poderosa investida.

Ele lançou a cabeça para trás e emitiu um som de prazer ao sentir o corpo macio dando-lhe as boas-vindas. A sensação abalou-o tão profundamente que até seu lábio inferior tremia. Pelos deuses, senti-la era ainda melhor do que imaginara!

Lembrou-se das palavras de Grace.

Não quero viver sem você. Você não entendeu isso, Julian? Eu não posso viver sem você.

Com a respiração irregular, fitou-lhe a face, sentindo-se totalmente envolvido pelo doce calor de Grace. Pegou a mão dela e apertou-a.

– Estou machucando você?

– Não – ela respondeu, com os olhos calorosos e sinceros. Depois, levou a mão dele aos lábios e beijou-a. – Você nunca poderia me machucar estando comigo.

– Se eu fizer isso, fale, e eu paro.

Ela o cingiu com braços e pernas.

– Se me deixar antes do amanhecer, eu vou caçá-lo pela eternidade e espancar você.

Julian riu, não duvidando daquilo nem por um instante.

Grace correu a língua pelo pescoço dele, deliciando-se quando ele estremeceu. Julian afastou devagar os quadris, torturando-a, antes de investir de novo tão profundamente que a fez sentir-se acariciada por completo. Ela ofegou com a incrível sensação de plenitude. Fechando os olhos, saboreou os músculos do corpo flexível e ágil contra o seu. Envolveu-o com as pernas, desfrutando daquele contato tão intenso.

Nunca imaginara experimentar algo assim. O amor que lhe dedicava fluía por ela. Julian era seu. Mesmo que ele partisse depois, apreciaria esse momento único de puro êxtase.

Deleitando-se com a poderosa sensação, acariciou-o nas costas e nos quadris.

Julian mordeu o lábio quando ela enterrou as unhas em suas costas. Como mãos tão pequenas tinham o poder de dobrá-lo?

Nunca compreenderia isso, assim como nunca entenderia por que ela o amava.

Ele era apenas grato.

– Olhe para mim, Grace – ele murmurou. – Quero ver seus olhos.

Ela o encarou. A expressão de Julian e sua respiração alterada revelavam a intensa satisfação que ele experimentava, ao apreciá-la a cada movimento de seu corpo.

Erguendo os quadris, Grace acompanhou o ritmo, abandonando-se à extraordinária experiência de senti-lo por inteiro, ao mesmo tempo em que ele abaixava a cabeça e a beijava profundamente.

Sem conseguir refrear-se, seu corpo explodiu em milhares de convulsões de prazer.

– Oh, Julian! – ela gritou, arqueando-se ainda mais. – Oh...

Ele esperou que Grace parasse de tremer. Ao abrir os olhos, ela se deparou com o sorriso malicioso de Julian.

– Gostou disso, é? – ele perguntou, revelando as encantadoras covinhas e movendo os quadris, acariciando-a mais uma vez.

– Foi bom.

– Bom? – ele perguntou, rindo. – Acho que eu precisarei continuar tentando.

Julian virou-se, levando-a junto lentamente, com cuidado para não se separarem.

Grace gemeu ao posicionar-se sobre ele. Julian desatou o laço de seu *baby-doll*, abrindo-o. O olhar embevecido no rosto dele agradou-a ainda mais do que a sensação de tê-lo dentro de si. Sorrindo, ela se moveu e o sentiu estremecer.

– Gostou disso, é?

– Foi bom – ele respondeu, mas a voz rouca traía o tom indiferente.

Ela riu.

Julian ergueu os quadris, fazendo-a gemer. Mas Grace desejava mais. Queria ver o rosto dele, quando ele alcançasse o êxtase. Queria saber que lhe dera algo que ele não experimentava desde tempos imemoriais.

– Sabe, nós estaremos exaustos ao amanhecer se não formos com calma – ele falou.

– Eu não me importo.

– Você vai ficar dolorida.

– E daí?

– Nesse caso...

Ele deslizou a mão por seu corpo. Grace mordeu o lábio enquanto ele a acariciava, em um ritmo cada vez mais intenso... Segurando-a pela cintura, Julian a ajudou a manter os movimentos frenéticos. Gostaria de poder sair do copo dela tempo suficiente para mostrar-lhe algumas outras posições. Contudo, só lhes era permitido aquilo.

No momento.

Porém, quando a manhã chegasse...

Sorriu com a perspectiva. Com a chegada da manhã, ele pretendia mostrar a Grace um uso inteiramente novo para o chantili.

Grace perdeu a noção do tempo enquanto se acariciavam, deleitando-se nos braços um do outro. Sentia-se atordoada ao entregar-se ao toque experiente e à maravilhosa sensação de seu amor por ele.

Estavam ambos suados, mas ainda se devoravam, deliciando-se com a paixão que podiam, por fim, compartilhar.

Desta vez, após alcançar o êxtase, Grace desabou sobre ele.

A risada de Julian ecoou ao seu redor, conforme ele passava as mãos por suas costas, quadris e pernas.

Ela estremeceu.

Julian apreciava o corpo desnudo debruçado sobre o seu. Seu amor por ela o completava.

– Eu poderia ficar deitado assim para sempre.

– Eu também.

Abraçando-a, ele a manteve junto ao peito e logo notou que a respiração de Grace se acalmava, regularizando-se.

Em alguns minutos, ela adormeceu.

Beijando-lhe o topo da cabeça, ele sorriu.

– Durma, preciosa Grace – sussurrou. – Falta um bom tempo até o amanhecer.

Grace despertou com uma sensação de calor. Ao começar a se mexer, braços fortes a mantiveram no lugar.

– Tome cuidado – disse Julian. – Não me faça sair de dentro do seu corpo.

– Eu dormi? – ela indagou, assombrada por ter feito aquilo.

– Está tudo bem. Você não perdeu nada.

– Não? – ela perguntou, movendo os quadris.

Ele riu.

– Bem, certo, você perdeu algumas coisas.

Grace fitou-o e passou o dedo pela face de Julian. Quando o tocou nos lábios, ele mordiscou seu dedo.

De repente, ele se sentou, mantendo-a no colo.

– Oh, que gostoso! – Ela envolveu-lhe a cintura com as pernas.

– Sim – ele concordou.

Abaixando a cabeça, ele acariciou um dos seios com os lábios, provocando-a e fazendo-a estremecer. Fez a mesma coisa com o outro. Grace abandonou-se ao toque prazeroso até notar que o céu clareava.

– Julian! – ela sussurrou. – Está quase amanhecendo.

– Eu sei.

Ele a colocou de costas na cama e passou a se mover enquanto a encarava, maravilhado, desfrutando a sensação do amor de Grace. Ela o tocara de um jeito que nunca imaginara ser possível. E onde nunca fora tocado antes.

Profundamente em seu coração.

De repente, ansiou por mais. Desesperado por ela, balançou os quadris.

Precisava de mais.

Grace abraçou-o e afundou o rosto em seu ombro. De novo, estavam cobertos de suor. Ela passou a língua em seu pescoço, apreciando o murmúrio de prazer que ele emitiu.

Julian a preenchia, repetidas vezes, até que ela não conseguiu mais se controlar e, mordendo-o no ombro, alcançou o êxtase.

Ele não parou.

Estendendo as mãos, ela o acariciou no rosto, observando seu prazer. Julian mordeu o lábio inferior, acelerando o ritmo. E, quando os primeiros raios de sol brilharam pela janela, ela o escutou gemer e o viu fechar os olhos. Com uma última e profunda investida, sentiu-o estremecer ao atingir o clímax.

Julian respirava com dificuldade, atordoado com a pura alegria que sentia. Tremia com a força do êxtase. Seu corpo inteiro doía e, ainda assim, nunca experimentara tamanho prazer. Estava fraco por causa da noite, fraco por causa do toque de Grace.

E a maldição tinha terminado.

Erguendo a cabeça, viu o lindo sorriso dela.

– Está feito? – Grace perguntou.

Antes que pudesse responder, Julian sentiu um intenso ardor no braço. Com um sibilo de dor, afastou-se dela e cobriu a queimadura com a outra mão.

– O que foi? – ela indagou.

Grace observou, assombrada, um brilho cor de laranja rodear-lhe o braço. Quando ele retirou a mão do braço, as palavras gregas tinham sumido.

– Acabou – ela sussurrou. – Nós conseguimos.

O sorriso sumiu do rosto de Julian.

– Não. – Ele passou um dedo pelo rosto dela. – Você conseguiu.

Rindo, ela se atirou nos braços fortes dele. Julian apertou-a enquanto se beijavam.

Tinha acabado!

Ele estava livre. Finalmente, após todo aquele tempo, ele era um homem mortal outra vez.

E Grace fizera isso. A fé e a força dela o tinham conduzido até ali.

Ela o salvara.

Grace riu de novo ao rolar sobre ele na cama. No entanto, seu alívio durou pouco, pois logo mais um clarão preencheu o quarto. Seu riso morreu de imediato, e ela sentiu uma presença malévola antes mesmo que Julian enrijecesse em seus braços.

Sentando-se, ele a colocou atrás de si, posicionando-se entre ela e o homem bonito em pé diante da dama.

Grace engoliu em seco ao avistar o sujeito alto e de cabelos escuros que os encarava como se pudesse matá-los naquele instante.

– Seu bastardo arrogante! – o homem rosnou. – Como ousa pensar que está livre?

Instantaneamente, ela soube que se tratava de Príapo.

– Pare com isso, Príapo – Julian advertiu-o. – Está tudo acabado.

Príapo bufou.

– Você acha que pode me dar ordens? Quem você pensa que é, mortal?

Julian sorriu com maldade.

– Sou Julian da Macedônia. Nascido de Diocles de Esparta e da deusa Afrodite, sou o defensor de Grécia, Macedônia, Tebas, Punjabi e Conjara. Conhecido como Augustus Julius Punitor por meus inimigos, que estremeciam de pavor na minha presença. E você, meu irmão, é um deus pouco conhecido, que não significava nada para os gregos e apenas um pouco mais para os romanos.

A fúria do inferno cruzou a expressão de Príapo.

– É hora de você aprender qual é o seu lugar, irmãozinho. Você tomou de mim a mulher que geraria meus filhos para perpetuar meu nome. Agora, eu vou tomar a sua.

Julian lançou-se sobre Príapo, mas era tarde demais. Ele já desaparecera com Grace.

Capítulo 17

Em um instante, Grace estava nua em seu quarto com Julian e, no seguinte, estava deitada em uma cama redonda em um quarto que lembrava uma tenda de harém. Seu corpo estava coberto por uma manta de seda vermelha tão suave e delicada, que parecia água deslizando por sua pele.

Tentou se mover, mas não conseguiu. Aterrorizada, abriu a boca para gritar.

– Nem tente – disse Príapo, aproximando-se da cama. Percorreu seu corpo com um olhar desejoso, antes de subir no colchão e ajoelhar-se ao seu lado. – Você não pode fazer nada a não ser que eu queira. – Ele passou um dedo longo e frio por seu rosto, como se testasse a textura e a temperatura. – Entendo por que Julian a deseja. Você tem fogo no olhar. Inteligência. Coragem. É uma pena que não tenha nascido na época de Roma. Poderia ter me dado heróis para liderar meus exércitos.

Levando a mão até o meio de seu pescoço, ele suspirou e continuou:

– Mas assim é a vida, e assim são os caprichos das Parcas. Acho que vou ter que me contentar em usá-la até me cansar. Se me agradar, talvez eu deixe Julian tê-la de volta. Desde que, é claro, ele ainda a queira depois de meus filhos terem alargado seu corpo.

Os olhos dele brilhavam, famintos, e Grace tremeu. Não conseguia acreditar no egoísmo de Príapo. Na vaidade. Apavorada, ela queria falar, mas ele a impedia.

Santo Deus, ele tinha poder absoluto sobre ela!

Uma força invisível puxou-a para cima, acomodando-a de encontro aos travesseiros enquanto ele tirava o robe. Os olhos de Grace se arregalaram ante a visão da nudez de Príapo, e outra onda de pavor a dominou.

– Você pode falar agora – disse, recostando-se ao seu lado.

– Por que você quer fazer isso com Julian?

Os olhos dele se escureceram de raiva.

– Por quê? Você o escutou. O nome dele é venerado por todos que o ouvem, enquanto o meu raramente é pronunciado em voz alta, inclusive nos templos da minha mãe. Até hoje zombam de mim. Meu nome está praticamente perdido na Antiguidade, enquanto a lenda dele é contada e recontada ao redor do mundo. Eu sou um deus, e ele não é nada além de um bastardo, indigno de habitar o Olimpo.

– Tire suas mãos dela. *Você* é indigno de limpar-lhe os sapatos.

O coração de Grace acelerou-se ao som da voz de Julian. Erguendo a cabeça dos travesseiros, ela o viu em pé, embaixo da plataforma na qual eles se encontravam. Ele estava no centro do aposento, usando apenas *jeans* e segurando a espada e o escudo.

– Como? – Príapo quis saber, saindo da cama.

Julian deu um sorriso maldoso.

– A maldição foi rompida. Meus poderes estão voltando. Agora, eu posso rastrear e evocar todos vocês.

– Não! – Príapo gritou.

De imediato, o corpo dele foi revestido por uma armadura.

Grace lutava contra a força que a mantinha presa, enquanto Príapo agarrava uma espada e um escudo da parede acima de sua cabeça e atacava Julian.

Hipnotizada pelo espetáculo, ela observou irmão lutar contra irmão.

Nunca testemunhara algo parecido. Julian girava graciosamente em uma dança macabra, enfrentando o irmão golpe a golpe. O chão e a cama tremiam com a intensidade do confronto.

Não era de surpreender que Julian tivesse se tornado uma lenda. Porém, após alguns minutos, ele cambaleou e baixou o escudo.

– Qual é o problema? – Príapo provocou-o, usando o escudo para fazê-lo recuar. – Oh, eu me esqueci. A maldição pode ter sido rompida, mas você ainda está esgotado por causa disso. Levará dias até recuperar sua força completa.

Julian meneou a cabeça, erguendo o escudo.

– Eu não preciso de toda a minha força para derrotá-lo.

Príapo riu.

– Palavras corajosas, irmãozinho.

Ele desferiu um golpe de espada no escudo de Julian.

Grace prendeu o fôlego quando eles começaram a golpear-se novamente.

Então, quando ela estava certa de que Julian venceria, Príapo fez com que ele estendesse em demasia o golpe, o que deixou desprotegida a lateral de seu corpo. Assim que isso aconteceu, Príapo ergueu a espada e afundou-a no estômago de Julian, que derrubou sua espada.

– Não! – Grace berrou, horrorizada.

Com o rosto transformado em uma máscara de descrença, Julian oscilou para trás, mas não foi longe, pois Príapo ainda segurava a espada enterrada em seu corpo.

– Você é humano outra vez – Príapo zombou, torcendo a lâmina.

Depois, ele ergueu o pé até os quadris de Julian e chutou-o para trás.

Livre da espada, Julian cambaleou de novo antes de cair, derrubando o escudo.

Príapo sorria, em pé, ao lado dele.

– Você pode não morrer por armas mortais, irmãozinho, mas pode morrer pelas imortais.

A força que imobilizava Grace libertou-a. O mais rápido possível, ela correu até onde Julian estava deitado, coberto de sangue. Com a respiração curta e superficial, ele tremia por inteiro.

– Não!

Soluçando, Grace pôs a cabeça de Julian em seu colo. Horrorizada, olhou para a ferida aberta.

– Minha preciosa Grace – ele sussurrou, erguendo a mão ensanguentada até seu rosto.

Ela limpou o sangue dos lábios de Julian.

– Não me abandone, Julian – implorou.

Ele estremeceu de dor. Abaixando a mão, esforçou-se para respirar.

– Não chore por mim, Grace. Eu não valho isso.

– Sim, você vale!

Julian meneou a cabeça, apertando-lhe a mão.

– Você me salvou. Sem você, eu nunca teria conhecido o amor. – Ele engoliu em seco e levou a mão de Grace ao coração. – E eu nunca teria conhecido a mim mesmo outra vez.

Ela viu a luz se apagar dos olhos dele.

– Não! – gritou, aninhando a cabeça dele no peito. – Não, não, não! Você não pode morrer. Não assim. Você está me escutando, Julian? Você não pode me abandonar. Por favor, por favor, não vá. Por favor!

Grace o abraçava, chorando toda a agonia em seu coração e em sua alma.

– Não!

O grito furioso ecoou pelo quarto.

Príapo empalideceu. Um estrondo soou e, em um intenso clarão, Afrodite surgiu diante de Grace. A agonia no rosto da deusa ao ver o corpo frio e lívido de Julian era indescritível. Com os olhos azuis repletos de descrença, ela encarou Príapo.

– O que você fez? – ela perguntou.

– Foi uma briga justa, mãe. Ou eu, ou ele. Não tive escolha.

Afrodite soltou um grito de agonia que provinha diretamente do coração.

– Eu invoquei a ira de Zeus e das Parcas para dar liberdade a ele. Quem diabos você pensa que é para fazer isso? – Ela fitava Príapo como se ele a enojasse. – Ele era seu irmão!

– Ele era seu filho bastardo, mas nunca meu irmão.

Afrodite gritou, enraivecida.

– Como você ousa!

Quando a deusa voltou o olhar para Julian, Grace viu o pesar em seu rosto.

– Meu precioso Julian. – Ela chorou. – Eu nunca deveria ter deixado que eles o machucassem. O que eu fiz por causa do meu egoísmo? – Ajoelhou-se ao lado do filho. – Eu o deixei sozinho quando deveria tê-lo protegido.

– Ah, pare com isso, mãe – Príapo falou, como se o sofrimento de Afrodite o aborrecesse. – Julian sabia o que todos nós sabemos desde o princípio dos tempos. Você só pensa em si mesma e no que deveríamos estar fazendo por *você*. É quem você é. Ao contrário de Julian, o restante de nós aprendeu a aceitar isso há eternidades.

Afrodite não recebeu bem aquelas palavras. Na verdade, o rosto dela transformou-se em granito conforme ela se erguia com toda a dignidade e graça esperadas de uma deusa. Ela arqueou a sobrancelha para Príapo.

– Você disse que foi uma luta justa? Bem, vamos ter uma luta dessas agora, certo? Tânatos ainda não reivindicou a alma de Julian. Não é tarde demais para salvá-lo. Tudo o que preciso fazer é pôr em movimento o coração dele.

Grace sentiu um calor súbito tomando o corpo de Julian.

Inclinando-se para trás, ela viu uma aura dourada cercá-lo, reparando a ferida aberta em seu estômago. Os *jeans* se dissolveram lentamente, sendo substituídos por caneleiras douradas e sapatos. Seu peito foi coberto por uma antiga armadura dourada e por couro e um tecido vermelho-escuro. Os antebraços foram envolvidos por tiras de couro marrom.

A coloração azul desapareceu de sua face.

De repente, ele inspirou fundo, estremeceu por inteiro e abriu os olhos. Fitando Grace, deu um sorriso que lhe aqueceu a alma.

Grace mordeu o lábio, feliz. Ele estava vivo!

– Mas que diabos? – Príapo rugiu.

Acima deles, flutuando serenamente, surgiu uma mulher, cujos cabelos escuros reluziam. Ela encarou Príapo.

– Como disse sua mãe, chegou a hora de termos nossa luta justa, Príapo. Na verdade, já passou da hora. E, desta vez, não há Alexandria para distrair Julian de sua vingança.

– O quê? – Afrodite perguntou. – Atena, o que está dizendo?

– Estou dizendo que Príapo enviou-a para Julian de propósito, para distraí-lo enquanto fugia de seu templo, com medo da ira do irmão.

A expressão de Príapo revelava a verdade daquela afirmação. Ele curvou o lábio.

– Atena, sua vagabunda traiçoeira. Você sempre o mimou.

Atena riu ao colocar-se perto de Afrodite.

– Ninguém jamais o mimou. Foi isso o que o tornou o melhor guerreiro já treinado em Esparta. E é o que vai fazê-lo acabar com você agora.

Julian ergueu-se com um olhar severo que provocou arrepios em Grace.

Afrodite moveu-se, posicionando-se entre ele e Príapo. Quando ela olhou para Julian, o orgulho em sua expressão era evidente.

– Esta é a segunda vez que lhe dou vida, Julian. Eu me arrependo de não ter sido a mãe de quem precisou da primeira vez. Você não tem ideia de como eu gostaria de modificar isso. Tudo o que posso fazer agora é dar-lhe meu amor e minha bênção. – Ela olhou para Príapo. – Agora, vá acabar com o traseiro mimado dele.

– Mãe! – Príapo choramingou.

Voltando o olhar para o irmão, Julian girou a espada ao redor do corpo e aproximou-se dele.

– Está pronto?

Príapo atacou sem avisar. Não que isso tivesse feito diferença.

Grace ficou boquiaberta ao assistir à luta. Se ela tinha achado Julian habilidoso antes, aquilo não era nada comparado à forma como ele lutava agora, movendo-se com rapidez e agilidade inacreditáveis.

Atena aproximou-se de Grace e, estendendo a mão, tocou de leve o tecido do manto vermelho.

– Bonito vestido.

Incrédula, Grace franziu o cenho.

– Eles estão lutando até a morte e você está admirando minhas roupas?

Atena riu.

– Confie em mim. Eu escolho bem meus generais. Príapo não tem chance.

Grace virou-se de novo para os homens a tempo de ver Julian investir o escudo contra Príapo. Quando o deus tropeçou para trás, Julian mergulhou a espada em seu corpo.

– Apodreça no Tártaro, seu bastardo! – Julian falou enquanto Príapo se desintegrava em milhares de luzes.

Grace correu até ele.

Julian lançou a espada e o escudo para o lado, ergueu-a nos braços e girou-a no ar.

– Você está vivo! Certo? – ela perguntou.

– Estou vivo.

Ela se derreteu nos braços fortes, entregando-se completamente a ele. Julian abaixou-a, deslizando-a devagar contra o corpo, a armadura acariciando cada pedacinho dela. Até que ele tomasse seus lábios em um beijo.

Alguém pigarreou.

– Com licença, Julian – disse Atena, ao notar que ele não soltaria Grace. – Você precisa tomar uma decisão. Quer que eu o envie de volta para seu lar ou não?

Grace estremeceu.

Fitando-a com um olhar penetrante, Julian passou a mão de leve em seu rosto.

– Em todos os séculos nos quais eu vivi, conheci apenas um lar.

Quando as lágrimas se formaram em seus olhos, Grace mordeu o lábio. Ele iria abandoná-la agora. Deus, ela esperava conseguir suportar a dor!

Julian inclinou-se e beijou-a na testa.

– E é com Grace – ele falou de encontro aos seus cabelos. – Se ela me quiser.

Grace revirou os olhos ao ser percorrida por uma onda de alívio tão grande, que a levou a querer gritar e rir, mas, acima de tudo, a agarrar-se a ele para sempre.

– Nossa, Julian – disse Grace, com uma indiferença que não sentia –, eu não sei. Você ocupa um espaço muito grande na cama. E aquelas boxers horrorosas que você usa... O que é aquilo? Se voltar comigo, precisará livrar-se delas. E nada de usar calças *jeans* na cama à noite. Elas arranham minha pele.

Ele riu.

– Não se preocupe. Para o que eu tenho em mente, a nudez funciona melhor.

Os dois riram juntos enquanto Julian tomava seu rosto entre as mãos. Quando ele tentou beijá-la, ela se afastou de forma travessa.

– Oh, a propósito, esta é a sua armadura?

Ele franziu a testa.

– É, ou era.

– Podemos ficar com ela?

– Se você quiser... Por quê?

– Porque, oh, querido – ela disse, examinando rapidamente o lindo corpo –, você fica extremamente sensual nesses trajes. Só essa roupa vai garantir-lhe sexo pelo menos quatro ou cinco vezes por dia.

Atena e Afrodite riram.

Em um clarão, os dois surgiram de novo no quarto de Grace, da mesma forma que tinham estado antes de Príapo surgir.

– Ei! – Grace exclamou, irritada. – Onde está a armadura?

A armadura apareceu, junto com o elmo, a espada e o escudo, em um canto do quarto.

– Feliz agora? – Julian perguntou, abraçando-a.

– Delirante.

Ele ergueu a cabeça e beijou-a, abalando todo o seu corpo e arrancando-lhe um gemido.

Nunca o deixaria ir.

– A propósito...

Resmungando, Julian afastou-se de Grace e cobriu-os depressa com um lençol.

Grace segurou o lençol sob o queixo.

– ... Atena, vai ficar nos interrompendo? – ele perguntou, irritado.

Atena não parecia nem um pouco embaraçada ao aproximar-se da cama. Ela segurava uma grande caixa dourada.

– Bem, eu esqueci uma coisa.

– O quê? – eles perguntaram em uníssono, impacientes.

Antes que ela pudesse responder, Afrodite apareceu.

– Eu fico com isso – disse a Atena, tomando-lhe a caixa das mãos.

Atena sumiu.

Colocando-se ao lado da cama, Afrodite pôs a caixa perto de Julian e abriu-a.

– Se você vai ficar, precisará de algumas coisas. Uma certidão de nascimento, um passaporte, uma autorização de residência no país... – Afrodite olhou para o documento com a testa franzida. – Não, espere, você não vai precisar disto. – Virou-se para Grace e perguntou: – Ele vai?

– Não.

Afrodite sorriu ao ver o papel evaporar.

– Há também uma carteira de motorista, mas, se quer um conselho de mãe, deixe Grace dirigir. Sem ofensa, mas você é péssimo nisso. – Ela suspirou. – É uma pena que não tivéssemos um deus para isso também. Mas, oh, bem... – Fechou a caixa e entregou-a para Julian. – Tome, você pode olhar mais tarde.

Quando Afrodite começou a se afastar, Julian tocou-a no braço.

– Obrigado, mãe, por tudo.

Lágrimas surgiram em seus olhos, enquanto ela dava um tapinha na mão que o filho apoiara em seu braço.

– Sinto muito por não saber de seus filhos para salvá-los também. Você não tem ideia do quanto eu lastimo ter descoberto tudo apenas depois de Tânatos estar com eles.

Julian apertou-lhe o braço de leve.

– Se precisar de alguma coisa, você vai me chamar? – ela perguntou.

– Vou chamar mesmo se não precisar.

Afrodite levou a mão de Julian aos lábios e beijou-a. Olhou de um para o outro.

– Eu quero seis netos. No mínimo.

– Ei – Grace falou, retirando um diploma universitário da caixa –, você deu a ele um doutorado em história antiga? De Harvard?

Afrodite anuiu.

– Há também um em línguas e estudos clássicos. – Olhou para Julian. – Não tinha certeza do que você iria querer fazer. Então, vou deixar que escolha.

– Nós podemos mesmo usá-los? – Grace perguntou.

– Sem dúvida. Se olhar mais para baixo, vai encontrar os históricos escolares.

Grace pegou-os e, ao examiná-los, ficou pasma.

– Não é justo! Ele só tirou nota dez.

– É claro – Afrodite afirmou, indignada –, meu filho nunca teria um desempenho medíocre. – Ela sorriu. – Eu não me preocupei com uma certidão de casamento porque achei que vocês iriam querer cuidar disso por conta própria. E, assim que Julian escolher um sobrenome, ele vai aparecer em todos os documentos que estão na caixa.

Ela mexeu nos papéis até retirar uma pequena caderneta bancária.

– A propósito, eu converti o dinheiro que você tinha na Macedônia em moeda corrente.

Ao abrir a caderneta, Grace ofegou.

– Meu Deus! Você é muito rico!

Ele riu.

– Eu lhe disse que conquistei muito.

Afrodite estendeu a mão, e o livro no qual Julian estivera encerrado apareceu em seus braços.

– Eu também achei que você poderia querer encontrar um lugar seguro para colocar isto.

Julian ficou boquiaberto quando ela lhe entregou o livro.

– Você está me dando a custódia de Príapo?

Afrodite deu de ombros.

– Ele matou você. Não posso permitir que escape sem alguma forma de punição. Ele vai se libertar um dia. *Só* se for um bom menino.

Grace quase teve pena de Príapo.

Quase.

Afrodite inclinou-se e beijou o rosto de Julian.

– Eu sempre amei você. Só não sabia como mostrar.

Julian assentiu.

– Acho que é o que acontece quando sua mãe é uma deusa. Você não pode esperar festas de aniversário e comidas caseiras.

– É verdade, mas eu lhe dei muitos outros presentes, que sua namorada parece apreciar.

– Falando nisso – Grace disse, quando um pensamento surgiu em sua cabeça –, podemos controlar aquilo de atrair outras mulheres como um ímã?

Afrodite lançou-lhe um olhar jocoso.

– Criança, olhe para o homem. Que mulher em sã consciência não o desejaria na cama? Eu precisaria cegar todas elas, ou torná-lo gordo e careca.

– Está bem. Vou aprender a lidar com isso.

– Achei que sim. – Afrodite desapareceu.

Julian abraçou-a.

– Você está dolorida?

– Não, por quê?

– Porque eu pretendo passar o resto do dia fazendo amor com você.

Ela mordiscou-lhe o queixo.

– Hum, eu gosto dessa ideia.

Julian beijou-a.

– Espere um pouco – ele falou, afastando-se.

Grace franziu a testa ao vê-lo sair da cama, pegar o livro, lançá-lo no corredor e fechar a porta.

– O que você está fazendo?

Julian voltou até ela com aquele andar lento que a deixava quente e sem fôlego. Subiu na cama com movimentos graciosos e sensuais, e percorreu seu corpo com um olhar ardente.

– Ele pode escutar tudo o que falamos. E eu, pessoalmente, não o quero por perto enquanto eu faço isto.

Ela arquejou quando Julian virou-a de lado.

– Ou isto...

Ele deslizou a mão por suas pernas, provocando-a impiedosamente com o toque sensual, antes de acomodar-se às suas costas.

– E, acima de tudo, não quero que ele escute isto.

Ele mergulhou os lábios no pescoço de Grace ao mesmo tempo em que entreabria as coxas macias e a penetrava.

Grace gemeu.

– Eu esperei dois mil anos por você, Grace Alexander – ele sussurrou em seu ouvido. – E você fez valer a pena cada segundo.

Epílogo

Um ano depois

Julian abriu a porta do quarto do hospital. Seguido por sua mãe e por Selena, entrou em silêncio, não querendo perturbar Grace, caso ela estivesse descansando.

Ao vê-la deitada na cama, sentiu medo. A aparência pálida e frágil o aterrorizava. Não suportava vê-la daquele jeito.

Ela era sua força. Seu coração. Sua alma. Tudo o que era bom em sua vida.

O pensamento de perdê-la lhe era intolerável.

Grace abriu os olhos e sorriu.

– Oi – ela sussurrou.

– Ei, garota! – disse Selena. – Como você está se sentindo?

– Estou exausta, mas me sentindo muito bem.

Julian inclinou-se para beijá-la.

– Você precisa de alguma coisa?

– Eu tenho tudo de que poderia precisar – Grace falou, com a face luminosa.

Ele sorriu.

– Então, onde estão os meus netos? – sua mãe exigiu saber.

– Eles foram levados para serem pesados – respondeu Grace.

De imediato, como se fosse uma deixa, as enfermeiras empurraram os berços para dentro do quarto. Elas verificaram as pulseiras de Grace e dos bebês e saíram em silêncio.

Julian afastou-se de Grace apenas tempo suficiente para pegar seu filho. Foi dominado pela felicidade ao embalar a minúscula criança. Grace lhe dera muito mais do que ele esperara ter. E muito mais do que merecia.

– Este é Niklos James Alexander – ele disse, entregando o bebê para sua mãe.

Em seguida, pegou a filha.

– E esta é Vanessa Anne Alexander – disse, colocando-a no outro braço da mãe.

Os lábios dela tremiam ao fitar a neta.

– Você lhe deu um dos meus nomes?

– Nós dois quisemos isso – disse Grace.

Lágrimas escorreram pelo rosto de Afrodite, enquanto ela olhava alternadamente de um para o outro bebê.

– Oh, os presentes que tenho para vocês dois...

– Mãe! – Julian a interrompeu. – Por favor, sem presentes. Dê-lhes apenas seu amor.

Afrodite fungou e riu.

– Está bem. Mas, se mudar de ideia, é só me avisar.

Grace observou Julian passar a mão pela cabecinha de Niklos. Embora não parecesse possível, naquele momento ela o amou ainda mais.

Cada dia que haviam passado juntos fora uma bênção.

– Oh – Selena começou a falar, tomando Vanessa dos braços de Afrodite –, eu passei na livraria ontem e Príapo tinha sumido. Houve uma lua cheia alguns dias atrás. Quem quer apostar que ele está fazendo sexo selvagem com alguém no momento?

Todos riram.

Exceto Julian.

– Algo errado? – Grace indagou.

– Acho que eu só estou me sentindo um pouco culpado em relação a ele.

– Culpado? – Selena indagou com descrença. – Por causa de Príapo?

Julian apontou as crianças e Grace.

– Como eu posso continuar ressentido? Sem a maldição, eu nunca teria todos vocês. Foi insuportável, mas preciso dizer que, no fim, valeu a pena.

Eles encararam Afrodite com expectativa.

– O quê? – ela perguntou inocentemente. – Não me digam que o querem livre agora. Eu já disse, quando ele aprender a lição...

Selena meneou a cabeça.

– Pobre tio Príapo – ela falou para Vanessa. – Mas ele foi um menino muito mau.

Neste instante, uma enfermeira abriu a porta e hesitou.

– Hum, Dr. Alexander – disse para Julian –, há um casal lá fora que diz ter parentesco com o senhor. Eles... hum... – Baixou o tom de voz para um sussurro. – Eles são motociclistas.

– Ei, Julian – Eros falou atrás da enfermeira –, diga para Átila, o Huno, aqui, que está tudo certo. Assim, podemos entrar e babar nos bebês.

Julian riu.

– Está tudo bem, Trish – ele falou para a enfermeira. – Ele é meu irmão.

Eros fez uma careta para Trish enquanto ele e Psiquê entravam.

– Alguém me lembre de lançar um feitiço nela na saída – ele falou quando Trish fechou a porta.

Julian arqueou a sobrancelha.

– Vou precisar confiscar seu arco de novo?

Eros estalou a língua para ele ao aproximar-se de Selena e pegar Vanessa no colo.

– Oh, que pequena destruidora de corações você vai ser. Aposto que os garotinhos vão correr atrás de você aos montes.

Empalidecendo, Julian virou-se para Afrodite.

– Mãe, eu gostaria de um presente.

Afrodite fitou-o esperançosamente.

– Você falaria com Hefesto a respeito de um cinto de castidade para Vanessa? – ele pediu.

– Julian! – Grace riu.

– Ela não terá que usar por muito tempo. Só uns trinta ou quarenta anos.

Grace revirou os olhos.

– É bom que você tenha sua mamãe – disse ela para o bebê nos braços de Eros. – Porque papai não é divertido.

Julian ergueu a sobrancelha com arrogância.

– Não sou divertido? – ele repetiu. – Curioso, não foi isso o que você disse no dia em que concebeu esses dois.

– Julian! – Grace exclamou, com o rosto ardendo.

Porém, ela aprendera havia muito tempo que ele era incorrigível.

E ela o amava daquele jeito.

GRÁFICA PAYM
Tel. (011) 4392-3344
paym@terra.com.br